書下ろし

侵犯　内閣裏官房

安達 瑶

祥伝社文庫

目次

プロローグ　7
第一章　お騒がせ議員　12
第二章　沖縄、そして離島へ　97
第三章　離島有事　168
第四章　侵犯――彼我《ひが》戦力差、一対五　270
エピローグ　329

プロローグ

夜の闇の中に、赤い発光体がいくつか揺れている。それは残像となって赤い線がギザギザに延びているように見える。

「え〜これは……初めて観ますが、新作でしょうか？　どうやら海兵隊のような武装集団が夜間にどこかに上陸したようです。不意打ちの夜戦でも始まるのでしょうか？」

画面外から声がして、ゲームの実況が始まった。

その画面には「わくわく」とか「闇夜に紛《まぎ》れて敵地上陸？」とかの文字が流れていく。

画面が揺れるのに合わせて水しぶきが飛ぶ。

「めっちゃリアルなCG！」「てか、これ、リアル映像じゃね？」という文字が流れる。

「ええ、これは偶然見つけたモノで、てっきり新作のタクティカル・シューティング・ゲームだと思ったんだけど……なんかリアルですよね。ボリュームを上げると息づかいまで聞こえます。ハアハア言ってますよね」

と。ほとんど何も見えなかった画面を、一条の光が切り裂いた。

投光器が照らし出したのは断崖絶壁《だんがいぜっぺき》。その頂上には木が生い茂っている。山の半分を人工的に削り取ったような絶壁だ。

しゅぱっという音がして、白いロープが飛んでいき、その先端が木に引っかかった。

「ええとこれは登山用のロープ？　ザイル？　……を発射して、木に引っかけましたね。これを使ってクライミングするのでしょうか」

画面には「上から撃たれて蜂の巣」「大量殺戮《さつりく》キタ！」「撃たれる前に撃て」などの文字が流れた。

画面はさらに揺れて、どうやらヘルメットにカメラを装着した人物が、そのザイルを摑《つか》んで登り始めたようだ。画面の中でなにやら呟《つぶや》いているのが聞こえてくるが、何語でナニを言っているのかは判《わか》らない。

が、そこでハッと息を呑《の》むような声がしたかと思うと画面が激しく揺れた。パリパリと軽い音がして花火のような飛沫《ひまつ》が飛び散った。

「マシンガンによる発砲？　どこを狙って撃った？」

実況の主が疑問を投げたが、答える者はいない。

「敵は撃ち返してきませんね。普通、こうなると激しい銃撃戦になってこっちが撃たれて終了になるか、相手を大量に殺して次のステージになるものですが……」

相変わらず画面は揺れ続けている。ハアハアという声も続いているが、やがて、撮影している人物がザイルを頼りに断崖を登りきったようだ。

「あ、成功した。敵からの攻撃がないままに登りきった！」

ガッカリしたような声の実況者。画面にも「ンだよ」「盛りアガらね～」「敵はいないのかよ？」「このゲーム作者、全然判ってねえ！」などの文字が流れる。

しかし、画面外から別の音声が聞こえてきた。

「あ～、え～、音声で参加してます。あのこれ、ゲームのCGじゃないみたいです。リアルです。リアル映像です。現在、深夜の一時三二分。この配信のGPSデータ、調べられますが」

「ああ、教えてください」

「え～、グーグルアースで一致したところによれば……座標、北緯《ほくい》二四度××分××秒、東経《とうけい》一二四度××分××秒」

「ってことは、エエと……」

「ええと、これは……沖縄方面では？」

「それな。先島《さきしま》諸島の……」

「沖縄！」

「ヤバいじゃん！」

「もしや……台湾《たいわん》有事が始まった？」

「日本も巻き込まれたの？」

画面は依然《いぜん》として闇夜の中だ。カメラが一八〇度水平に回転すると、遠くのほうに灯りが見えた。灯りの手前に渺々《びょうびょう》と広がっているのは黒い海面か。どうやら孤島から近くの島を望んでいるようだ。が、画面が断崖絶壁の頂上から下に振れると、海の上には数隻《せき》の船が浮かんでおり、荷物を上陸させる作業が続いているらしい様《さま》が見てとれた。

「ねえねえこれ、マジでヤバいんじゃないの？　ゲームにしちゃ地味だし盛りあがらないけど、実はこれリアルで、沖縄のどこかで誰かが、これ、リアルに侵略してるんでは？」

「そうだよ！　どこかの国の武装勢力が上陸しようとしてるんだよ！」

「沖縄に？」

「ヤバいじゃん！」

「侵略だ！」

「戦争が始まるぞ！」

「通報した方がいいかな？」

「どこに通報するの？　警察？」

「防衛省じゃね？」

「防衛省の、どこ？　ヘタに通報したら逆に疑われて捕まったりするんじゃね？」

「だけど、これおかしくね？」

「なにが？」

「だって、侵略してるのを、侵略する側が撮った映像が、どうして流れてるんだ？」

「それは……たとえば侵略部隊が撮って、もっと上の方の、参謀本部みたいなところに送るはずのものが、間違ってネットに流れてるんじゃねえの？」

「ドジ」

「わざと？」

「なんかの作戦？　情報漏《も》れも計算のウチ？」

「じゃ、これ、見てるのもヤバいんじゃね？　敵の映像でしょ？」

などと参加者同士が喋《しゃべ》っていると、映像は突然切断されて、真っ暗になってしまった。

「な……なにこれ」

「判らん……だけど、凄《すご》くヤバイものを見た気がする」

「同じく」

「これ……見なかったことにしよう」

「そうだよ。黙ってないと、誰かが来て無理やり連れ出されて……って展開になるかも」

「おれ、沈黙します」

ということになって、この一連のやりとりも、消《き》え失《う》せてしまった。

第一章　お騒がせ議員

窓からは、国会議事堂や総理官邸が間近に見える。しかしコンビニの二階に入居しているこのオフィスにはいかめしさも威厳も存在感もない。ここが私、上白河《かみしらかわ》レイの勤務する「内閣官房副長官室」だ。役所なら多少は権威を感じさせる必要があるのではないかと思うが、その意味では、ここは明らかに失格だ。

そんな「内閣官房副長官室」、別名「内閣裏官房」のオフィスの朝には、普段ならめいめいお茶やコーヒーなど好きなものを飲みながら雑談に興じる、ゆるい時間が流れているのだが……今朝はちょっと様子が違う。

「しかし嫌だなあ。気が重いなあ」

外務省から出向してきた等々力健作《とどろきけんさく》さんが仏頂面《ぶっちょうづら》で書類を整理している。

「こんな仕事をするために、この世に生を享《う》けたわけじゃないんだけどなあ」

「ほら、言うじゃないですか。凄《すさ》まじきものは宮仕《みやづか》えって」

と応じたのは国税庁から来ている若手の石川輝久《いしかわてるひさ》さんだ。この前の事件で負った心身の傷……自分が高校時代付き合っていた女の人がカルトに取り込まれ助けを求めてきたのに、結局救うことができなかった、というトラウマからはようやく回復したようだ。

「石川君ね、それは違うよ。すさまじき、ではない。正しくは『すまじきものは宮仕え』。他人に仕えると、いろいろと苦労があるから、なるべくやらないほうがよいということ。まあ、ある意味、宮仕えというか、ここ永田町《ながたちょう》と霞《かすみ》が関《せき》の人使いの荒さは凄まじいけれどもね」

と応じたのは元警視庁の刑事・津島健太郎《つしまけんたろう》さん。御手洗嘉文《みたらいよしふみ》室長に次いでの年長者だ。その警察官僚ＯＢの御手洗室長は、いつもは好々爺然《こうこうやぜん》とした笑みを絶やさない老人なのだが、今朝ばかりは、自室から出てきたその表情に、厳しいものがあった。

「いいですかみなさん。気持ちはよく判ります。私だってこういう仕事はやりたくない。しかし、副長官じきじきの御下命です。我々に選択の余地はありません。嫌なら辞職するしかありません。そしてこの節、一度仕事を辞めてしまうと、おいそれと新しい仕事は見つかりませんぞ」

これは、御手洗室長の決意表明であると同時に、事実上の、私たち「内閣裏官房」メンバーへの脅《おど》しだ。

「まあ、まだ若い石川くんや上白河くんなら再就職に困らないだろうが」

たしかに私は元陸上自衛隊の特殊部隊出身で若いし、体力もあるからなんとかなりそうだが……性格が悪い等々力さんや、妙に筋を通して頑固《がんこ》な津島さんは大変かもしれない。御手洗室長なら引退しても、悠々自適な老後が送れるかもしれないが。

「さて。そろそろ来るから、みんな、お願いしますよ」

室長は腕時計を見て、宣言した。

十時ジャストにドアがノックされて、スーツ姿の男三人が入ってきた。

「わたくし、テレビニッポンで報道担当常務を務めております嶺岡《みねおか》と、こっちは看板番組『ニュース・トゥナイト』担当プロデューサーの飯島《いいじま》、そしてオブザーバーの吉原《よしはら》でございます」

嶺岡氏はいかにも長年の管理職という感じの、板についたダークスーツ姿だが、対象的に飯島氏はついさっきまで現場に居ましたという印象で、ラフなサファリ風のジャケットを着て、サングラスをかけている。「テレビ局のやり手でチャラい局P」を絵に描いたような人だ、と私は思った。そして三人目の吉原という人物、これは得体が知れない。明るいグレーのスーツ、ネクタイも派手な金の模様で、強《し》いて言えば外資系金融機関でバリバリのトレーダーという印象だ。あきらかに国内企業、それもマスコミ関係と判る嶺岡さん、飯島さんとは、かなり温度差を感じる。

嶺岡氏と飯島氏は、典型的な日本のサラリーマンの作法に従って室長、津島さん、等々力さんと名刺交換をしている。だが、吉原氏だけは違った。一応名刺は交換したが、お辞儀の代わりに手を差し出して握手を求め、いきなり流暢《りゅうちょう》な英語をかましてきた。

「Nice to meet you. My name is Philippe Tomoaki Yoshihara. I think that it will be a long-term relationship from now on, but let's work together to solve the problem.」

全員が唖然《あぜん》としていると、嶺岡氏が「あーヨシハラ君、ここは我々が裏官房の方たちと、まず話すので」とフォローした。

「なんて言ってるんですか？」

私が等々力さんに訊《き》くと「よろしくと言っている」とだけ教えてくれたが、それだけにしては吉原氏、ずいぶん長く喋《しゃべ》っていなかったか？

「それだけですか？」

私の突っ込みをフォローしたのは石川さんだった。

「これから長いお付き合いになるかもしれないのでよろしく、まずは一緒に問題を解決しましょう、と言っています」

「こちらの吉原さんはあちらが長かったのですか？」

と津島さんが訊くと、嶺岡氏は「まあ、そうです」と曖昧《あいまい》に答えた。ところで、問題って何だろう？

「では」

と、室長が仕切り直しをするように、姿勢を正した。

今日の我々の仕事は、有り体《あてい》に言えばテレビ局に圧力をかけることだ。つまり、このテレビ局の報道姿勢に手心を加えてほしいと「お願い」をすること。具体的には、この局の『ニュース・トゥナイト』が、政権与党のバックにいると噂《うわさ》されるカルト教団を現在派手にぶっ叩《たた》いている、それをやめさせるということだ。

その指示は私たち直属の上司である事務方の内閣官房副長官から出ている。

問題のカルト教団が政府や政権与党に繋《つな》がっているとの批判がこれ以上強まると政権運営に支障を来《きた》すのを封じたい、それが副長官の意向だ。

お願いをするなら我々の方から相手方に出向くのが筋だと思うが、一部では顔を知られている我々がテレビ局に出向くと、噂が広がる。圧力をかけたとは知られたくない。相手を呼び出しても同じようなものだと思うが。

「まあ、そういうわけで、大変失礼ながら今日はご足労をお願いしました」

室長がまず最初に非礼を詫《わ》び、嶺岡氏がお気になさらず、と言う。

「いやいや、いいですよ。こちらの津島さんとは満更《まんざら》知らない仲でもないので」

「そうなんだ。まあその昔話をすると、嶺岡くんが現場で走り回っていてテレビニッポン報道部の警視庁キャップだった頃、私も捜査二課の刑事として現役バリバリだった。その頃からの仲だから」

津島さんが弁解するような口調で言った。

「今日はその嶺岡くんが常務に昇進して一ヵ月ということで」

「まさかお祝いだというおつもりじゃないでしょうね？　それなら飲み屋で乾杯すればいいじゃないですか」

嶺岡氏が何か言う前に、番組プロデューサーの飯島氏がいきなり私たちに食ってかかった。圧力をかけられて嬉《うれ》しいはずはないが、どうしてここまで強気に出られるのだろう、と私は驚いた。その一方で、もう一人の吉原氏は何も言わず表情も変えないので、なんだか気味が悪い。

「朝十時に呼び出されるってコトは当然、お叱《しか》り系の用件ですよね？」

飯島氏は既《すで》に戦闘態勢だ。それを受けた津島さんが伝法《でんぽう》な口調で申し訳なさそうに切り出す。

「というかさあ……これはおれたちも、本当はやりたくねえんだが、上からの指示には逆らえなくてね」

「はい。具体的には、どういうことでしょう？」

現場を仕切る飯島が訊き返す。

「それは私から」

御手洗室長が話を引き取った。

「例の、元首相の事件と、その、特定の宗教団体を関連付けて、問題の団体を、必要以上に叩かないで戴《いただ》きたいのです」

「必要以上に叩いてなどいませんよ。あの団体はかねてより問題を起こしてきた札付きですよ。宗教を隠《かく》れ蓑《みの》にした反社会的団体じゃないですか。それの批判をするなとはどういう理屈ですか？」

飯島氏の反論に御手洗室長はゆっくりと頷《うなず》いた。

「おっしゃるとおりです。それに異論はありません。ただ……その宗教団体と故人が濃厚な関係にあったとか、与党が資金から選挙の手伝いまで、問題の宗教団体に寄っかかっており、その見返りに宗教団体の考えを政策に取り入れているかのような報道は、これ以上は、慎《つつし》んで戴きたいのです」

そう言って深々と頭を下げた。これではどちらが叱られているのか判らない。少なくとも上から行政指導するようなデカい態度ではない。

私も、おずおずとコーヒーを出した。

「信じられませんな。報道に政府が介入するのは許されないことですよ」

番組プロデューサーの飯島は頑として室長の「お願い」を受け入れる気はないようだ。

「報道の歴史は権力と対峙《たいじ》する歴史なんですから。ガーディアン、ニューヨークタイムズ、ＢＢＣ、ＣＮＮ、それに三大ネットワークの例を出すまでもなく」

「と言いつつ、前の政権では滅茶苦茶《めちゃくちゃ》忖度《そんたく》してたじゃないですか。いつからそんなに強気になったんです？」

　等々力さんが皮肉交じりに口を出した。

「それは……これまでは、取材拒否されたり出入り禁止になったら情報が得られなくなって困ってしまいますから」

　と、常務の嶺岡が弁解するように言った。

「いいんですか、それで？　そんなものは乗り越えていくのが権力と対峙する歴史なんじゃないんですか？」

　あれほど今回の仕事を嫌がっていた等々力さんが、なぜか報道側を攻撃する。

「これは報道するなとお願いする我々が言うことじゃないですけど、なんか、あなた方、基本的に腰が引けてません？　忖度して常に権力の顔色を窺《うかが》ってません？」

　等々力さんのその言葉に、現場責任者の飯島氏が反応した。

「おやおや！　私と完全に意見が一致しましたよ！」

　等々力さんと飯島氏は、なぜか意気投合したようだ。

「私もね、ずっとそう思っていたんですよ。忖度するなよと。局の、上の方に対して」

　飯島氏はそう言って、隣の嶺岡氏をチラッと見た。嶺岡氏は困惑《こんわく》しきっている。

「あのですね、こちらとしては、政府側と良好な関係を保ちつつ取材活動を続けたいだけなんです。そこをご理解戴けないのは残念ですね」

昔は現場で走り回っていたという津島さんの話が信じられないほど、嶺岡氏は管理職然とした、事なかれ主義な雰囲気全開だ。飯島が常務を差し置いて言い切る。

「とは言え、そちら様が、報道はもっとシャキッとしろ！　とおっしゃって戴けたようで、なんだかこちらも気が楽です。ですのでこの件は、今後も忖度一切ナシで参ります」

「おい」

津島さんが等々力さんを睨《にら》み付けた。

「等々力くん、君はどっちの側の人間だ？」

「いやいや、今のお言葉がなくても、このことは申し上げるつもりで参りましたから」

飯島氏は落ち着いて自信満々の態度で言い、それに引きずられるように嶺岡も渋々頷いた。

「それにですね、今回、私らには強力な後ろ盾がついておりますので、はっきり申し上げて、政府の圧力は怖くないのです」

「は？」

思わず御手洗室長と津島さんは目を点にして言葉を失った。

「どうしちゃったんです？　テレビニッポンさんはえらく強気でらっしゃるようだけど」

津島さんの言葉に、嶺岡と飯島の二人は曖昧な笑みを浮かべた。吉原は無表情なままだ。日本語が判っているのか？　と思ってしまう。

「しかし……こちらもね、こうして場を設けさせていただいた以上、何の成果もない、というわけにはいかないんですが」

ここで口を挟んだ石川さんに、飯島氏がすかさず反論する。

「おやおや、こちら、お若いのに、なんだかマルサみたいなことを言いますね。手ぶらというわけにはいかない、お土産《みやげ》はないのかと、そういうことですか？」

飯島氏がニヤニヤ笑いながら余裕で石川さんに反撃した。もしかして、石川さんの出身が国税庁だと知っているのだろうか。税務署は税務調査に入って手ぶらで帰ることはなく、必ず脱税のネタを持って帰ることを当てこすっているのだ。

「では私から」

ここで意を決した表情の等々力さんが、息を吸い込んで一気に話した。

「こういう脅しめいた事は言いたくないんですが……おたくの局で毎年放送してるチャリティ番組、その看板番組に例の宗教団体がボランティアで多数参加している事実をウチは摑《つか》んでます。いろいろと関係があることをあちこちにリークすることも出来るんですよ？」

あれほど嫌がっていた等々力さんが脅しをかけたが、飯島氏はイヤイヤと首を振った。

「どうぞ、ご自由に。だいたいあの番組もそろそろ潮時だなあと局内では話してるんです。愛で地球は救えないって、もう誰の目にも明らかだし、チャリティの意味を取り違えてるだろって声は年々高まっていますしね」

そう言うと、飯島氏はまたニヤリとした。

「外部の圧力というか炎上した結果、世論に負けて番組が継続できなくなるならウチとしても好都合ですし、逆に政府が民放の番組編成に口出しをしてきたと、こちらからも番組の中でリークしてネタに出来ますしね」

そう返されて等々力さんをはじめ、私たち裏官房の全員がこれはいつもと勝手が違うと面食らってしまった。脇に控える形になっている私も同じだ。私が見聞きしてきた限りでは、ここに呼ばれてきて、今のような「強い要請」を受けた人は一様に顔を強《こわ》ばらせ、ギクシャクした態度で帰っていくのだ。「表立って」圧力をかけられない案件を扱うからこそ、「裏官房」が「裏」である所以《ゆえん》なのだ。

戸惑《とまど》いつつも私は、三人の中でずっと黙ってポーカーフェイスを保っている三人目、吉原が気になった。

この人にはどこかで会った記憶がある。それはどこだろう？　等々力さんも同じことが気になったようだ。

「ところで……こちらの、さっきから黙っておられるオブザーバーの方。この方はどういう意味のオブザーバーなんですか？　おたくのテレビ局の方？　それとも外部の方？　こういう場に部外者がいるのはそもそもあり得ないでしょう？」

　等々力さんは違う角度から逆襲を始めた。

「このヒトはたとえばおたくの局の報道関係のコンサルタントなんですか？　こういう、正体不明の、日本人なのかどうかも明らかじゃないヒトがいるのって、感じ悪いんですよね。威圧感があるっていうか」

「それは等々力さん、あなたの英語コンプレックスのせいですか？」

　どうやら飯島氏は、どういう方法によるものか不明だが、私たちの個人情報を把握《はあく》しているらしい。まさに図星だったのだろう、等々力さんは明らかに腹を立てた。

「あのね、私は外務省からここに来てるんだ。外務省で英語コンプレックスなんかあったら仕事にならんでしょうが」

　仕事にならなかったから外務省から外され、ここに島流しに？　という微妙な空気が流れたのを感じたのか、等々力さんはいっそう激昂《げっこう》した。

「いいですよ別に、おれが英語コンプレックスでも。しかしね、だいたい正体不明の、日本語が判らないようなヒトを連れてこられては、こちらだってセンシティブな話なんか出来る訳ないでしょう」

　誰なんですかこの人は、と等々力さんは怒りが収まらない様子だ。

「このヒト、我々が喋ってることが判ってるんですか？　我々を威圧するためだけに座ってるんじゃないんですか？」

イヤそれは違う、と私は思った。断片的だが記憶が戻ってきたのだ。

たしかこの吉原という人物は……自衛隊の演習を見に来ていた。それもアメリカ大使館付の駐在武官として臨場《りんじよう》していたような……そしてその時、彼は自衛隊の幹部と日本語で支障なく話していたはずだ。

「あの、等々力さん、こちらの吉原さんはたしか日本語も……」

と私が言いかけた時、吉原自身が口を開いた。

「お話は伺《うかが》いました。大変興味深い」

彼は突然、流暢な日本語で喋り出した。

「ここはハッキリ申し上げるべきですね。誤解を避けるためにも。私はアメリカ中央情報局、つまりＣＩＡの日本駐在員の一員です。国籍はアメリカ合衆国。日系四世ということになります。フィリップ・トモアキ・ヨシハラと申します」

ＣＩＡと聞いて、私を含めた裏官房スタッフ全員が明らかに動揺するのが判った。吉原は構わず続ける。

「こちらのみなさんなら当然ご存知のことと思いますが、貴国の憲法より上位にある協定が存在します。日米地位協定。ご存知ですね？」

「まさか……」

にわかに津島さんと室長、そして等々力さんの表情が硬くなった。意味が全然判っていないのは石川さんと私だけだ。

「もちろん表向きの条文には、日本国憲法に優越するとは書いてありませんよ。独立国家の憲法に対して、そんな侮辱的《ぶじょくてき》な事は書けません。日本が再独立する際に締結したのがいわゆる『サンフランシスコ平和条約』ですが、それと同時に『日米安全保障条約』と『日米地位協定』が結ばれました。ただ、これらには『秘密条項』があるのは……ご存じですよね？」

吉原氏はいきなり話の根幹に立ち入った。

「それが、今回の件と、どう関係があるというのです？」

室長が訊いた。

「それは……私から」

嶺岡が引き取った。

「つまり、今回の報道について、我が社としては、アメリカ政府からの要請があるので、日本政府の都合だけに左右されないということなんです」

「詳しい事は私が話す方がいいでしょう」

と、吉原氏が話を引き取った。

「問題の根幹は、カルト教団からアメリカの共和党、とりわけ共和党の有力者に多額の資金が流れていることです。民主党政権《ホワイトハウス》としてはそれを看過《かんか》することは絶対にできません。

共和党の前大統領は危険な人物です。支持者を煽《あお》って合衆国の議事堂を襲撃させ、クーデターを起こそうとした。民主主義の危機だと我々は捉《とら》えています。もとはといえば貴国の元総理が暗殺された理由も、共和党の前大統領と一緒に、カルトに賛同のビデオメッセージを送ったところにあるのですから」

「つまり……あなた方の言いたいことは、アメリカの現政権の意向を受けて、テレビニッポンはカルト教団批判の報道を続ける、ということですか？」

等々力さんの念押しに、吉原氏は平然と「そうですよ」と答えた。

「テレビニッポンさん、おたくの報道は、外国勢力の影響を受けて姿勢を変えるのですか？」

津島さんの言葉に、

「それは……否定しません」

嶺岡氏は津島さんを見ながら言った。

「我々の局の成り立ちは当然、ご存知ですよね？　戦後、日本の政財界に彼らＣＩＡも協力して誕生したテレビ局である、という背景があることを」

そう言われた吉原氏は黙っているが、飯島氏が攻めてきた。

「要するに今日テレビニッポンの我々がこうして呼ばれたのは、日本政府が我々の報道姿勢に疑念を持ち、これ以上政府批判に繋がる報道は止めろとウチの局に強い要請……つまり圧力をかけたいという事ですよね？　しかし日本政府より強いアメリカが、ウチの報道姿勢を支持してくれているんですよ？　である以上、そちらのご要望に沿うことはできません」

「アメリカが、日本政府の方針を妨《さまた》げる？　それは内政干渉《ないせいかんしょう》では？」

　等々力さんが言ったが、そこでふたたび口を開いた吉原氏が一笑に付した。

「今更ナニをおっしゃるんです？　アメリカが日本に内政干渉？　それがなにか？」

　吉原氏は当然のように続けた。

「あなた方は直視したがらないが、戦後ずっと、日本はアメリカによる『占領状態』が続いているんですよ。一国の首都に外国軍の基地があるなんて異様でしょう？」

「ヨーロッパだって同じでは？」

　等々力さんのツッコミに、吉原氏は平然と答えた。

「NATOは多国籍軍なのでアメリカの色は薄まっているし、アメリカは人種や宗教を同じくするヨーロッパ諸国に強く出ることはない。しかし日本の場合はアメリカ軍の単独駐留だし、かつての敵国である日本にアメリカは未《いま》だ警戒心を解いていないのです。押さえつけておかないと、日本人は何時《いつ》また刃向かうか判ったものではないという根深い不信があるのです」

「判りました。それはそれとして、措《お》いておきましょう。で、改めて伺《うかが》いたいのは、日本政府の方針とあなた方の利害が相反するポイントはどこですかな?」

室長がやんわりと訊《たず》ね、吉原ははっきりと言い切った。

「あの宗教団体は、叩いておかねばなりません。巨額の資金がアメリカ現政権の反対勢力に流れ込んでいる以上、力を削《そ》ぐ必要があるのです。政府与党の中にはあの宗教団体と密接な関わりを持っている政治家が多いので非常に抵抗があることも判る。しかしこのままでは困る。ワシントンとしては容認できない。それに、テレビニッポンのキャンペーンは邪悪な宗教団体、それも外国のカルトを日本から排除せよという世論にも合致します」

吉原氏はそう言い切り、飯島氏が隣の常務をチラ見しながらその後を受けた。

「ということですので、ウチとしては今の報道姿勢を続けます。その旨《むね》を内閣官房副長官にもお伝えください」

「しかし、その態度だと、アメリカが方針を転換したら、おたくの報道姿勢も変わるってことですよね? そんなことでいいんですか? 報道の自由とか独立とか、どう考えてるんです?」

さすがに津島さんがムッとしたように言い、それに飯島が輪をかけた怒りの表情で反論しようとした、その時。

ノックもなしに勢いよくドアが開いて、スーツ姿の中年男が、顔を真っ赤にして乱入してくるや、いきなり怒鳴り始めた。

「おい！　おれの言論は自由だ！　活動も自由だ！　お前らは何の権利があって、このおれを弾圧《だんあつ》するんだ！」

なんだ？　これは何かのドッキリか？　突然の襲撃をされた私たちは、呆気《あっけ》にとられて言葉が出ない。いきなり現れたこの人物は最初からテンション高く怒鳴り続けているのだ。

四十代の脂《あぶら》ぎった顔に鋭《するど》い目。グレーの派手な光沢《こうたく》のあるスーツがいかにもというか、およそカタギには見えない。そこで襟元《えりもと》の議員バッジに気がついた私は二度驚かされた。このバッジをつけていなければどこの組の幹部かと思う粗野《そや》な男。それでもどこかで見たような、うっすらした記憶はある。

「ええと、どちら様でしょうか？」

一番入口に近いところにいた石川さんが応対に立った。

「お約束とかありましたでしょうか？」

「ねえよ、そんなもんは！　なにか？　ここは約束がないとダメなのか！」

「一応ここも政府機関ですので。あ、一応は余計か」

石川さんは自虐《じぎゃく》してみせたが、相手のスーツの襟にある議員バッジには気がついている。真鍮《しんちゅう》金メッキ金属製台座に赤紫色のモール……といえば。

「衆議院議員」

津島さんが呟《つぶや》いた。

「お運びいただいて恐縮ですが先生、内閣官房副長官室はご覧の通りの小さな所帯でやっております。なるべく事前にお約束をして戴けると有り難いのですが」

「なんだその慇懃無礼《いんぎんぶれい》な態度は？　国民の代表たる衆議院議員に向かって、偉そうに！　お前ら自分をなんだと思ってるんだ、え？」

「大変失礼致します。先生、お名前を頂戴《ちょうだい》しても宜《よろ》しいでしょうか？」

ソファに座っていた御手洗室長が立ち上がって丁寧《ていねい》に腰を折った。

「名乗れだと？　貴様ら、おれを知らんのか！　どこのど素人《しろうと》だ！　おれはなあ、与党衆議院議員の片岡雅和《かたおかまさかず》だ！　覚えとけ！」

そう怒鳴った片岡という男は、そこでソファに先客がいるのに気がつき「うっ！」と言葉を詰まらせた。

先客である嶺岡たちは、ジャストタイミングで乱入してきた片岡に、これ幸《さいわ》いと席を立った。

「これはこれは片岡先生。こちらの用件はちょうど済みましたところです。大変お邪魔しました。申し訳ございません」

キー局の常務に深々と頭を下げられた片岡議員は、さすがに冷静さを取り戻した。

「ああ、こちらこそ邪魔して悪いことをした。なにぶん急用だったもので」

「先生には大変失礼を致しました。では私どもはこれにて……」

三人はそそくさと出ていったが、吉原だけは振り返って私たちに軽く会釈《えしゃく》して二本指で敬礼の真似事《まねごと》をして去って行った。私が自衛隊出身だということも把握しているようだ。

「それでは大変お待たせしました。片岡先生、急なご用件とは？」

風格のある室長に改めて訊かれると、片岡議員は言葉を詰まらせて何も言えない。

「先生、先ほどは『おれの言論は自由だ！　活動も自由だ！』というようなことをおっしゃったかのように聞こえたのですが……私ども、先生の活動や言動について、なんら存じ上げておりません……」

「え？」

室長にそう言われた片岡議員は意外そうな顔になったが、すぐに巻き返した。

「おい、何をしらばっくれてるんだ！　よくもおれの派閥《はばつ》のトップに告げ口しやがったな！　それもあることないこと山のように！　貴様らはいつも裏から手を回して卑怯《ひきょう》な手段で邪魔者を排除してるんだろ！　知ってるんだぜこっちは！」

「なんのことですか？」

室長をはじめ全員がポカーンとするしかない。

「し、し、し、しらばっくれるのもいい加減にしろ！」

片岡議員は怒りのあまり呂律《ろれつ》が回らなくなって、わなわなと声を震わせた。

「先生、どうぞお平らに。まあこちらへどうぞ」

室長は片岡議員をソファに案内して、私に向かって小声で「済まないけどお茶を」と頼んだ。

促《うなが》されて座った片岡議員だが、居心地が悪そうに半分腰を浮かしている。

「で、先生。じっくりお話を伺いたいのですが」

怒鳴り込んできたのは片岡なのに、尋問《じんもん》しているのは室長のような雰囲気になっているのはさすがに年の功か。

「いや……これは、なにか行き違いが……いや、おかしいなあ」

「政治の世界はいろいろあるかと思います。噂話が先走るとか……妙な下工作が進んでいるとか……」

「おい、それはどういう意味だ？　おれへの当《あ》て擦《こす》りか？」

片岡議員は立ち上がり、ふたたび怒鳴り始めた。

「いろいろ耳に入ってるんだ。おれの日頃の言動が目立ちすぎるから、派閥のお偉方に睨まれてるのも判ってる。だけど、自分で言うのもアレだが、おれ程度の議員は、目立たないと次の当選が危ういんだよ。判るだろ？」

「おっしゃるとおりです」

室長と津島さんは相手を落ち着かせようと、とりあえず全面的に肯定《こうてい》した。

「お前ら、何の噂を流してる？　おれの思想信条は自由だろ。好きにさせて貰《もら》う。恋路《こいじ》の邪魔だって誰にもさせないからな！」

恋路の邪魔？　と私は引っかかった。そして私は片岡議員の左手薬指の指輪にも気がついた。既婚者なのに恋愛？　つまり不倫《ふりん》？

議員にこれだけ怒鳴られても室長と津島さんは傾聴《けいちょう》の態度を崩さない。

「なんだお前ら。そんな澄《す》ました顔しやがって。これだから役人はイヤなんだよ。田舎《いなか》の町役場の窓口も霞が関もおんなじだ。おれをバカにしてるのか？　言うだけ言わせて追い出そうって腹だろ！」

「いいえ、滅相《めっそう》もない。私どもは、先生がおっしゃることをきちんとお聞きしないと対処が出来ませんもので」

「おれはなあ、おれだってさんざん苦労して、ようやくここまで勝ち上がってきたんだ。叩けば埃《ほこり》も立つ」

議員は立ったまま私が運んだお茶をガブッと飲むと、そのまま吐き出した。

「熱い！　ナニ考えてるんだ！」

あまりの剣幕に私たちが呆気にとられていると、片岡議員の苛立《いらだ》ちはいっそう募《つの》ったらしい。

「もういい！　帰る！　とにかく何を言われてもおれは知らんし、指図《さしず》にも一切従わないからな！　いいな！　裏から手を回して告げ口をするやつも絶対に許さねえ。おれが簡単に言いなりになると思うなよ！」

片岡議員は喚《わめ》くだけ喚くと逃げるように出て行ってしまった。

後に残された私たちは、お互い顔を見合わせて首を傾《かし》げるばかりだ。

「なんですか、あれは？」

「……正直ねえ、ああいう陣笠《じんがさ》議員の一人一人まで言動の把握はしてないし。そういうことは内閣情報調査室がやってるんだろうしねえ」

室長はボヤいた。

「あなた方、片岡議員について、なんか聞いてますか？」

「前からヤジ将軍だとは言われてますね。国会で不規則発言がやたら多い、テレビに出ても暴言を吐く、それだけでは足りずツイッターでも過激なことを書き散らしてます」

等々力さんがうんざりした表情で言った。

「でもまあ、派手なだけで実力はありません。口だけ番長で政界にはなんの影響もないんですけどね」

等々力さんの言うとおりなら、あの片岡議員というのは、いわゆる「お騒がせ要員」でしかないのか？　だったら放置しておいていいはずだが。

「まあね、何かあるなら派閥か党が動くだろうし」

津島さんもそう言って、私たちは仕事に戻ろうとした。

その時、コツコツと甲高《かんだか》いノックの音がした。

「またか。今度は誰だ?」

津島さんが目で合図して、石川さんがドアを開けると律儀《りちぎ》そうな男が立っていた。

「お早うございます。与党の植松《うえまつ》幹事長がお見えです」

秘書とおぼしき男が石川に一礼してドアをもっと開けると、脇に立つ老人が見えた。

「今、ウチの片岡が来ていただろう?」

邪魔するよ、と言いながらその老人はお付きの男とともに入ってきた。髪の毛が薄く、老人特有の弛《ゆる》んだ顔に猫背《ねこぜ》の小男だが、眼光鋭く、油断ならない感じだ。

「あ、これは植松先生、どうも、わざわざお運びいただきまして」

何の御用でしょうか、と室長は丁寧に挨拶《あいさつ》をした。さすがに私も、この人のことは知っている。

各党を渡り歩いたあと与党に戻り、再びゼロから始めたにもかかわらず、今や中堅派閥のトップとなった党の重鎮《じゅうちん》だ。首相もこの人には迂闊《うかつ》に触れない、敵にすると危険な策士、植松壮二郎《そうじろう》。

「片岡はナニを言って帰ったのかな?」

八十歳くらいに見える植松幹事長は勧《すす》められる前にソファにどっかと座った。一見矍鑠《かくしゃく》としているが、足元はいわゆるギョウザ靴、歩行を助ける歩きやすい履き物だ。

「お前ら、片岡から目を離すな。泣く子も黙る文春砲《ぶんしゅんほう》が動いている」

「と、おっしゃいますと？」

室長は畏《かしこ》まった態度で応じた。

「知らんのか？　片岡には女性スキャンダルがある。しかも、どうもこれが筋が良くない、致命的なスキャンダルだという話が聞こえてくる」

政界のことはすべて自分に情報が集まってくるという自信から発する凄《すご》みを、この老人は発散している。

「それは……つまり、片岡議員が悪い女に惚《ほ》れてしまった、というようなことでしょうか？」

幹事長は室長の問いに否定も肯定もせず、愚痴《ぐち》のような口調で続けた。

「あの男は、片岡はとにかく軽いんだ。選挙にも弱いもんだから、マスコミにやたら露出したがってスタンドプレイも多い。言わずもがなのことをマスコミに喋るしネットにも書き散らすし国会でも野次る。ああいうのは私は好かん。邪魔なんだ」

私が出したお茶をチラッと見た幹事長は、一瞬だが「こんなもの飲めるか」という顔をした。

「君らだって判るだろうが、国会でもなんでも、おのずと『流れ』というものがある。しかしアイツはそれを読む感覚に乏《とぼ》しいからオノレの勢いだけで放言しまくる。それでいて自分の考えとか信念というモノもないから、民族主義的なかなり右のことを受け売りで喋る。それがウケるものだからますますそっちに走ってしまう。叱っても注意をしても馬耳東風《ばじとうふう》だ。こんなこと、ちょっと前なら考えられんハナシだ。なあ、御手洗くん。君なら知ってるだろ。昔なら親分が白と言えば白、黒と言えば黒。それで派閥の統制が取れていた。数が勝負の政治の世界で、小派閥でも高く売れたんだ。どの世界でも上下関係は必要だが、どうも昨今、古いとか封建的《ほうけんてき》だとか言って上の者の言うことを聞かない阿呆《あほう》が増えてきた。その最たるものが片岡だ。アイツは救いようのない馬鹿だ」

植松幹事長は吐き捨てた。

「そういう奴を守ってやる義理はない。そりゃ与野党の勢力が伯仲《はくちゅう》して、一人でも欠けると法案が通らないようなときにはアホでも大事にしなければならないが、今は違う。安定多数の議席があるから、アホは要らんのだ。しかも選挙が弱いし頭も弱いとなれば、大事にしてやる義理など、これっぽっちもないんだ」

植松幹事長は、どうやらあの片岡議員を切り捨てる気らしい。

「あの男をこのまま放置しておくと、いずれ政権の足を引っ張ることになる。安定多数を誇っていても政権が盤石《ばんじゃく》ということではない。アリの一穴ということもある」

植松幹事長は慎重の上にも慎重にことを進めるタイプだ。だから政界で生き残ってきたのだろう。

「要するに言うことを聞かない片岡如《ごと》きが潰《つぶ》れるとしても、それは致し方ない。それこそ身から出た錆《さび》というヤツだ。だからアイツの情報を至急、集めてくれ」

「見放すのなら、放っておけばよろしいのでは？」

等々力さんが口を挟んだが、老政治家はバカモンと怒鳴った。

「ヤツを切るにしても、どういうバカをやるつもりか、きっちり把握しておかないと、こっちも手を打てんだろ？　アイツもバカなりにいろいろウソ交じりの言い訳をしてくるだろうから、こっちも正確な情報が必要だ。バカはバカでも必死なバカは結構手強《てごわ》い」

「片岡議員の問題とは、さきほど幹事長もおっしゃいましたが、女性問題ですよね？　しかも、筋の悪い」

津島さんが確認した。

「いかにも」

幹事長は頷いた。

「スジが悪いということは……もしかして、ハニートラップにかかっているということですか？」

「最悪の場合、その可能性もある」

なるほど、と津島さんが頷いた。

「しかしそういうことは、内閣情報調査室の仕事では？」

津島さんはやんわりと難色を示した。

「そんなことは判っとるわい」

植松幹事長は一喝《いっかつ》した。

「もろもろ判った上で頼んでるんだ。内調に頼むと、用件はすべて官邸に筒抜けになってしまう。それはマズいんだ」

幹事長は自派閥の問題議員が抱えている不祥事を官邸には知られたくないらしい。

「しかし、ウチは内閣官房副長官の下にある組織ですから、副長官には……」

「それも判っとる。副長官の横島《よこしま》には口止めしておく」

とにかくだ、と幹事長は、私が出したお茶に目もくれずに話し続けた。

「アイツの尻尾《しっぽ》をきっちり摑《つか》んでおきたい。馘《くび》にするか見捨てるか助けるかは、それから決める」

植松幹事長も自分の言うことだけをまくし立てると立ち上がり、「頼んだぞ」と言い残して帰っていった。

「やれやれ。今日はなんだか朝から大変だな」

津島さんが閉まったドアを見て、ボヤいた。

「どうやら、片岡議員は幹事長に呼び出しを食らって、その先があると読んで先回りしてここに怒鳴り込んだんでしょうけど」

等々力さんもウンザリ顔だ。

「政治家の間では、ウチは便利屋みたいに思われてるんでしょうかね？　片岡議員といい、幹事長といい……」

「植松幹事長は植松派を率《ひき》いていて、片岡議員は一応、植松派だ。今の岸和田《きしわだ》首相は伝統ある保守本流の岸和田派を率いていて、よくも悪くも真面目《まじめ》な人だ。権謀術数《けんぼうじゅつすう》に長《た》けた寝業師《ねわざし》の植松幹事長とは全くソリが合わない。だから、植松幹事長は自分の派の中のゴタゴタを首相には知られたくないのだろう。幹事長としての自分の力に影響するからね」

室長が背景を教えてくれた。

「今の副長官の横島さんは事務方トップだが、派閥の色はない。官僚トップだから本来、そういう色が付いていてはいけないが、まあ、長年やってれば誰かに取り込まれてしまう」

「では、どうしますかね？」

等々力さんが上司の指示を仰《あお》いだ。

「植松幹事長は、かなり片岡議員の尻尾を摑んでいるようなのに、知ってることをこちらには何も言わない。ただ調べろって言っただけ。どうせならあちらが知ってることを教えてくれれば手間も省けるのに。改めて植松幹事長に問い合わせますか？」

「いや。それはやめておこう。我々に白紙の状態から調べさせて、自分の持っている情報と照らし合わせたいんだろう。ウラトリをさせる感じかな」

津島さんは、はぁと溜息《ためいき》をついた。

「ま、やるしかないだろ。まず片岡議員を尾行するか」

＊

結局、私と津島さんが問題の片岡議員を尾行することになった。「ホンボシ濃厚な被疑者の行動確認」というところか。女絡《おんながら》みのゴシップ系が大好物の等々力さんが手をあげたのだが、尾行の素人ふたりがドジを踏み、片岡議員に見つかって台無しにしてしまうことは避けたかったので、等々力さんは外された。なんといっても津島さんは警視庁の元刑事で、尾行のプロだ。

片岡議員は大阪選出なので議員宿舎に住んでいる。私たちは朝から赤坂《あかさか》にある議員宿舎の近くで張り込んだ。今は国会が開会中だ。九時頃にご出勤かと予想していた私は、朝の六時三十分から張り込むと津島さんに言われてウソでしょ、と驚いた。だが、津島さんの読みどおり、議員は七時過ぎにスーツに髪も髭《ひげ》も整えたビシッとした姿で宿舎の正面玄関に姿を現した。そのまま停《と》まっていたタクシーに乗り込む。

私たちは警察車両でもなくレンタカーでもない一般車両に乗っている。めざとい人物ならナンバーから警察車両と知って警戒するだろうし、レンタカーもナンバーですぐ判ってしまう。一般車ならタクシーの後から走っていても怪しまれないだろう。

タクシーは議員宿舎からほど近い一流ホテルに着いた。エントランスには「論和会《ろんわかい》政策勉強朝食会　七時四十五分　十二階桔梗《ききょう》の間」という案内板が出ている。

私たちは車を置いて、ゆっくりと「桔梗の間」に向かった。

豪華な宴会場のドアが開いている。そこから垣間《かいま》見えたのはコの字に並んだテーブルに並ぶ豪華そうなお弁当だ。白いクロスのかかったテーブルには議員と思われる多数の人たちがすでに着席して隣の人と喋っている。この中に片岡議員もいるのだろう。

「えーでは、定刻になりましたので始めさせて戴きます」

マイクを使った進行役の声が聞こえて、開いていたドアが閉められた。

「なるほど。アサメシの高級弁当を食いながら、審議中の法案についての党の方針を聞いたり、現在進行中の諸問題についてのレクチャーを受けるんだな」

「けっこう勤勉ですね」

廊下に漏《も》れてくるマイクの声を聞きながら、私が素直な感想を口にすると、津島さんは苦笑いした。

「派閥の議員にだって勤務評定があるんだよ。サボるとお偉方の覚えが悪くなって人事に影響する。党の役職に就《つ》けなければ当然、大臣にもなれなくて、その他大勢の存在でしかなくなってしまう」

政治家も大変だ。

私たちは廊下の隅の椅子《いす》に座って、朝食会が終わるのを待った。

八時三十分に朝食会は終了して、出席者たちがぞろぞろと出てきた。議員たちはそのまま歩いてすぐ近くの国会に向かった。タクシーに乗るのは与党のお偉方のみだ。

私たちも国会に向かった。事前に国会内に入構する許可は得てある。

片岡議員は午前中、衆議院の委員会に出席していたが、質問に立ったりする出番はなく、自分の席からヤジを飛ばしたり、隣の議員と喋ったり、資料らしきものを読んだり、居眠りしたりと、つまり何の役にも立っていない。

昼の休憩は国会内の衆議院食堂で仲のいい（らしい）議員とランチを食べていた。メニューは「日替わり定食（並）」五百五十円。倹約家《けんやくか》なのかケチなのかお金がないのか。

「国会の食堂はカツカレーが名物だけど、それは見学者や陳情団《ちんじようだん》が、土産話に食べて帰るものだからね」

なんでも詳しい津島さんが教えてくれた。私たちは隅っこで、片岡議員に気づかれないようにおそばで手早く済ませた。

議員たちは食後のコーヒーを飲んで話に興じたあと、十三時からの本会議に出るため席を立った。

法案の採決が五本。例の、議員の名前が書かれた木札を国会職員に渡す『堂々巡り』と呼ばれるモノが見られるのかと私は期待したが、残念なことにさほど重要な対決法案ではなかったらしく、賛成反対の演説の後、起立投票が告げられただけだった。「起立多数！よって本案は委員長の報告通り、可決いたしました」と議長が宣言して終了してしまった。

事務的というかなんというか、あまりにも淡々《たんたん》と事が運ぶのにかなり拍子《ひょうし》抜《ぬ》けした。

「こんなもんなんでしょうか？　もっと与野党の議員が怒鳴り合ったりして、荒れるんじゃないんですか？」

と津島さんに訊くと、また苦笑いされた。津島さんの苦笑いは優しい。

「今日やったのは特に派手な対決法案でもないし、世間の注目も浴びてないし、なんと言ってもテレビの生中継がないからね。ほら、プロ野球で、バッターが打ち損じたら一塁に全力疾走しないでたらたら歩いてアウトになるのと一緒。無駄な体力は使わないってコト」

そういうものなのか。

本会議は十五時過ぎに終了し、片岡議員は衆議院の一室で取材を受けた。廊下に漏れてくるほど大きな声で、片岡議員はこれまでずっとおとなしくしていた鬱憤《うっぷん》を晴らすかのように喋りまくっていた。

「今の政界はまったく古臭くて嫌になるよ。親分の顔色を常に窺ってないといけないって、戦国時代かって話だよ。我々は国民の代表だよ？　議員はすべて対等でしょ？　親分だって別にそんなにカネくれるわけでもないしポストだってさあ……まあ仕方ないかねえ。親分自身が総理大臣にヘコヘコしてるんだからさあ」

「あの、片岡先生、そんなに飛ばして大丈夫ですか？　ゲラは事前にお見せしますけど」

「いいのいいの。おれは今までもっとひどいことも言ってるけど、特にお咎《とが》めもないし。一種のガス抜き弁みたいなモノだと思われてるんじゃないかな。言いたい放題言わせておけと。それでおれが攻撃されたり炎上したりすれば、政権への不満のガス抜きになる」

「それがバレちゃったらマズいんじゃないんですか？」

「どうして？　利口《りこう》な人はとっくに見抜いてるだろうし、バカはまあ、どうでもいいからな」

マジメに聞いていてもほとんど意味がない「大放言」を、片岡議員は二時間近く吐きまくると、部屋を出て……姿をくらましてしまった。急にいなくなってしまったのだ。

「我々としたことが……撒《ま》かれたか。ま、慌《あわ》てず騒がずだ」

津島さんはメディアを装って片岡議員の秘書に電話を入れて、今日の予定を確かめた。

「はあ、本会議後は特に片岡先生のご予定は入っていないんですね？　政府や党の会合もない、と」

礼を言って電話を切った津島さんは、だが、あきらかに狼狽《うろた》えていた。

「困ったな。じゃあ、どこに行ったんだ？」

さすがの津島さんも、ここまで鮮やかに逃げられるとは予想していなかったようだ。公式行事が入っていれば会場も判るが、プライベートな行動なら、目を離さずに尾行するしかない。

「片岡センセイ、さては我々の存在に気づいて逃げたのか？」

逃げる気になれば、いくらでもルートはありそうだ。議事堂からは秘密のトンネルがあちこちに通じているという話を聞いたことがある。

しかし探そうにも、私と津島さんだけでは無理だ。出入りのルートについては国会の警務部に訊くしかないだろう。

国会は警察ではなく衆参それぞれの衛視《えいし》が院内の治安と安全を守っている。しかし衛視はあくまでも衛視であって警官ではないので、武器も持っていないし不審者を逮捕することも出来ない。人数が少ないので国会議事堂と付随する建物の警備だけでも手に余る。なので、強行採決などで国会が荒れたときは議長の要請で警察が介入することもある。

私たちは衆議院の警務部に駆け込んだ。衛視の主な仕事は国会への人の出入りの監視なので、片岡議員が出て行ったならば、監視カメラや衛視が見ているはずだ。

「う～ん、片岡議員の出入りは確認出来ませんね」

監視カメラの記録を再生したが、衛視は首を傾げた。

「議事堂から外には出ていないようです。今、議事堂の入口に立っている衛視にも確認しましたが、やはり、見ていないと」

「参議院側から出入りしたという可能性はどうです？」

津島さんは食い下がった。

「ええ、もちろんそれも含めて見てるんですが……」

衛視は首を傾げた。

「議事堂のフェンスの外で見張っている警官に訊けませんか？」

「我々の言うことを疑うんですか？」

その衛視はちょっとムッとした。

「いえ、そういうわけではありませんが、念の為に確認しておきたいのです」

「裏官房は特定議員の監視もするわけですか。まるで秘密警察ですね」

衛視は嫌味を言いながら、それでも電話で確認を取ってくれた。秘密警察と言われて腹が立った私は反論したいのを我慢した。

電話を切った衛視は私たちに内容を伝えた。

「……やはり、議員が国会から出ていった姿は確認されていません。徒歩でも車でも、です」

「それなら国会の中のどこかにいる、ということになるが」

津島さんは首を傾《かし》げた。

「これだけ広くてはどこにいるのか想像もつかないな」

困っている津島さんを見てどうしよう、と私も考えるうち、どこかで小耳に挟んだ話が記憶に引っかかってきた。

「あの……国会議事堂って、秘密の通路があって地下シェルターに繋がっていたり、地下鉄の駅に繋がってたりするんじゃありませんでしたっけ?」

どこかで聞いた話を私が口にすると、その衛視はハイハイと頷いた。

「国会議事堂の向かいに衆参の議員会館が並んでいますが、両会館とも、それぞれが公道の下を抜ける地下連絡通路によってここと繋がっています。また、地下鉄駅接続通路で、国会議事堂は東京メトロ国会議事堂前駅と永田町駅にも繋がっています。また、国会議事堂から公道を挟んで衆議院第二別館と国会記者会館、国立国会図書館なども地下通路で結ばれています」

直接繋がっていないのは首相官邸と国会図書館ぐらいだ、と衛視は言った。

「なお、いわゆる地下シェルターはありません。万一の場合、地下鉄の駅が転用されるという説はありますが」

「じゃあ、議員は地下鉄で逃げたんでしょうか？」

「ちょっと待って」

津島さんが私の先走りを止めた。

「地下通路にも監視カメラはありますよね？　その映像を確認したいんですが」

少々お待ちください、と衛視は機器を操作して地下通路の映像を再生したが……その最中に、議員会館の衛視から電話が入った。

「あ、そうですか。それはどうも」

電話を切った衛視は、津島さんに告げた。

「片岡議員は、議員会館の自室にいるそうです。地下通路から議員会館の自室に入るところを衛視が確認しました」

灯台もと暗しということか。有り難うございます、とお礼もそこそこに、私たちは道を挟んだ向かい側の衆議院議員会館に向かった。

といっても、中に入るわけにはいかない。かといって外で出てくるのを待つうちに、また地下通路を使ってどこかに行かれても困る。地下鉄を使われてしまうかもしれない。

一計を案じた。私は朝食会が開かれたホテルまで走って、駐《と》めておいた車をピックアップして議員会館に戻り、津島さんは議員会館の警務部に行って、片岡議員の部屋を監視することにした。

ホテルに急行した私が車に乗って戻り、議員会館の玄関脇に仮駐めして警務部に飛び込むと、津島さんと衛視はモニターを見つめていた。

「議員が自分の部屋に入ったのは確かなんですよね？」

ええ、と衛視は答えた。在室かどうかはランプで判るが、秘書が居残って仕事をしていることも多いので、議員本人が在室かどうかまでは判らない。

が、やがて、さっきまで着ていたスーツを、派手でラフなジャケットとスラックスに着替えた片岡議員が出て来た。

引き続きカメラで監視し、何かあれば知らせてくれと言い残して、私たちは外で待機した。

地下通路を活用することなく、片岡議員は一階の玄関から出て来ると、待っていたタクシーに乗り込んだ。

私たちも玄関脇に駐めておいた車に飛び乗ってそのタクシーを追尾した。幸い、他の車が数台、間に入ってくれている。この状態なら片岡議員には気づかれないだろう。

タクシーは晴海《はるみ》通りに入った。

「銀座《ぎんざ》だな。築地《つきじ》かもしれんが、たぶん銀座でメシ食って、きれいどころがいる店にでも行くんだろう」

津島さんの読み通り、タクシーは銀座四丁目の交差点を右折して銀座通りに入り、さらに花椿《はなつばき》通りに入って資生堂《しせいどう》の前に横づけした。

「ここでお姉さんにプレゼントでも買ってついでに食事でもして行くんじゃないか？」

「資生堂でプレゼントを？　エルメスでもシャネルでもなく？」

「国産品が好きな女性なんだろう」

などと喋っていると、片岡議員が下車して資生堂の中に入った。

「私は降りる。君は車を駐めてきなさい。スマホで連絡を取り合おう」

そう言い残して津島さんは車を降りた。

手近な駐車場を探して車を駐めたところで、津島さんからショートメッセージが来た。

「花椿通りに面したハイランドビルの前で待ってる」

全速力で「ハイランドビル」に向かうと、小ぎれいなビルの前に津島さんが立っていた。

「奴《やっこ》さん、この地下にあるクラブ『アクロポリス』に入った。ここは銀座でも『超』がつく高級クラブでね」

津島さんはその店を知っているようだ。刑事の給料で入れる店なのか？

そう思った私を察して、津島さんは弁解するように言った。

「いや、官房副長官室に勤務するようになって、何度かお偉いさんに連れてきて貰った。自腹じゃ来たいとも思わないし、来れないよ」

「私が一緒に行ってもいいんでしょうか？　というか、この店、入るんですか？」

「入りますよ、当然。経費で落とす」

私は津島さんについて、階段を下りた。

『アクロポリス』と書かれたプレートのあるオークのドアを開けると、その中は想像以上にきらびやかな世界だった。

天井からはシャンデリアが下がり、白を基調にした広いフロアには白のグランドピアノ。小編成ながら生のオーケストラがムード音楽を演奏していて、数組がダンスを踊っている。

いくつかの個室と、ガラスで区切られた個室に準ずるいくつものスペース。フロアには丸テーブルにソファのオープンな席。その一角にはハリウッド映画にでも出て来そうな洒《しゃ》落《れ》たカウンターがある。山ほどの洋酒を背にしたバーテンダーがキビキビとカクテルを作っている。

ドレスを着た女性はみんな若くて細くて美人で笑みを絶やさない。

「あ～ら、津島さん！　お久しぶりね！」

和服を着た女性が津島さんを出迎えた。この人がいわゆるママというヒトなのだろう。

「今日はお一人？　瀬島《せじま》さんは？」

「いやいや、今日はちょっとワケアリでね」

津島さんは恐縮したような申し訳なさそうな顔で言うと、私をママに紹介した。

「これ、部下の上白河くん」

よろしく、と私は頭を下げた。

「あらまあ可愛《かわい》らしいお嬢《じょう》さんですこと」

にっこり笑って私を見つめるママに津島さんが小声で訊いた。

「ところで片岡先生、来てるでしょ？」

津島さんは店内をそれとなく見渡している。

「ええもう。とてもお元気で、いいお酒を召し上がってますよ」

そうですか、と津島さんは言いながら、ママに席を案内された。

その時私は、お店の中に、どこかで見た事のある男性がいるような気がしたが、顔をハッキリ確認出来ないまま、ママに先導されて席に向かった。

「片岡センセは一応議員さんですからね。個室でゆっくりして戴いてます」

あの席、とママが目視したのは、カーテンで仕切られた半個室。ムード音楽の生演奏が静かに流れる店内に歓声が漏れてくる。

私たちが店に来たことは知られたくないので、個室にいてくれるのは好都合だ。

「とりあえずセンセは明るいお酒だから宜しいですわ」

このクラブは超高級と津島さんが言うとおりに、とにかく品がいい。インテリアも音楽も女性もなにもかも上品でハイクラス、私みたいなガサツな一般人は居辛《いづら》い感じだ。

お酒とオードブルかなにかを置いたトレイを、黒服のボーイさんが運んでいき、カーテンを開けた。

その時垣間見えたのは、片岡議員が隣に座る美人ホステスさんと密着してイチャイチャしている姿だった。とにかく仲睦《なかむつ》まじい。恋人同士のような感じでお互いのカラダをくっつけて、談笑している。まあ、それ自体は特に問題ではないと思うが。

「片岡センセイについているコはご指名ですよね？ ちょっと呼んで貰えたりする？」

万事心得た、という感じのママは近くにいた黒服を呼んで耳打ちすると、少し経って美人ホステスが私たちの席にやってきた。

「始めまして、ミサです」

彼女は如才《じょさい》なく名刺を出して、私にもくれた。

美人だ。目鼻スッキリの聡明《そうめい》な感じで、色気ムンムン系ではない。着ているドレスもボディコン系ではなく、スカートの丈《たけ》は短いけれど派手な感じではない。昔の００７《ダブルオーセブン》映画で見た七十年代のロンドン・ファッションみたいに見える。アイラインがくっきり引かれ、明るい色に染めた髪の毛がいわゆるビーハイブという、頭頂部を派手に盛り上げた髪型なので、七十年代風に見えるのだろう。これに白いブーツでも履いていれば、まさに七十年代そのものだ。

「ここはセレブ御用達《ごようたし》というか、ずいぶん上品なお店ですね」

私がそう言うと、ミサさんはにっこりと微笑《ほほえ》み、そうなんですよ、と答えた。

「銀座といってもいろんなお店があります。大衆的なお店も、過激なサービスをウリにするお店もありますが……うちは昔ながらの銀座のクラブのイメージを大切にしてます。ですから……いいお客様に来ていただいてます」

「そうですよね。私なんか緊張しますもん」

私は素直に言った。津島さんが同意する。

「私もね、お偉方のご相伴《しょうばん》に与《あずか》るカタチでしか来たことがないけど……やっぱり、私くらいの人間だとね、お店の格に圧倒されてしまう」

そう言って津島さんは、ミサさんが作ってくれた水割りをごくりと飲んだ。

「だけど、銀座のクラブは思わず緊張するような、その雰囲気がいいんじゃないかなあ」

「そんなことないですよ。応接間と言われた赤坂六本木《ろっぽんぎ》とは違って、銀座のお店はお茶の間です。どんどん来て、寛《くつろ》いでください」

意外にも素朴《そぼく》な人柄のミサさん。好感度が高いな、と私は思った。

どうやら「銀座のクラブのホステス」という人たちに先入観というか思い込みのようなものを持っていたようだ。お色気を使って客を誑《たぶら》かして言葉巧《たく》みに客をノセて、どんどん散財させる悪魔？　みたいなイメージか。しかも「あの」片岡議員のお気に入りなのだ。議員は絶対にダマされていると、今の今までそう思っていた。

「ところでミサちゃんって、どこの人？　東京？」

津島さんがさりげなく訊いた。

「あ、沖縄です。言葉、ヘンですか？」

「いいや。その逆です。訛《なま》りを全然感じないし、東京の方だとばかり」

「私、沖縄の、それも離島なんですよ。地元に高校がなかったので本島で下宿して……」

「それでスカウトされて東京へ？」

「スカウトってわけじゃないんですけど、タレントに憧れてて、東京のスクールに通ってみたらチャンスがあるかなとか思って……こちらのかわいいお嬢さんは？」

ミサさんは私に話を振った。

「あの……私、八王子《はちおうじ》の方でちょっとツッパってて……それで自衛隊に」

ミサさんの率直《そっちょく》さに影響されたのか、思わず正直に言ってしまった。ツッパったあげく自衛隊に、というのもおかしいけど、本当の話なのだから仕方がない。

「自衛隊に？　えーっ！　全然見えない！　芸能人の方かと思いました」

ミサさんはさすがに口が上手い。

「その前は結構ワルかったらしいですよ」

津島さんが意地悪く補足した。

「そうなんだ？　でも芸能界も自衛隊も、大変なところは、多少ワルかった方が根性があって続くんじゃないのかな」

「そのとおりかも。自衛隊にちょっと、いやもの凄く苦手な上官がいたんですけど、すぐに辞めずに我慢出来たのは、我ながら根性あったなって」

「けど結局耐えきれずに、その嫌な上官を殴り倒して自衛隊を辞めたんだよな」

「はい。忍耐の限界を超えましたので」

「へえー。自衛隊を辞めて、津島さんの部下に？　津島さんって、さっきママに聞いたんですけど、政府のエラい人なんでしょう？」

　またまた客を持ち上げるミサさんに、津島さんはきまりが悪そうだ。

「違いますよ。エラい人にくっついてるだけの情けない男です」

　どうして客の方が卑下《ひげ》しなきゃいけないのかよく判らないが、持ち上げられるままそれに乗っかるのもバカみたいだ。自分でオトしてバランスを取るのは、さすが年季の入った津島さんだということか。

　感心してこのやりとりを見ている私の様子に、ミサさんが気づいた。

「ねえ、上白河さん、もしかして、この仕事、興味あります？」

「そうですね。このお店なら……」

　私の返事にミサさんはニッコリした。

「そう？　じゃあ、明日から私のヘルプで入らない？　ダブルワークしてる人、結構多いの。ちょっと前に辞めたけど、女性警官やってる人もこのお店にいたのね。セクハラしてきたお客さんを脊髄《せきずい》反射でひっぱたいちゃって、責任取って辞めちゃったけど。残念だった。みんなで辞めないでって頼んだんですけど」

ミサさんはそう言って笑った。公務員は文筆業以外の副業は禁止だが、厳格に運用されていないケースもあるのだろう。

その夜、津島さんはそれ以上の質問はせず、片岡議員との関係とかも聞かないまま、店を出た。

私は「飲めないので」とお酒を口にせず、ソフトドリンクだけで過ごしたが、津島さんは上手に勧められて、水割りをけっこう飲んでいた。そう言えば、私たちはお昼は衆議院食堂で食べたが、夜はまだだ。しかし、片岡議員の尾行はここで終わったわけではない。

「植松幹事長は、スジの悪い女って言ってましたよね？　ハニートラップの可能性もあると。じゃあ、あのミサさんが、スジの悪い女なんでしょうか？」

そうは見えないのですけど、と私は津島さんに訊いた。

「おいおい。スジが悪い女が、スジの悪さを見せたらアウトだろ」

津島さんは私をバカなことを口走る女だなあという顔で見た。

「さっきの申し出だが、渡りに船だ。体験入店して彼女のことを探ってくれよ」

判りましたと答えた私はまた車を取ってきて、店の近くに付けた。この辺の道は広くないので、路駐していると交通の邪魔になってしまうから、私はこの辺りをぐるぐる回ることにした。

時間は夜の九時。銀座の夜はこれから、なのだろうが、片岡議員は食事をしたあとこの店に直行してお店の口開けからいるはずだから、二時間は滞在している。

やがて、繋ぎっぱなしにしたスマホから津島さんの声が聞こえた。

「片岡が出てきてタクシーに乗った！」

私は急いで店の入るビルの前に車を回し、津島さんを乗せてそのタクシーを追った。

「『品川《しながわ》×××』のナンバーのMMタクシー。進行方向は真っ直ぐだ！」

「真っ直ぐ？　新橋《しんばし》方面ですか？　二軒目に行くつもりですかね？」

「新橋の、どこに行くつもりだ？」

そう話していると、片岡議員を乗せたタクシーは新橋を抜けて品川を越え、大井町《おおいまち》も過ぎて、大森《おおもり》を経《へ》て、蒲田《かまた》まで来てしまった。

「おいおい奴さん、もしかして……」

津島さんはやれやれ、という表情になった。

タクシーはＪＲと京急《けいきゅう》、二つの蒲田駅に挟まれた歓楽街の入口に停まった。片岡議員が降りたつ。

「上白河君、君は車中で待機しててくれ。私は奴さんがどの店に入るか確認してくる」

津島さんはそう言い残して車を降りて歓楽街……もっとハッキリ言えばピンサロそのほかが立ち並ぶ風俗街に入っていった。

津島さんは片岡議員が入った店に潜入するのだろうか？　その場合、私はコトが済むまでこのまま待ってるのか？

と思っていると、電話が入った。津島さんだった。

「いや〜奴さんが入った店は、その、なんというか、いわゆる」

「遠慮なくおっしゃってください」

津島さんは私が女性なので言葉を選んでいるのか、困っている。

「いわゆる『マッサージ』なんだが、実際はその……最後までやらせるところで」

片岡議員は、銀座ではミサさんには悪さをしないで、それで溜《た》まった鬱憤を蒲田で発散しているのか？

「こういう店は個室だし、やることは決まってる。もういいだろう。奴さんの行動はだいたい判った」

津島さんは歩きながら電話していたようで、「今夜はもういい。帰ろう」と言ったときには既に車のそばにいた。

「いやいや、あの男はお盛んだ」

津島さんはそう言いながら車に乗ってきた。

「議員宿舎って、家族で入居出来るんですよね？」

私が訊くと津島さんは「そうではあるが」と答えた。

「片岡の場合は家族を選挙区の大阪に残して、単身で議員宿舎に入ってる。だから、夜な夜なやりたい放題ってわけだな」

我々も、もう帰ろうと津島さんは言った。

「メシ抜きで酒飲んで、調子が悪くなった。どこかでメシ食って、今夜は終了だ」

その夜、第二京浜《だいにけいひん》沿いのファミレスで遅い夕食を食べ、一度オフィスに戻って車を返して、私たちは解散した。

＊

翌日。

「お早うございます！」

私が出勤してドアを開けたとき、そこに横島内閣官房副長官の姿があったので、私は驚いた。横島副長官は室長と対面している。私は決して遅刻していない。

「副長官。今のお話を復唱いたしますと、先のご指示は撤回されて、あのテレビ局への圧力はナシ、逆にもっと派手に報道するようけしかけろと、そういうご下命と受け取ってよろしいのですね？　火消しではなく油を注げと？」

「まあそういうことだ。頼むよ」

副長官はそう言って頷いた。

私がドアのところで驚きのあまり突っ立っていると、後ろから来た津島さんに「何やってるんだ？」と怒られてしまったが、視線で室内を示した途端、津島さんはいきなり大声で挨拶《あいさつ》をした。

「副長官！　お早うございます！　お早いことで。お話の件は今、少々漏れ聞こえてしまいましたが」と言って、強引に話に入ってきた。さすがはベテラン。

「で、その新たな指示は、やはり官邸からですか？」

津島さんは室長の横に座って、確認するように訊いた。

「いや……官邸よりもっと上からの……それを官邸は追認したカタチだ」

「官邸よりもっと上？」

津島さんは室長と顔を見合わせた。

そこに、私の後ろに等々力さんと石川さんが出勤してきた気配を感じたので、私は手で「ストップ」のサインを出した。

「つまりそういうことなので、よろしく頼む」

具体的なことは何ひとつ言わない副長官。しかしこの突然の指示は昨日の、テレビニッポンから私たちが呼びつけた嶺岡氏や吉原氏の話と符合する。要するに、問題のカルト教団の資金は過去のアメリカの大統領選に、それも現政権と対立する敵方に流れているのだ。

「じゃあ、この件はこれでいいとして」

副長官は話題を変えた。

「植松幹事長から何か頼まれたことがあるはずだが」

「ご存知でしたか。それについてはいずれご報告しようと思っていました」

植松幹事長は知られたくないと言っていたが、どうやら官邸では既に事態を把握しているようだ。

津島さんは、昨日の尾行というか行動確認の結果を報告した。

「判りやすい男だ。実に判りやすい」

副長官は頷いた。

「片岡議員がハニートラップにかかっているとしたら、その銀座のホステス、ミサという女性が相手でキマリだろうな。蒲田は単に欲望の発散だけだろ。まさか、蒲田の風俗嬢が某国《ぼうこく》の工作員ということはないだろうから」

銀座の女なら愛人にしてもそれなりのステイタスに、と言いかけた副長官は私の視線に気がついて言葉を飲み込んだ。

「ところで、その片岡が、東京を離れて地方に視察に行くとの情報がある」

「地方？　どこですか？　なんの視察です？」

「判らんよ。その女と行くんじゃないのか？」

そういえば、ミサさんは沖縄の離島出身だと言っていた……。

「とにかく目を離すな。あの男は与党にとっても政府にとっても獅子身中《しししんちゅう》の虫、タチの悪い腫《は》れ物《もの》のようなものだ。いつ炎症を起こして大事《おおごと》になるか判らんのだ」

頼んだぞ、と幹事長の時と同じように、副長官は言い残して帰っていった。

「……やっぱりな」

と、等々力さんが意味深な笑みを浮かべた。

「なにが、やっぱり、なんです？」

そう訊いた石川さんに、等々力さんは「宗主国《そうしゅこく》サマの意向がすべてってコトだ」と言った。

「考えてみろよ。アメリカの今の民主党政権にしてみれば、中間選挙が近くて、しかも民主党の劣勢が噂される中、共和党に力を貸す勢力を看過できるわけがない。そして殺された日本の元首相は、まさに敵対する共和党政権のカリスマ大統領と昵懇《じっこん》の仲を誇っていた。しかも元首相は政策的にも資金的にも例のカルト教団と深く繋がっていた。カルトの言いなりに決められたその政策は日本では戦前回帰、アメリカでも国是《こくぜ》とする民主主義の伝統を破壊しかねない部分が際だっている。たとえば大統領選の結果を不満とする共和党政権の支持者たちが引き起こした議事堂乱入事件。民主党政権としては、これは看過できないところだろう」

　等々力さんは「判るか？」と石川さんを見た。

「そしてその共和党に、問題のカルト教団は、日本の信者から集金した莫大《ばくだい》な金額を流してきたんだ。それも永きにわたって。テレビニッポンに強力な後ろ盾がついたとすれば、それはホワイトハウスだよ。さらにもっと想像をたくましくすれば」

　等々力さんの想像（妄想？）はどうやらとどまるところを知らないようだ。

「戦前・戦中の日本の国粋《こくすい》主義的な考え方はアメリカの恐れるところなんだ。日本を戦争に駆り立てて、あの正気の沙汰《さた》とも思えないカミカゼ攻撃の実行にまで至った思想だしな。まさにカルトだよ。その思想に今もどっぷりで、しかも正真正銘《しょうしんしょうめい》のカルトのバックアップを受けていた元首相は首相の座を降りても、党内最大派閥の長としてのプレゼンスを失うことはなかった。今の与党が党内右派、もっと言えばその後ろ盾であるカルト教団に牛耳《ぎゅうじ》られていることは誰の目にも明らかだ。それが目に余る状況になったので、アメリカはそろそろ手を打つべきだと考えた。そういうことではないのだろうか？」

　手を打てば、カルト教団に対しても強烈な一撃になって、アメリカで現民主党政権に敵対する共和党にも大きな打撃になる、と等々力さんは言った。

「あの、手を打つって、まさかそれは元首相を排除するという」

石川さんが訊き、等々力さんが答える。

「そういうことになるかな。物理的に。つまりこの世から」

「考えすぎじゃないかね」

津島さんがアッサリと言った。

「そういう仮説は面白《おもしろ》いし、一見スジは通っているように聞こえるが……アメリカにそこまでの思い切りはあるのかね？」

「それがアメリカの歴史じゃないですか。ケネディ暗殺を持ち出すまでもなく」

等々力さんはムキになっている。それも自国内だけではない、と等々力さん。

「中南米に対する内政干渉だってひどいものだった。自分のお膝元《ひざもと》、自分の裏庭だと思っている国々を牛耳《ぎゅうじ》ってあらゆる汚い手を使って工作のしまくり、国のトップの首をすげ替えたり、抵抗すれば暗殺したり。外国の指導者を暗殺したって堂々と発表する国ですぜ」

「しかし、そういう中南米の小国と日本は違うだろ？」

津島さんは不愉快そうな顔で言った。

「落ち目になってきたとはいえ、今でも経済大国だし……日本はアメリカ国債《こくさい》を大量に持ってるんだぞ」

「だからなんだというんです？　昨日ここに来たＣＩＡの野郎は、日本は今も占領下の状態にある、つべこべ言うなって感じで喋ってたじゃないですか。冷戦時代なら日本に甘い汁を吸わせて利用する価値はあったけど、今の日本には中国に対抗する力も無い。有事に自衛隊を使える法改正をしちゃったので、昔みたいに日本に下駄《げた》を履かせてなんとかしてやる義理も人情も必要性もなくなったんですよ。これからは前以上に容赦《ようしゃ》なく武器を売りつけてくるでしょうし、収奪《しゅうだつ》にかかってくるでしょうね」

あと数年で日本は先進国の地位からすべり落ちる、その証拠に国民がひどく貧乏になっている、と等々力さんは言い募った。

そこまで言われて、津島さんは鼻白《はなじろ》んだ。

「その話、何に書いてあった？　まさかネットに書いてあったとか言うなよ」

「ネットにも書いてありますが、近代日本史を読み返せば、そして自分の頭でちょっと考えてみれば判ることです。一足す一は二ぐらいに明らかじゃないですか」

「しかし……中国がここまで台頭して世界を引《ひ》っ掻《か》き回す存在になったんだから、それに合わせて日本の価値だって再認識されるはずでは？」

石川さんは当然の疑問を投げた。

「そこなんだ。今こそ日本を高く売りつけなきゃいけないのに、残念かな、チートで嵩増《かさま》ししてきた経済が足を引っ張って、急激な円安が来ちゃったから、なあ。パンデミックと戦争が原因とはいえ、日本が三十年にわたって経済成長できなかったことも事実だからなあ」

つくづく情けないという口調の等々力さんに津島さんが発破《はっぱ》をかけた。

「不景気な話と陰謀論はそこまでだ。そんなこと我々がいくら嘆《なげ》いたって今更どうなるものでもないじゃないか。仕事だ仕事」

私たちがネットやメディアの監視、寄せられる情報への対応など、本来の業務をこなしていると……。

午後になって突然、「片岡の家内でございます」と名乗る女性がやって来た。もちろん、アポなしだ。しかも圧が凄い。夫婦だけに行動まで似ているのか？

高価そうなスーツを着込んだ夫人は、ソファに座るやさらに高圧的になった。

「なんですかしら、この部署は裏の仕事をやるブラックなところなんですわよね？」

「いえいえ奥様、それは誤解です」

まず応対した等々力さんは言下《げんか》に否定した。

「我々はそういう、怪しげな者ではありません」

「じゃあどうして『裏官房《つぁ》』って呼ばれているの？」

片岡夫人の目は吊り上がっている。その目でいっそうキツくなった視線を私たちに向けた。等々力さんが答える。

「まあそれは、各省庁の隙間《すきま》になってしまう案件を処理したり、ウチウチの仕事をしたりと、あまり表に出さない用件を扱うからでしょう」

「なるほどね」

片岡夫人は大きく頷いた。

「昨日、宅がこちらに来たそうですわね？　嗅《か》ぎ回《まわ》るのをやめろと言ったとか」

ええまあ、と等々力さんが曖昧に答えた。

「ワタクシからもお願いしますわ。宅とは逆のお願いを。どんどん嗅ぎ回って頂戴！　そして、宅と女を何がなんでも別れさせて頂戴！」

「は？」

等々力さんは目が点になっている。

「あの……我々は内閣官房副長官直属の、国家機関と申しますか、要するに役所です。そういう……個人のご依頼をお受けする、私立探偵みたいな業務は管轄外でして」

「何をごちゃごちゃ言ってるの！　いいからあたくしの言うとおりになさい。ワタクシの父は与党の幹部だった下田八郎《しもだはちろう》よ！　昨日、植松幹事長が、宅を監視してスキャンダルの尻尾を摑めと言ってきたんでしょ！　だったら、もう一歩踏み込んで、宅と女を別れさせて頂戴！　いいわね！」

ぜひともやってもらう、それも幹事長や官邸が問題にする前に、と片岡夫人は高圧的に命じた。

あの亭主にしてこの女房ありかと、もちろん声には出さないが、私たち全員がうんざりした。

「よろしいこと？　あの泥棒猫と主人を別れさせる。議員たる者あくまでも身ぎれいに、文春砲にもネットにも叩かれないように。それが党と派閥の意向です。あなたがた、逆らえる立場じゃありませんわよね」

「いえ、昨日、幹事長はそこまでのことはおっしゃいませんでしたが」

「ですからワタクシが言っているのです！　疑うなら、植松にお聞きなさい。とにかく、ワタクシはあなた方に申しつけましたからね！」

夫人は私たちを完全に使用人扱いして、言うだけのことを言うと出て行ってしまった。

「なんだあれは」

自分の席から眺《なが》めていた津島さんは、呆《あき》れ果《は》てている。

「片岡議員の家族は大阪にいるんじゃなかったんですか？」

私が訊くと、津島さんは「そのはずなんだが」と首を傾げた。

「たぶん、ダンナの女癖がずっと前から悪くて、自分でも証拠を集めたりしてたんじゃないのかな」

津島さんはそう言いつつ私に近づくと、耳打ちした。

「あの件……体験入店する件、今夜だったよな？」

「はい」

「よし。きみはぜひとも頑張《がんば》って、ミサって子と仲良くなってくれ」

津島さんは私に小さく頭を下げた。

＊

その日の十七時。私は体験入店するために、昨夜のお店「アクロポリス」に出向いた。お店には開店準備で既にスタッフが全員、出勤している。

「うっそー！　レイちゃん、ホントに来てくれたんだ。嬉《うれ》しい！」

私を見たミサさんは、ぱっと花が開いたような笑顔になった。既にヘアもメイクもばっちりな状態だ。その明るさ美しさ親しみやすさには、どんな男もイチコロだろう。

「あの、私、服がないんですけど」

「衣裳《いしょう》はお店で用意するから……サイズは？」

ミサさんは先輩としてテキパキとコトを運んでくれて、髪もセットしてくれて「お店で映《は》えるメイク」までして貰った。

「ホントはネ、出勤前にヘアサロンに行って整えて貰うのよ。髪の毛も私たちには大事な商売道具だから」

そう言いながら、ミサさんはプロのヘアメイクさんのような手際で私の髪と顔を整えてくれた。

「あら〜、あなた、いけるわ！　体験入店してみて嫌じゃなかったら、ずっとやれば？」

ミサさんが褒《ほ》めてくれたが、鏡に映った自分の顔を見ると、たしかに、そう悪くないと思った。ショートカットの髪はボーイッシュにまとまり、それにあわせてお化粧も、モノセックスみたいな、健康的なようなちょっと妖《あや》しいような微妙な感じになっている。

「レイちゃん小顔だし、顔整い系だからすっごい化粧映えがする。ギャルにもなるし淑《しゅく》女《じょ》にもなるし、選び放題じゃない？　スタイルだっていいし、なんか羨《うらや》ましいわ」

ミサさんはそう言いながら、私の今夜の衣裳を選んでくれた。ちょっと恥ずかしい、ぴったりフィットする素材のボディコンミニ、色も刺激的な赤だ。

「ちょっと、丈が……短すぎません？」

ハッキリ言って、パンツが見えそうだ。

「大丈夫だって。レイちゃん若いんだし、お初だし、脚が長くてキレイなんだから……これくらい余裕でいけるって。それとも、こっちのスリットの入った透《す》けてる方にする？」

ミサさんはもっと妖しい衣裳を広げて見せた。

「いえ、あの、こっちでいいです」

このお店のゴージャスな雰囲気を壊さない程度に、エロい服を私は着用した。

開店前にバーテンダーさんが作ってくれたサンドウィッチを食べてから化粧を直し、十九時の開店を迎えた。

「おお、新人さん？　可愛いね！」

常連さんらしい人たちは、ほとんどが遊び慣れた高齢者ばかりだ。すべてに余裕を感じる。つまり、ガツガツしていない。ほどよく飲んでほどよくきれいどころとお喋りを楽しんで、ほどのいいところで帰る。これが古き良き銀座の旦那衆《だんなしゅう》の遊び方なのだろう。

私もこういう環境は初めてで、緊張して固くなっていたのに、お客さんのほうが気を遣《つか》ってくれて、話題を振ってくれたり座を盛り上げてくれたりして、逆に楽しませて貰った。

「いや君はキレイだね。最近の若い子は脚が長くていいねえ」

おじさまがそう言って私の剝《む》き出《だ》しの足にタッチしてきたが、それが全然嫌らしくない。触り方一つで悪寒《おかん》が走るところだが、手慣れていて、「やだ〜」と言って笑いにも出来る雰囲気だ。

こんなお客さんばかりなら、この仕事も悪くない……。

そう思った私の心を読んだのか、ミサさんはニッコリと微笑んだ。その顔には「いいことばかりじゃないけどね」と書いてあるように見えた。

そしてそれはすぐに現実になった。

「いや、どーも！」

とすでにどこかで引っかけてきたのか、結構酔った状態で大声を出して入ってきた客の顔に見覚えがあった。知り合いではなく、テレビでよく見る顔なのだ。

たしか、俳優の松山輝也《まつやまてるや》。顔芸の凄い「愛される悪役」として独自の地位を築いている。高学歴のインテリで、格闘技にやたら詳しいオタクでもある。

「松山さん、要注意だけどVIPだから」

ミサさんが私に耳打ちして「あ〜ら〜こんばんは〜」と一段ギアを上げたハイテンションで、すかさず出迎えに立つ。俳優の松山は子分のような若手を三人従えている。この前、片岡議員が使っていた個室に松山たちの席が用意された。

「いやあね、この前の舞台は参ったね。コイツが出のセリフを間違えるもんだから、こっちも調子が狂っちゃってさあ」

松山は明るい酒で、のっけから裏話を披露《ひろう》して場を盛り上げた。サービス精神旺盛《おうせい》なのだ。

「だけどコイツ、全然自分の間違いに気づいてなくてマイペースで芝居を続けるから、こっちも合わせるしかなくてさ。そしたら妙に面白いのよ。これは怪我《けが》の功名《こうみよう》だなと思って続けたら、なんか全く違う、それなりに良く出来た芝居になってさ、あとから演出家も感心してた。こういうこともあるんだなって」

松山に怒られているのか褒められているのか判らない若手はアタマを掻いてペコペコしている。

「まあまあ飲んで。楽しくいこう！」

松山は、お酒もオードブルもフルーツもどんどん頼む太客《ふときやく》で、しかも座持ちがいい。自分で盛り上げるだけ盛り上げる独演会状態なので、ホステスさんたちも彼の話芸を心から楽しんでいた……の、だが。

松山は酒が入るにつれて、目が据《す》わってきた。明るい酒だったのが、声が次第に暗くなってくるのだ。「そろそろソフトドリンクに替えた方が……」と若手が心配すると「うるせえな！」と声を上げて、隣にいたミサさんの肩を抱き、いきなりキスしようとした。

「ダメですよ松山さん。ここはそういうお店じゃないんだから」

ミサさんがやんわり断ると、松山は今度は彼女のスカートの裾《すそ》から手を入れようとした。

「ダメですってば」

ミサさんは笑いながらその腕を摑んで引き出すと、ほとんど冗談のようにして「メッ！」と叱った。

「ンだよう……おれはこの店でいくら使ってると思ってるんだよ。少しくらい良いじゃねえかよ！」

　酔っ払った松山はストッパーが外れて、聞き分けのない悪ガキになっている。

「おれだってさあ、離婚してさ、いろいろ大変なんだよ。だけど男として一番盛りあがってるときなんだからさ」

　と、意味不明の理屈を垂れながら、今度はミサさんの形のいい胸をぎゅっと鷲《わし》掴《づか》みにして、揉《も》み始めた。

「ダメですってば、松山さん！」

　ミサさんも心得たもので、松山の両方の頬《ほお》に手を当てて顔を挟むようにして、「これ以上はダメ！」と半分ふざけて諭《さと》した。

「……判った」

　と一度は折れた松山は、水割りを飲んで落ち着いた後、仕切り直した感じで声もまともになって、また芝居の話を始めた。

　私はもともと物知らずだけど、特に外国の古典とかお芝居とかのことについては、まったく何も知らない。だから松山さんが一緒に来た若手と論争になったのも、どうしてなのかまったく判らない。

「いいか、オスカー・ワイルドの『サロメ』のサロメは複雑な生《お》い立《た》ちで、美貌《びぼう》でエロいから王様にもエロい目線で観られてる。それを判ってるからサロメも色仕掛けで王様に対抗しようとして、例の『七つのヴェールの踊り』を踊るんだ。な？　それはこういう場にいるホステスちゃんみたいなもんじゃないか」

若手は若手で自分の演技論というか持論があるようで、ぼそぼそと反論していたが、私にはよく判らない。

すると、松山は立ち上がって、「それはな、サロメがヨカナーンの首をどうするかでハッキリさせなきゃならん。銀の皿に載せて運ばれてきたヨカナーンの、その唇《くちびる》にサロメが口づけするだけじゃ、演出的には弱いだろ！　今は二十一世紀だし」

松山はそう言うと、いきなりミサさんの髪を鷲掴みにした。

「こうやって、首を鷲掴みにするんだよ！　髪の毛を持ってな」

ミサさんの頭ががくんがくんと揺れる。

「きゃ、や、止めてください」

ミサさんは悲鳴を上げたが、松山はますます調子に乗って髪の毛を摑んだまま離さない。その目は据わって、さながら鬼か狂人のような恐ろしい表情になっている。ミサさんの髪の毛を、なおもぐいぐいと引っ張り続け、狂ったサロメのように甲高く笑い始めた。

「いっ痛いッ」

堪《たま》らなくなったミサさんは立ち上がり、引っ張られる力を緩《ゆる》めようとした。

「なんだ、カツラじゃなかったんだ！　すっぽ抜けるかと思ったのに！」

そう言って松山は大笑いしている。

「ねえ松山さん、お願いですから、もうこの辺で」

そう懇願《こんがん》するミサさんだが、美しくセットされていた髪の毛は無惨《むざん》にもザンバラになってしまっている。だが松山は聞く耳を持たない。

「だからな、こうやってこうやって、ヨカナーンの首を振り回して、客席に見せつけて、サロメは『この男を完全に自分のモノにした』ってことを顕示《けんじ》しなきゃいかんのだ。そして最後に、口づけをする」

松山はそう言ってさらに髪をぐい、と引っ張り、ミサさんの唇を奪った。

「止めてください！　いい加減にして！」

我慢の限界を超えたミサさんは松山の両肩をどん、と突いた。

その力が思いのほか強かったのか、あるいは酔って松山の足元が怪しかったのか、彼はあっさりとそのまま後ろに倒れてしまった。真後ろのテーブルを松山の身体が直撃し、ガシャーンという大きな音とともにグラスやボトルが落下して割れ、氷やオードブルやポップコーンが散乱する。

「てめえ何をしやがる！」

男の沽券《こけん》に傷が付いたと思ったのか松山は激怒して、ミサさんのドレスに手をかけ、無理やりに引《ひ》き千切《ちぎ》ろうとし始めた。

「このアマ！　銀座の女給の分際《ぶんざい》で！　お前らは客の言うことを聞いてればいいんだ！」

ミサさんはもう半裸だ。下着が丸見えで、これ以上の 辱《はずかし》めはないだろう。

「ママ！　助けて！」

ミサさんは店で一番エラい（はずの）ママを呼んだが、なぜかママは来ない。松山を上手く止める自信がないのか、太客を大事にしたいのか？　それともこの店にはいわゆる用心棒がいないのか？

いくら酒の上とはいえ、こんなことが許されるとはとても思えない。

というより……あれこれ考える前に、私のカラダは動いていた。

「止めなさい！　止めんかっ！」

腹の底からドスの利いた声が出た。

「あ？」

松山は驚いた顔で私を見た。一瞬怯《おび》えて、その次に薄《うす》ら笑いが浮かんだが、それには虚《きょ》勢《せい》が混じっている。

「なんだよ。おれに向かってナニを言ってるんだよ。ぽっと出のヘルプのくせに」

松山はミサさんから手を離して、私のボディコンミニの裾を掴んで一気に捲《まく》りあげた。

その下は下着しか着ていない。

次の瞬間、松山のカラダが宙を舞った。反射的に背負い投げで投げ飛ばしてしまったのだ。

床に落下した松山は「このやろう……」と怒りを爆発させてゆっくりと立ち上がり、私に襲いかかってきた。

さっと体をかわしたら、松山はそのまま突進して薄い壁に激突した。見た目はこぎれいでもベニヤかパネル板で簡単に仕切っただけのパーティションだから、バリバリッという音とともに、チャチな壁はあっさり抜けてしまった。

もちろん、他のお客さんたちは驚いて全員こちらを見ている。まるでコントだ。

「なんだこれ、まるで安物のセットじゃないか！」

松山はとって返して再び襲いかかってきたが……今度はその腕を掴んで合気道の要領でひっくり返してやった。そこを床に倒し、起き上がってきたところで喉《のど》に手を当てて喉輪攻撃をすると、松山は失神してそのまま床にヘナヘナと崩れ落ちた。

夢中で戦ったので、私のボディコンドレスは気がつくと胸までたくし上がっていた。

店中の視線が私に集中している。

さすがにきまりが悪くなりドレスを整えていると、松山が連れてきた若手三人が慌てて松山を介抱《かいほう》し始めていた。顔に水をかけると、ドラマでよくあるように「ううーん」と意識を回復した。

「あらあら大変なことになったわね」

ここでやっと和服を着たママが入ってきて、壁が抜けた個室の惨状《さんじょう》と、滅茶苦茶になったミサさんの髪とドレスをかわるがわるに見た。

「あとは黒服さんにやって貰うわ。オーナーにも連絡しとく。あなたたち、今夜はもう上がっていいから。だいたい、その髪とドレスじゃ、接客できないでしょ」

ミサさんのドレスはズタズタで髪の毛もザンバラ、私のドレスもあちこちが綻《ほころ》びて、もう使い物にならない。綺麗《きれい》にセットした髪の毛も念入りなメイクも滅茶苦茶だ。

ママは怒っているのかと思ったら、仕方ないわねえという顔で溜息をついていた。


「さっきのはちょっとひどかったけど、ああいうことは、なくはないのよ。もっとひどいことになったら黒服たちが出てきて止めてくれるんだけど……」

早あがりさせて貰った私とミサさんは、「アクロポリス」からそう遠くない、彼女の行きつけだという沖縄料理店にいた。

「でもね、お客さんによっては、今日みたいになかなか助けに来てくれないときもあるの。タイミングを計ってるというか、太客さんに嫌われたくないとか、出入り禁止にする決断がつかないとか、いろいろあるんだと思うけど……だから今日はレイちゃん、レイちゃんがいてくれて助かったわ」

ミサさんは私に泡盛《あわもり》を注《つ》いでくれた。

「それじゃ私、前にお店にいたっていう女性警官の二代目って感じですか？」

「そうね。彼女、大人しい人だったけど、キレると怖かったからね～」

ミサさんはそう言って笑い、泡盛をまた注いでくれたが、私は飲むより食べる方が忙しかった。なんせ、ここの料理は美味《おい》しいのだ。ラフテーやチャンプルーといったスタンダードな沖縄料理も、ここの味は数段違う。あまりの美味しさに私は驚いていた。

「ここ、美味しいですね。びっくりしちゃいます」

そういうとミサさんは喜んだ。

「ここは本格的よ。沖縄宮廷料理だって出すお店だから」

ミサさんは自分のことを問わず語りに話し始めた。

実は子供がいるシングルマザーであること、子供の父親は無責任に逃げたこと、両親も離婚して祖母に育てられたこと、祖母は沖縄戦で疎開《そかい》させられ、ひどい目に遭《あ》ったこと、などなど……。

「別の島の、誰も住んでいない場所に強制移住させられて、掘っ立て小屋に住んで、唯一《ゆいいつ》湧《わ》く湧き水を取り合って……食料もなくて、マラリアにも罹《かか》るし、地獄だったたって」

まあそういう育ちだから、私も強いのよ、とミサさんは明るく言った。

「ああ今夜は楽しいな。やっぱりね、こんな私でも守って貰えるんだって思うと、勇気百倍だよ！」

「そりゃそうですよ。だって、ミサさんは凄くいい人だもの」

ウソ偽《いつわ》りなく、私はそう思った。

「私もレイちゃん、あなたのこと大好きだよ！　場所を変えてもっと呑《の》もうよ、じゃんじゃん呑《の》もう！」


私はミサさんに連れられて、日比谷にある高級ホテルのラウンジに行った。高層ホテルの最上階で、銀座や日比谷《ひびや》の夜景が一望出来る凄いロケーションだ。もちろん、生まれて初めて来る場所だ。だいたいホテルのラウンジに足を踏み入れるような生活はしてこなかった。

洗練されたボーイさんが、見た事もないオレンジ色のカクテルを運んで来た。

「遠慮しないでね。ここは私のオゴリだから」

トロピカルな甘いカクテルは、口当たりがよくてジュース感覚でするっと飲んでしまった。そんな私をミサさんは笑って見ている。

「なんかレイちゃんって可愛い。それ、飲みやすいからってそんな調子で飲んでると、気がついたらホテルの一室で男が上に乗っかってるよ？」

「あ……気をつけます」

ミサさんは数々の修羅場《しゅらば》をかいくぐってきた感じだ。

「でもね、男なんて単純だから、トリセツっていうか、扱いの要領さえ心得てれば、簡単なんだけどね」

「そんなもんですか」

まあ、たしかに、私の経験でも、女より男の方が単純明快だ。もちろん、男の中にも、特に永田町や霞が関には、まるで権謀術数を駆使するために生まれてきたような、煮ても焼いても食えないヤツもいるが……。

「ここもね、ちょっとした料理が美味しいの。モチコチキンなんかいけるよ」

ミサさんは本当に私に親愛の情を見せてくれる。それは、目を見れば判る。澄んだ目で私を真っ直ぐに見つめてくるからだ。

が、そのホンワカした時間は突然のダミ声によって破られてしまった。

この声は……。

「おお、ミサ、いたか！」

ダミ声とともに、片岡議員が現れたからだ。

「話は聞いたぞ。大変だったらしいな」

ミサさんの肩を抱き、心配そうに顔を覗《のぞ》き込んでいる。

「あら先生。『アクロポリス』に行かれたんですか？」

ミサさんが訊くと、その返事もそこそこに、議員は彼女の隣に座り込んだ。

「肝心《かんじん》の時に居てやれなくて済まなかった。店側はてんやわんやの大騒ぎだったが、客たちは全員、アトラクションを見たようにウケてた」

そりゃそうだ。私がミニドレスを胸までまくり上げられ、下着も全部見せるという、いわば出血大サービスだったのだから。

それでも俳優の松山には大事はなかったようなので、私はホッとした。

「心配してさんざん捜したんだぞ。大丈夫だったか？」

私は落ち着かなかった。私は裏官房のオフィスで片岡議員と顔を合わせている。正体がバレるのではないかとハラハラしたのだが……彼はミサさんに夢中で、私なんか完全に視界の外だ。目もくれない。

「あの酒癖の悪い役者も君のご贔屓《ひいき》なのか？」

「ええまあ、普段は楽しいお酒なんですけどね」

「あんなやつ、おれが成敗してくれる。君もあの店を辞めて、自由になって、私と」

と言いかけた片岡議員だが、その時、何かが気になったのか入口の方をチラッと見た。

一瞬、表情に緊張が走ったが、すぐにまたミサさんを見て相好《そうごう》を崩した、と思ったところで、また入口を見直して今度は反射的に起立した。まるでコントの「二度見」だ。

なんと、片岡議員の視線の向こうに立っているのは片岡議員の奥様ではないか。

「ついに尻尾を摑んだわ！　この泥棒猫がッ！」

物凄い形相《ぎょうそう》の片岡夫人がミサさんにツカツカと歩み寄ってくる。手を伸ばして鉤型《かぎがた》に曲げた両手の指で、ミサさんの髪の毛を摑もうとする勢いだ。

すわ今夜二度目の鷲摑みか、と私が身構えたところで、片岡議員が立ち上がった。両手を広げて立《た》ち塞《ふさ》がり、妻による愛人の襲撃を阻止した。

「違う、違うんだ！　彼女とは何もない！　ただの知り合いだ！　落ち着け！」

「ウソおっしゃい！　もう判ってるんです。ジタバタせずに白状なさい！」

静かなホテルの高級ラウンジに、奥様の金切り声が響き渡り、白いタキシードを着たフロアマネージャーがすっ飛んできて、あわや修羅場が……と思った瞬間、フロアマネージャーの肩を押さえたのが、先日会ったＣＩＡのヨシハラだった。その横にはテレビニッポンのプロデューサーである飯島がいる。相変わらずのラフな格好で、夜だというのにサングラス。セーターをプロデューサー巻きにしていないのが不思議なくらいだ。ミサさんに近づいた飯島局Ｐも、後ろからミサさんの両肩に手を置いた。

そこで飯島が片岡夫人に話しかける。

「ちょっとそこのおばさん、じゃなかった奥さん、おれの彼女になんか用すか？」

わざとなのか、いかにもな不良中年ぽい口調で、飯島は片岡夫人を睨みつけている。

「え？　どういうこと？」

夫人は訳が判らなくなってたじろいだ。ヨシハラがすかさず割って入る。

「失礼します奥様。我々四人はここで待ち合わせておりましてね。まあ日本で言う、ダブルデート？　合コン？　まあそういったようなイベントを、これから楽しもうという計画だったのです」

急にそういうことを言い出したヨシハラに、飯島は「はいはい」と適当に頷いて話を合わせ始めた。

「こいつの言うとおりなんですよ。大人のダブルデートです。こちらの彼女にはいろいろお世話になっているので、そのお礼を含めてね」

飯島はそう言いながら、しきりに私に目配せしてきた。話を合わせろと言っているのだ。

「そ、そうです。人数が足りないので、急遽《きゅうきょ》、私が呼び出されて」

仕方なく私も取って付けたようなことを言った。

「ふうん……そうなの？」

夫人が一応、納得して声を抑《おさ》えたので、片岡議員は露骨にほっとした様子を見せた。

「それでは……家内が本当に失礼しました。お前、落ち着きなさい。失礼しよう」

片岡議員は奥さんを強引に連れて、その場を去った。この後の嵐が容易に予測される雰囲気ではあるが。

飯島氏はミサさんとは旧知の間柄のようで、片岡議員が座っていた席に着くと、さっそく低い声で彼女と談笑を始めている。

「じゃあさあミサちゃん。レスキューしたんだから、おれとちょっと付き合ってよ。『アクロポリス』で暴れた松山の件も聞かせて欲しいなあ」

「ダメよ。松山さんの件はお店の中の事なんだから」

「そうか。相変わらず口が堅《かた》いんだな」

そう言って二人は立ち上がると、「払っとくからね」とミサさんは言って、行ってしまった。

「さてと」

ヨシハラは改まって私を見た。

「レイさん。あなたを引き合わせたい人がいます」

どうも飯島氏と彼は、私を捜してここに来たらしい。

「是非《ぜひ》、会って戴きたい」

「それって、たとえば否応《いやおう》なくCIAにミッションを与えられて、誰かを暗殺に行けとかいう話ですか？」

私は半分ふざけて、言った。

「私、これでも日本政府の一員なんですけど」

「まさか。今どき『００７《ダブルオーセブン》』でもそんな強引な展開はしませんよ。まあ、会うだけ会ってください」

私は、ヨシハラが運転するトヨタヴィッツに乗って、赤坂のホテルに移動した。ＣＩＡならクールなアメ車かと思ったのだが。

赤坂の老舗《しにせ》ホテルの一室。照明を落としたスイートルームの居間には、厳しい雰囲気の初老の男が、窓外の夜景をバックに、一人で座っていた。

白髪《しらが》が実際の年齢より老けているように見せるが、肌の艶《つや》には精力を感じる。意志が強そうな顎《あご》に、鋭い眼光。

このセッティングは、見るからに「黒幕」以外の何者でもない。まあ、こういう人物が居酒屋で陽気な顔で騒いでいる光景など想像も出来ないが。

「そうか。きみが上白河くんか。こんな時間にご足労、済まなかったね」

相手の男は、私に頭を下げた。

「飲んでますか？　大丈夫かね？　私と話は出来ますか？」

「そんなに飲んでませんから、大丈夫……だと思います」

「それなら結構。話を始めよう」

その人物は、自分が何者かはまったく明かさず、名前すら名乗らないままに本題に入ろうとした。

「あの、ちょっと待ってください。こちらのヨシハラさんは日系アメリカ人で、CIAの人なんですよね？　アメリカ政府の意向を受けて、あれこれやってると。それで、私を呼びつけたアナタは、何者なんですか？」

「私は……かつては警察庁や国家公安委員会にいた、まあ元は警察の人間だ。退職してしばらく経つが、私の許《もと》には今でもいろいろな情報が集まってくる。それで私は、現状を深く憂慮《ゆうりよ》をしているんだ。日本の政治がずっとカルトに支配されてきた、その状況にね。以前は公安が機能してカルトのチェックも出来ていたのだが、長期政権のおかげですべての領域への支配が強まって、結果、公安も骨抜きにされてしまった」

天井からの照明で、顔がよく見えない。皺《しわ》が深い老人のようにも見えるし、そこまで老けていないようにも思える。しかし声の調子は深くて、落ち着いた口調だ。

「こういう事を言うと、私の正気を疑うかもしれないが、まあお聞きなさい。元首相の死は、仕組まれた、とまでは言わないが、かなり意図的にその状況がお膳立されていたとは言える。アメリカは第二次大戦後のような『世界の警察』の役割をもはや果たせなくなった。しかし世界中で紛争《ふんそう》は起きる。だから、地域地域の有力国に、その紛争処理や武力行使を肩代わりさせたい。しかし日本は現行憲法を楯《たて》にずっとそれを拒《こば》んできた。そこで、前の政権が集団的自衛権を認めるという歴史的な政策の大転換をやった。アメリカとしては、集団的自衛権という果実を得たので、憲法改正は必要ないのだ。いや、むしろ、下手に改憲されて戦前の国家主義が復活するのは東アジアの安定を考えても、よろしくない。しかし、暗殺された前の首相はそういうアメリカの懸念《けねん》を無視した。それどころかアメリカの前大統領との友好的な関係を利用して、暴走した。噴き上がる国内の保守派を抑えることもなく、もはや必要ではない改憲を推進した。しかも、韓国との不必要なトラブルをいくつも作り出して東アジアの結束を乱している。アメリカから韓国とは揉めるな、と言われているにもかかわらず、だ。判るかね？」

顔がよく見えない黒幕は、私を見た。目だけが白く光っている。

「アメリカは元首相が邪魔だったんだよ。しかし、だからといって自ら手を下すわけにはいかない。そこで、いろいろとじっくりとお膳立を進めたという仮説が出てくる。ＣＩＡはもう国家元首の暗殺はしないと言っているが、暗殺を未然に防ぐとまでは言っていない」

テレビニッポンが、あの、めちゃくちゃ強気なカルト追及キャンペーンを張っている、その後ろ盾が、この二人なのか……？

今日、等々力さんが得意げに喋っていた「陰謀論」とほぼ違いがないことを、この黒幕は口にしている。

「彼、吉原くんは日系人だ。アメリカに移民した祖父母が太平洋戦争勃発で財産を没収され、日系人の収容所に入れられて苦労した。それは人種差別ということもあったが、アメリカ国籍を持つ日系人が合衆国の議会に代表を送り込んでいなかったから、でもある。政治の力は大事なんだよ」

「先生のおっしゃる通りです。ドイツ系アメリカ人は早くからアメリカ社会に溶け込んでいたし、同じくイタリア系もヨーロッパにルーツを持つ文化的人種的親和性が高いから、という利点はあるにせよ……議会での発言力があるかないかという違いは大きいのです」

ヨシハラが付け加えた。

「まあ、この話を信じようと信じまいと、それは上白河さん、あなたの自由ではありますが、とりあえず事実だけを見ていただきたい。元首相とその派閥を支援してきたカルトがアメリカの前大統領にも巨額の資金を流している。アメリカの現政権としては、何としてもその資金源を断ち、当該《とうがい》カルトを弱体化させる必要があるのです。カネの流れさえ断てば、自然と力は衰《おとろ》えます。それほど、あのカルト組織が日本から吸い上げてきた資金は巨額なのです。アメリカの政治を動かせるほどに。判りますね？」

私としては、すでに等々力さんから聞かされていたことでもあり、判りましたというしかないけれど……。

「あの、どうしてこういう話を私にするんですか？」

疑問を口にしてみた。

「それは……あなたに、この問題の裏も表も理解しておいて欲しいからです」

ヨシハラがそう言い、黒幕も頷いて言った。

「この件は、今後いろいろと動くことになるだろう。そしてあなたはそれに関わることになる。だから、あなたに一度会っておきたかった。これ、と見込《みこ》んだ人間には直接会う。それが、私の遣《や》り方だからね」

＊

翌朝。

オフィスに出勤した私を、室長以下全員が待ち受けていた。なんだかみんなワクワクしているような雰囲気だ。

「え？　みなさん、どうしたんですか？」

こんなに早く、という私に津島さんが言った。

「聞いたよ。派手な大立ち回りをやらかしたそうじゃないか。しかも相手は今をトキメク有名俳優」

嬉しくて仕方がないという顔だ。

「あの松山ってヒト、そんなに有名だったんですか？」

「有名だよ！　顔芸といえば松山っていうくらいだからね！」

「しかもその後、片岡の奥さんと一触即発《いっしょくそくはつ》になったんだって？」

ゴシップ好きな等々力さんが前のめりになって聞いてきた。

「どこから聞いたんですか？」

私は津島さん宛てのショートメッセージでおよその状況は報告していたが、明らかに複数の筋からの情報が来ているらしい。

「蛇《じゃ》の道はヘビだ。『アクロポリス』のママを始め、いろいろなところから話が入ってきている」

津島さんがそう言った。

「そうですか。片岡議員の奥様と揉めそうになった件は、なぜか突然登場した飯島さんとあのＣＩＡが収めてくれました。そのあと、ミサさんは飯島さんとどこかに行ったんですけど」

そう言った私は、等々力さんを見た。

「なんだ、その目は？　飯島とＣＩＡが現れて、それがどうかしたか？」

「ですから。飯島さんとＣＩＡが突然、ちょうどいい間合いで登場するって、出来すぎだと思いませんか？　まるで全部仕組まれていたみたいで」

「まあＣＩＡだけになあ。仕組むのなら連中はお手のものだろ？」

等々力さんが反応したので、私は、自称ＣＩＡのヨシハラに赤坂のホテルに連れて行かれ、元警察の人間と名乗る老人に引き合わされたことも話した。

「元警察の人間？　これと見込んだ人間には必ず会う？　……まさか、あの方が」

津島さんが驚いている。私が昨夜会った老人は、やはり只者《ただもの》ではなかったのか。

「元警視総監の畠山潔《はたけやまきよし》さんだよ。退官されたのちも、日本の行く末を非常に憂《うれ》えておられる。人間にせよ組織にせよ将来禍根《かこん》となるような相手は潰すべし、という一種過激な思想の持ち主でもある」

それも手段を問わず、と津島さんは言った。

「なるほど。そういう人に見込まれたのか。上白河くんは。しかも元首相の暗殺のことまで話したと」

「はい。それが等々力さんの与太話《よたばなし》そっくりだったんで……私、頭の整理が全然つかなくて」

「だから、おれの話は与太じゃなかったってコトだよ。まさに真実、しかもど真ん中を突いていたのだ」

等々力さんは胸を張った。

「だけど、わざわざ私にそんなことを伝える必要、あります？　それを考えると、なんだか……気味が悪くて。洗脳されそうになったというか」

「じゃあ等々力くんは、すでに洗脳されているわけだが」

室長がそう言ったところでいきなりドアが開いた。切迫した感じで飛び込んできたのは、またしても片岡議員の奥様だった。

「ちょっと、どういうことですの？　なんとかして頂戴！　宅と連絡がつきませんの！」

第二章　沖縄、そして離島へ

私は、等々力さんと石川さんとともに、那覇《なは》に向かう機上の人になっていた。機上の人というと洒落《しゃれ》ているが、私は沖縄に行くのが生まれて初めてだ。片岡議員の件を一緒に探っていた津島さんは、東京に残った。津島さんは裏官房のナンバー2なので室長の補佐、政府との連絡などの大事な仕事がある。現場で動くのは私たち三人だ。

那覇までは約三時間のフライトだが、エコノミーでは朝の便でも機内食は出てこない。有料の軽食は事前オーダー出来るが、売店で「空弁」を買った方が好きなモノを食べられる、と等々力さんが教えてくれた。私は「ヨシカミのカツサンド」、石川さんは「羽田穴守《はねだあなもり》おこわいなり五種」、そして等々力さんは「崎陽軒《きようけん》のシウマイ弁当」を選んだ。

「等々力さんはどうして、どこでも買えるシウマイ弁当なんですか?」

余計なお世話だと思いつつ、私は訊《き》いてしまった。

「判ってないねえ、きみは。常に安定した不変の味。それが心身に安定をもたらして平常心を保ち、いつもの力が発揮出来る。出張して不慣れな土地に行くとなれば尚更《なおさら》だ」

等々力さんは仕事の達人のようなことを言うが、私は知っている。等々力さんは単純に「崎陽軒のシウマイ弁当」が好きなだけなのだ。

カツサンドを食べ終わり、フリードリンクのアップルジュースを飲みながら、私は出発直前に受けた、外務省と防衛省からのブリーフィングを思い出していた……。

＊

「ちょっと。これはどういうことですの？　宅と連絡がつきませんの。あなた方、何をしているんですか！」

片岡議員の奥方が激烈に捩《ね》じ込《こ》んできた。

「私があれほどお願いしましたのに、あなた方はデクノボーなの？　この役立たずの穀潰《ごくつぶ》し！　税金の無駄遣い！　無能者ども！」

「いやいや奥様、そういうことならまず警察に」

等々力さんが面倒くさそうに言うと、ますます激烈な言葉のビンタが飛んできた。

「あなたバカですか？　宅は与党議員です。要人が行方不明なのよ！　その辺の徘徊《はいかい》老人が行方不明になったのとはワケが違うのよ！」

「ですからそれは警察も判っていることですから……」

　と言う等々力さんに、まあまあと津島さんが割って入った。

「奥様。具体的には、議員とはいつから連絡が取れていないのでしょうか？」

「今朝、起きたらもう姿がありませんでした。こちらから電話を入れても応答がないし、そのうち『電源が入っていない』という音声が流れて……。ショートメッセージも送りました。それにも応答がありません。まあ、こういう事は今までに何度かあって、だいたいが浮気相手の女と一緒にいて、朝一番の列車か飛行機で旅行中って事だったんですけど、今朝は、党の大事な会合があるのに、それも無断欠席しているんです！　党の会合に宅が無断欠席したことは一度もなくて」

「判りました！　奥様。いろいろ失礼致しました。この件は、我々が責任を持って調査いたします。関係機関と連携して、片岡議員を捜し出しますので」

「そうですわ。最初からそう仰《おつしや》ればよかったのよ！」

　夫人は等々力さんを焼き殺しそうな目つきで睨《にら》み付けると、やっと出て行った。

　入れ違いに室長室から出てきた室長が穏やかな表情で言った。

「まあ、ハッキリ言って、あの議員は重要人物でもないし、大きな汚職とか犯罪にも絡《から》んでいないから、誰かに拉致《らち》されて脅迫《きようはく》されるような、そういう事件に巻き込まれたわけではないとは思うが。今日の昼くらいに、バツが悪い顔をして出て来るんじゃないかな」

「そう願いたいものですが……国会議員が行方不明となると、夫人ならずとも気持ちが悪いですから、行ってきます」

官房副長官室として内々に警視庁に連絡した。駅や空港、港の監視カメラ映像を調べてもらうと、ほどなく片岡議員が羽田空港にいる映像が見つかった。

責任を感じている津島さんが警視庁まで確認に行って、証拠になる部分の画像データのコピーを持ち帰った。

「見ろよこれ。同行者の女性がいるだろ。奴《やっこ》さんにピッタリくっついて、まさに絵に描いたようなオッサンと愛人のラブラブ旅行だ。そしてこの女性は」

津島さんは女性の顔を拡大させた。ピントは甘いが、その女性は……銀座のクラブ「アクロポリス」のミサさんに間違いないように見える。

「この画像は今朝の五時三十分の、羽田空港第二ターミナルの映像だ。第二ターミナルってことはＡＮＡ。で、この時間となると……」

「六時十五分のＡＮＡ四六一便ではないでしょうか？」

即座に調べた石川さんが答えた。

「そうか。ＡＮＡ四六一便にふたりが乗ったかどうか……」

「今、照会中です。あ、そうですか、有り難うございました」

電話をしていた石川さんが頭を下げて電話を切った。

「ＡＮＡの搭乗者データベースにきちんと残ってました。片岡雅和四十三歳、住所、東京都港区赤坂２丁目の衆議院赤坂議員宿舎×××号室。同伴の女性は、比嘉智子《ひがともこ》二十六歳、住所、東京都渋谷《しぶや》区渋谷五丁目××コーポ藤枝《ふじえだ》三〇四号室」

　ミサさんは本名を比嘉智子というのか。

「この二人は羽田から那覇に向かう便に乗りました。このＡＮＡ四六一便の使用機材はエアバスＡ３２１で、二人の席はプレミアム・シートの13のＡとＢ。既《すで》に定刻通りに那覇に到着しています。今、沖縄県警に連絡すれば、那覇空港周辺、ないしは那覇市内で身柄を確保出来ると思いますが、どうしますか？」

　石川さんはテキパキと事を進める。

「どうします？」

　津島さんは意見を求めるように室長を見た。

「どうしましょうかねえ。彼らがどうして朝一番の便で那覇に行ったのか。何か目的があるに違いありませんね。ただの不倫旅行にしては妙に気合いが入ってる気がします」

　室長はそう言って、頷《うなず》いた。

「ここは、泳がせましょう」

　と言ったその時に電話が鳴り、石川さんがすぐに取ったと思ったら、「え！」と叫んだ。

「片岡議員と連れの女を見失いました！」

私たちも、ええっ！　と驚いてしまった。

「沖縄県警が防犯カメラの映像を追っていたのですが、ＡＮＡ四六一便から降りて、手荷物を受け取って、空港を出てからの足取りが消えたようです」

津島さんが石川さんに歩み寄って、受話器を奪い取った。

「津島です。ご苦労様です。モノレール、バス、タクシー、レンタカーはどうなってます？　はい？　駄目ですか……姿がない、んですね？」

受話器を押さえた津島さんが「映像が転送されてくるから！」と言い、石川さんが部屋の大きなモニターをセットすると、沖縄県警から送られてきた映像が流れ始めた。

ボーディングブリッジの映像で、片岡議員とミサさんが降りてきたのは確認出来る。到着フロアの通路を歩いて手荷物受取所に移動する姿も映っている。そしてターンテーブルから大きなスーツケースを受け取る姿もある。だが到着ロビーを横切って空港ビルの外に出た……ところで、二人の姿は記録から消えてしまったのだ。

「モノレールかバスかタクシーかレンタカーしかないのに……個人の車に乗ったか？　迎えが来ていたのか？」

津島さんは考えた事をそのまま口に出した。

「津島くん。これは東京であれこれ思案してるより、現場に飛んだ方がいい案件じゃないのかな？」

室長が、提案と言うより遠回しの業務命令のニュアンスで言った。

「今はほら、他に大きな案件もないし、観光だと思って」

「いやいや、室長のその『遊びがてら行ってきたら』的な言い方、額面どおりに受け取ると痛い目に遭《あ》いますからね」

過去に苦い経験があるのか、津島さんが苦笑いした。

「しかしまあ、国会議員の行方不明を放置してはおけないし、沖縄県警に丸投げしても、逆に面倒なことになりそうですな」

と言っているところに、電話が鳴った。

「室長への直通電話ですが」

石川さんがオフィス電話の表示を見て言った。

「植松幹事長からです」

ナンバーディスプレイに発信者が表示された。

「はい、御手洗でございます、幹事長」

室長はハイハイと頷きながら電話のスピーカーをONにした。

『おい、貴様ら、何をやっとる？　こちらにも連絡が入った。片岡が那覇空港で姿を消したそうだな。あの男はまだまだ陣笠《じんがさ》議員だが、危険人物だ。野放しにしてはおけない。地元マスコミに好き勝手書き立てられるのは困る。なにしろ沖縄だからな、与党の一員として発言には気を使う上にも使わなければならないのに、あの男にはその配慮がカケラもない。それに、アイツはお調子者だから何をしでかすか判ったものではない』

幹事長が、片岡議員を爆弾のように思っているのは明らかだ。

『今は東シナ海がデリケートだ。対隣国《たい》で突出した言動をされては非常に困る。だから、すぐに沖縄に飛んで、片岡の動向を摑《つか》んでくれ。探ってくれではなく、摑めということだ。身柄を確保して東京に連れ帰る前に多少は泳がせても構わん。誰の差し金か、それも摑め。ただし地元の、反政府や反米の連中とぶつかられるのは絶対に困る。そこだけはしっかりガードして欲しい。管理しきれないと判断したら、非常手段を使って貰《もら》ってもいい」

「非常手段とおっしゃいますと？　身柄拘束《こうそく》、或《ある》いは逮捕のようなことをしてもよいと？」

「その辺は任せる。だがそうなった場合の法的根拠も研究しておいてくれ。今すぐ飛べと言いたいが、君らにも事前の準備が必要だろう。だが必ず明日には飛んでくれ」

頼んだぞ！　と言って通話は切れた。

「こりゃ、行くしかなくなりましたな」

室長は少し困った顔で言った。

内閣官房副長官室全員の協議の結果、沖縄に行くのは行動力を買われた私、若さと体力・知識の豊富さを買われた石川さん、経験と斜《はす》に構えたひねくれ具合から真相に迫る可能性を評価された等々力さんの三人ということになった。

片岡議員の資料に目を通し、沖縄の関係各所に連絡を取っているところに、外務省と防衛省から、中堅の官僚が「ご説明に伺《うかが》いました」とやって来た。

「沖縄に行かれるのなら、現在の状況を知っておいて戴きたいので」

と言ったのは外務省アジア大洋州局中国・モンゴル第一課の課員。

「大久保《おおくぼ》と申します」

彼は低姿勢で名刺を差し出した。まだ若くて生真面目《きまじめ》で一本気な感じの秀才だ。同時に防衛省の若手官僚・都築《つづき》も名刺を差し出した。

「ただし、今からご説明することはここだけの話にしておいて戴きたいのです。微妙すぎて、大臣にもあげていないことですので」

外務省からの出向で、大久保さんの先輩に当たる等々力さんが心配した。

「そんなデリケートな話を我々が聞いてしまっていいのかな？　まあ、今の大臣は口が軽いし、すぐ自分の手柄にしたがる困った御仁《ごじん》ではあるんだが」

それを聞いて、防衛省の官僚・都築が深く頷いた。都築さんは自衛隊情報保全隊本部情報保全課の課員だ。

「私が属する情報保全課の任務は、『情報収集、外部機関等との連絡調整』で、諜報《ちょうほう》機関ではないのですが……たしかに、うちの大臣も、口の軽さにかけては外務大臣といい勝負です。それに、うちにも、お恥ずかしい話ですが、組織の中に信用ならない者がいますので、いっそう慎重を期していまして」

ふたりの若手官僚は大臣や省の幹部が信用出来ないことを打ち明け、外務省の大久保が意を決したように、口を開いた。

「はっきり申し上げます。近隣のC国が、先島《さきしま》諸島に侵攻する兆候《ちょうこう》があります」

「先島諸島って、与那国島《よなぐにじま》？」

先輩の気安さで、等々力さんが話をリードする。

「いえ、与那国には自衛隊がいますから……我々が想定しているのは、もっと小さな、与那国島の南の沖にある孤島・平間島《ひらまじま》です。行政区分としては沖縄県八重山《やえやま》郡平間村。平成の大合併でも近隣の竹富町《たけとみちょう》や石垣《いしがき》市と合併することはありませんでした。平間村のママです。人口二百五十三人。森林を切り開いた牧草地での牧畜と、漁業が主たる産業です。港があって高速船とフェリーが通っていますが空港はなく、一応、簡易的な緊急用ヘリポートがありますが、船が唯一《ゆいいつ》の交通機関です」

大久保さんが平間島の概要を説明した。

「しかし……どうしてそんな島をC国が選んだのだろう？　理由は？」

「判りません。周辺の他の島でもよかったと思うんです。もっと小さな、人口も数人しかない島もありますから、占拠するだけならそういう島の方がいいだろうとは思うのですが」

考えられる可能性としては、と大久保さんは続けた。

「あんまり小さな島だと、少し動きがあるだけで非常に目立ちます。例えば、急に人口が増えるケースです。まとまった数の住民が移住してくるとか」

他国に侵攻する際の典型的な遣《や》り口《くち》として、自国民もしくは自国民とルーツを同じくする住民をまとめて移住させ、それを口実に占領してしまう、という可能性も考慮すべきだ、と大久保さんは言った。

「具体的には残留孤児二世系の住民が急増するケースですが、しかしそれを小さな島でやると、物凄く目立ってしまいます。だから、ある程度の人口がある、平間島が選ばれたのかもしれません」

まさかそんな、と等々力さんが口を出した。

「そんなことをやると国際紛争《ふんそう》になる。日本とC国が直接揉《も》めるじゃないか。それをかの国は望むか？　彼らは口では過激なことを言うが実行するのは慎重だろ？」

「あくまで、可能性の話ですので」

大久保は弁解するように言った。

「それと……平間島は、同じ海域の大きな島である石垣島《いしがきじま》や竹富島よりも台湾に近いのです。しかも島の南側は外洋に対して開けており、侵攻にも攻撃にも有利であるという地形的な特徴があります。これは、台湾侵攻の踏み台として考える際には利点になる可能性があります」

都築が具体的に説明した。

「C国が攻めてくるって、それ、どういう情報なの？　精度は高いのか？」

「暗号通信を解読した結果、などです。ここ数日、平間島に関する当該国軍部の通信が多いのです。詳細は申し訳ありませんが言えません。しかし、日本の、自衛隊の通信傍受《ぼうじゅ》部隊の暗号解読技術はかなり高度で、その情報はアメリカＮＳＡやＣＩＡにも提供しています」

それは私だって知っている。あの大韓航空機撃墜《げきつい》事件の時も、自衛隊が傍受した当時のソ連空軍の無線交信が決め手となって、ソ連の責任が確定したのだ。

「また、Ｃ国軍の兵士のＳＮＳを分析した結果からも、そう言えます。我々はベリングキャットの手法を取り入れて、公開情報からの分析も並行して進めていますが、結果は傍受した通信を裏付けるもので、平間島の話題が飛躍的に増大しているのです」

「軍兵士がＳＮＳに投稿？　装備が配られたとか、上陸作戦の演習をしたとか、あの島は美しいらしいとか、そういう話題かな？」

等々力さんはカマをかけるように訊いたが、大久保さんも都築さんも、顔を見合わせて笑うだけで答えない。

「それとですね、先ほどの話に付け加えるならば、ほとんど無人島も同然の小さな島を占拠するよりも、ある程度人口があって集落もあって、日本の領土として機能している島を制圧して占拠するほうが、日本政府と日本国民により大きなインパクトを与えられるであろうと、おそらく当該国側は考えているのではないかと」

そう言う大久保に、都築が補足した。

「我々が摑んだ情報では、平間島には既に少数の、軍の先遣隊《せんけんたい》のような部隊が極秘裏《ごくひり》に上陸しているという未確認情報がありまして」

「それは台湾絡みでのことか？」

等々力さんに続き、石川さんも訊いた。

「つまり台湾に近い日本の島を占領するということは、かの国が台湾侵攻に踏み切った時、日本が動かないようブレーキをかけるために、でしょうか？」

津島さんは腕組みをして天井を仰《あお》いだ。

「う〜ん。ということは、台湾有事が間近に迫っているということか？」

「いやいや断定は待ってくださいよ、津島くん。そもそも平間島に密かに上陸しているのが当該国の部隊だと断定する根拠があるんですか？　そもそも、その情報は確かなのですか？」

一番慎重な室長が、そもそもな質問をして、都築さんが答えた。

「衛星写真です。米軍とアメリカの民間衛星と、我が方の偵察衛星が撮った写真を比較検討して、その結論に達しました」

それに対して、信憑性《しんぴょうせい》がないとかここは穏便《おんびん》にとか、いや問題は先送りすべきではないとか、裏官房の面々は喧々囂々《けんけんごうごう》の意見を述べ始めた。私だけ蚊帳《かや》の外だ。

等々力さんが険《けわ》しい口調で言う。

「しかし、これはきわめて重大な外交問題で防衛にもかかわる事案じゃないか。如何《いか》に大臣がバカでも上に上げなきゃいけない案件だろ？　そんな重大な情報を、君らの段階で止めておくのは極めてマズいぞ」

頷く津島さんと室長に、大久保さんが慌《あわ》てて補足した。

「はい。もちろん、我々の段階で止めているわけではありません。局長や参事官、官房長レベルには文書の形で提出してあります。そこから先は幹部のご判断で」

都築さんも言った。

「これはあまりにも重大かつ微妙すぎる案件なので、大臣が知ったとしても、どうにもならないのです。つまり公式に動けないのです。当該国を刺激しないためにも、何も出来ない。というよりも、我が国が既に察知していることを当該国に知られたくないので、ここは動くべきではありません」

「それだけ日本の官庁は防諜《ぼうちょう》が出来ていないということです。機密の入ったＵＳＢメモリーを平気で置き忘れたりするし。そもそも持ち込んではいけないＵＳＢメモリーを」

大久保の言葉に、また都築が補足した。

「しかし、現時点ではＣ国軍であるとは断定出来ませんので、公式文書などに記録する際にはくれぐれも名指しにはせず、必ず『未確認の外国勢力』『所属不明の武装集団』として記載してください。もちろんこれも極秘事項ということで」

「防衛省と外務省では多少、スタンスが違います。都築くんは防諜担当なのでその方面に敏感《びんかん》ですが、外務省としては片岡議員のことも放置できません」

大久保が身を乗り出した。

「片岡議員失踪《しっそう》の件は、あくまで非公式に処理したいのです。ゆえに、外務省も警察も動けません。非公式に動いたとしても、出張旅費そのほかの記録が残ってしまいますので」

「一切の記録に残したくないということは」

御手洗室長は問うた。

「外務省としては、当該議員の失踪にもＣ国が絡んでいるという見解ですか？」

「いいえ。そうは言っておりません」

大久保は即座に否定した。

「まあ、あの議員の場合、『愛の逃避行』の可能性の方が圧倒的に高いだろうけどね。すべてを投げ出して美女と手に手を取って。英国のエドワード八世みたいに」

津島さんがそう言って苦笑したが、大久保が真顔で付け加えた。

「シンプソン夫人には当時、ナチスのスパイ疑惑があったんですが……」

「それじゃあ、ますます放置できませんな」

等々力さんがやれやれという表情で言った。

「まああの議員のノボセっぷりを見るかぎり、すべてを捨てて駆け落ちの線が濃厚《のうこう》ですね」

しかしですよ、と室長が首を傾《かし》げた。

「議員は議員であってこそ値打ちがあるんだからね。逃避行で沖縄経由で外国に逃げたとしても生きていけないいし、国内で潜《ひそ》んでいてもいずれ詰みます。あの議員にはさほど財産があるわけでもないし、あっても奥さんが銀行預金を押さえてしまって自由に引き出せないでしょうし」

「ということは、逃避行というか駆け落ちではないかも。やはり、なんらかの意図があって……」

等々力さんは喋《しゃべ》りながら考えている。

「いや、違うか。あの男に外国に通じてスパイを働くような度胸はない感じだし」

「とにかくですね」

大久保が結論を出した。

「いろいろと危険な条件が揃《そろ》ってしまったんです。現在、不安定な状態になっている沖縄方面に、過激発言が売りの問題議員がわざわざ旅行して、消えた。消えた理由如何《いかん》によっては、外交問題になりかねませんし、放置するのはもちろん宜《よろ》しくありません。先方が日本の出方を試している可能性もあります。非公式に、そして可及的《かきゅうてき》速やかに手を打つべきです」

「ねえ。大久保くんと都築さんは、立場があるから、ワザと遠回しに曖昧《あいまい》なことしか言わないんだろうけど」

等々力さんがハッキリと言った。

「結局アレでしょ？　ズバリ、片岡議員はC国側に誘拐《ゆうかい》されて、人質にされていると考えてるんでしょ？　で、何かの時に切り札として使われるだろうと。もしくは、両国が微妙なこの時期に、あの男にC国に対する過激な発言をされて外交関係が悪化するのを恐れて、実は日本政府の側が口封じのために誘拐したとか」

図星なのか、それとも荒唐無稽《こうとうむけい》すぎると思ったのか、大久保と都築はここでも曖昧な笑みを浮かべるだけだ。

「それでですね、大久保さん、外務省としてはどうすべきだと考えておられるのかな？」

室長の問いに、大久保は答えた。

「それはもうハッキリしています。片岡議員が問題を起こす前に、特にC国側とあらゆる意味での接触をする前に、速やかに身柄を拘束して東京に連れ帰って戴く……それが唯一最大の希望です」

大久保はそう言い切り、都築も大きく頷いた。

「与党の植松幹事長も、ほぼ同じ考えですな」

室長がそう言って、私たち三人を見た。

＊

私たちは無事、那覇に着いた。レンタカーをピックアップして、まず那覇市内は国際通りに面したお手頃価格のホテルにチェックインした。国際通りのはずれにあって、近くには大きな公園があるし、ゆいレールの駅にも近い。宿泊料金が安いとはいえ、白い外壁の高層ホテルで見映えは悪くない。

観葉植物が飾られて南国ムード満点のロビーは、泊まり客のチェックインや外出でごった返している。かりゆしウェアのホテル・スタッフはてんてこ舞いだ。

涼しくて広いロビーには超モダンな、未来的なデザインのソファが置かれている。ガラス窓の外の、国際通りを行き交う人々の雑踏《ざっとう》とは、ほぼ別世界のような感じだ。

しかし惜《お》しいかな、敷地いっぱいにホテルを建てたから、駐車場がない。フロントの係員は安いコイン駐車場を案内する地図をくれたが、土地勘のない私には、国際通りからその駐車場に入る道が判らなかった。地図によればコイン駐車場が集まっている場所の一つらしいのだが、どうしても見つけられない。また国際通りに戻って別の道を左折して、細い道をくねくねたどるのだが、その路地の幅がありえないほど狭い。あげく、まさかこの道ではないだろうと思い込んで何度も前を通り過ぎた細い路地が、指定された入口だとようやく判った。三十分以上もぐるぐると回っていたのだ。やっと車を駐《と》めてホテルに戻ったときには、グッタリと疲れていた。

「なんだ、こんなに時間がかかって。車庫入れが苦手にしても程があるぞ」

等々力さんの心ない言葉にムッとした私は、如何《いか》に駐車場を発見するまでが大変だったかについて、最後に残ったパワーを振り絞って怒濤《どとう》のように文句を言いまくった。

「いやいや、悪い悪い。そういうことか」

等々力さんは私の怒りに辟易《へきえき》している。

一応、石川さんの部屋を作戦室として使うべくパソコンや書類が並べられている。誰が聞いているか判らないロビーでは話ができない。

「それにしても狭いな」

部屋を見回して等々力さんが文句を言った。

「石川の部屋だけはもう少し広い部屋に替えて貰うか？」

「いや、いいですよ。等々力さんに居着かれも困るし」

石川さんは等々力さんの魂胆《こんたん》を見透《みす》かしている。とはいえ、三人が集まって話し合うには、ベッドと、かろうじてノートパソコンが置ける程度のカウンターだけのシングルルームは狭すぎる……それでも予算の都合上、現状のままでいくことになった。

「片岡議員が沖縄に来たのは、どう考えても連れの女・ミサこと比嘉智子との不倫旅行なんだが、それでも彼女が『沖縄はいいわよ～行きましょうよ』『うん、行こう』っていう単純なノリではないような気もする」

「そうですね。比嘉智子の本籍、親兄弟親戚の住所などはここにありますが」

石川さんは等々力さんに、事前に調べた書類を見せた。機内では機密保持のために今回の任務に関することは一切話さないし書類を取り出すこともなかったのだ。

「先島諸島の平間島か。沖縄本島の名護《なご》市には比嘉智子の兄がいるんだな。職業は？　家族はいるのか？」

「兄の比嘉一郎《いちろう》は建設会社を経営していて、自《みずか》ら辺野古《へのこ》の埋め立て事業に従事しているようです。妻と子供がふたり、高校生の兄と中学生の弟です。名護市の外れにかなり広い家があります」

石川さんは沖縄県警に照会した情報を交えてブリーフィングした。

「しかし、愛人の女が自分の兄に男を紹介するかね？」

「ヤリ逃げを許さない証拠として兄に会わせたかも」

「ともかく、県警と、それから陸自の第十五旅団とか、関係機関に挨拶《あいさつ》しときましょう」

等々力さんと石川さんはふたりでどんどん話を進めて、私は完全に蚊帳《かや》の外だ。

「あの……私は……また車出さないとダメですよね？」

「ああ、それはいいよ。駐めたばかりだろ？　駐車が大変だったんだろ？　モノレールとかタクシーとかバスで行くよ」

等々力さんはそう言ってわざとらしくニッコリした。この人なりに配慮してくれたらしい。

「じゃ、行ってこようか。あ、君は」

等々力さんは石川さんと顔を見合わせた。

「これから忙しくなるだろうから、今日はゆっくりしてていいよ。せっかく沖縄に来たんだから……海とかに行くのはアレだけど、国際通りでもブラブラしてきたらどう？」

そう言って、二人は連れだって出かけてしまった。

自分の部屋に帰って、私は、一応持ってきたリゾートウェアっぽいゆるいワンピースに着替えて、ホテルを出た。

国際通りを歩いたが、ちんすこうを買って帰る相手もいないし、シーサーの置物を部屋に飾る趣味もない。とはいえ、Tシャツを二枚買い、フォンタナ・ジェラートで原色のパッションフルーツのジェラートを買って歩きながら嘗《な》めるくらいのことはした。大阪方面から来た兄ちゃんたちにナンパされたが当然無視だ。「なんやあの女」とか言われたが、それも無視。

ハワイ風のパンケーキよりも沖縄そばが食べたくなって「金月《きんちち》」に入って食べ、まだ明るいけど「屋台村」に足を踏み入れてみた。

屋台村と名前は付いているけれど屋台ではなく、間口の狭い小さな店が狭い通りを挟《はさ》んでびっしりと並んでいる。お祭りの縁日のような賑《にぎ》わいだ。どの店も小綺麗《こぎれい》なので、新しく作られた観光スポットであることは丸判りなのだが、お店の人とお客の距離が凄く近い。とても懐かしい感じがする。

照明には透明な電球がたくさん使われている。辺りが暗くなると、この温かい光がますます華やかになり、本当にお祭りの屋台のような雰囲気になるのだろう。

人気スポットだけに、観光客だけではなく、地元の人たちでも賑わっている。どの店も満席かほぼ満席。元々狭い通路も譲《ゆず》り合って通らないといけないほど活気に満ちている。

どの店も美味《おい》しそうで迷ったが、ヤキトリと豚巻き串の店にそそられるものがあったので入ってみた。オリオンの生中を飲みながら島ラッキョウの豚巻きやぼんじりを食べていると……突然声がかかった。

「あれ？　お前、レイじゃないか？　なんでここに」

名前を呼ばれたのでぎょっとして振り返ると……長身のイケメンがそこに居た。

「うっそ～！　ムーヤン！　久しぶり！」

福生《ふっさ》の暴走族時代の知り合いがニコニコして立っている。一見優男《やさおとこ》風だがキレると怖いやつだった。

彼、ムーヤンこと沐阳《むーやん》は日本に帰国した残留孤児の三世だ。福生の暴走族ドラゴンのメンバーでもあった。福生時代は私たちのグループと激しく対立していた。抗争、というほどでもないが何度もやり合って小競り合いを重ねるうちに、戦友？　同志？　なんと言っていいか判らないが、絆《きずな》のようなものが出来てしまった。

「何年ぶりだ？　お前、自衛隊に入ったんだろ？」

「辞めたけど」

正確には自衛隊を辞めてはいない。出向というか転属扱いだけど、それをキチンと説明するとハナシが長くなる。

「長続きしねえな。まあおれもだけど」

屋台村には一人でふらっと来たらしく、ムーヤンは勝手に私の横に座った。

「なんでここに居るんだよ？　カンコーか？」

「まあね」

私は誤魔化《ごまか》した。

「遊んでるのかよ。女はいいな。なにやっても食うに困らないもんな」

ひどい誤解をしていそうだが、私は放置した。

「そういうムーヤンはなに？　仕事？　遊び？」

「まー、仕事っちゅうか……あ、こっちも生中ね」

彼は懐かしさなのか会話に飢えているのか、ベラベラと喋り出した。

「こっちでワリのいいバイトがあってさ～、移住つか住民票移してしばらく住めば、それだけで凄《すげ》えカネくれるって言うんでさ～。ダチもツレも、もう何人も福生から移動しててさ～」

昔からフワフワした物言いをする男だったムーヤンは、相変わらずハッキリしないことを言った。

「あのまま福生でパシリとか餃子《ギョウザ》屋の手伝いしててもさ～、おれたちはルーツが違うから、あまり先がないんで～、ここは一発儲《もう》けに走るかって」

ムーヤンは無防備にいろいろ話した。

「え？　移住したらお金貰えるバイト？」

お金を出してまでの移住促進《そくしん》って、過疎《かそ》で悩む村か町の人口を増やすための対策だろうか？　でもそんなのは一時しのぎでしかないと思うのだが。

「それって、どこに移住するの？　沖縄本島？　それとも離島の村とかがお金出すの？」

「金の出所《でどころ》はよく知らない。おれなんかは『元締め』からお金貰うんで、誰の金かよく判らない……つか、全然知らない。沖縄本島なら結構、人、いるじゃん。もっと離島だよ。なーんにもない島。ほんとに何にも無いから、時々那覇まで遊びに来て気晴らしするんだけど、飛行機飛んでねえし船に乗んなきゃいけねえから大変なのよ。完全な孤島。いるのは牛だけ。人間より牛が多いの。それとサトウキビとハブ。仕事も牛の世話とちょっとの漁業だけ。地元にはジジババしかいないし、飲み屋はあるけど地元の食い物しか出てこないから……ホラおれ、福生育ちだからシティボーイじゃん？　だから、ミミガーとかテビチとかソーキそばばっかりだと参っちゃうんだよ。パンケーキとか食いたいし」

「あんたが？　パンケーキ？」

　思わず噴き出した。以前は硬派ぶって、パンケーキみたいな甘い物は女の食い物だと徹頭徹尾バカにしていたくせに。

「だからハンバーガーとかステーキとかパスタとか食いてえんだよ。ソースとケチャップがどっさりかかった、メリハリのある味のヤツ。要するに洋食の肉を食いてえんだよ」

「地元のモノを食べてると健康になるよ」

「言ってろよ。とにかくジジババとおれたちじゃ、食生活が違うんだよ。それに、島だとほんと、やることがねえし。牧場の手伝いか漁師の手伝いしか仕事もねえし、昼間ブラブラしてたら口の悪いジジイにあれこれ言われるし、ほんと、居場所がねえっていうか」

「牧場なんでしょ？　カウボーイになればいいじゃん！」

盛り上げようとしてみたが、ムーヤンはノってこない。

「なんだよ。カウボーイに憧れてたのって、おれらの親の世代だろ。おれ、西部劇なんか見たことないし」

「じゃあ、アンタが得意なバイクの改造の腕を使えばいいじゃん」

「バイクったって、みんなトラクターに乗ってるんだぜ？」

「だから、技術を応用してトラクターとか耕耘機の修理とかやるんだよ」

「あれは資格がいるんだぜ。無資格でやるとモグリになって捕まるんだぜ」

「なんだかな～。ムーヤン、デモデモだってちゃんになっちゃったの？　一番ダメなパターンじゃん」

図星を突かれたムーヤンは情けなさそうに笑った。

「相変わらずだな。お前の口の悪さは」

「で、あんたらはどこの島にいるのさ？」

と、私が訊いたところに、「おい、沐阳そこまでだ」と待ったがかかった。

割り込んできた人物は……ムーヤンに輪をかけた、さながら後光が射すようなイケメンだ。鍛《きた》え抜《ぬ》かれたアスリートのような体型。引き締まった身体に日焼けした浅黒い顔。整髪料で固めていないサラサラの短髪、そして爽《さわ》やかな笑顔。身につけているのは、筋肉質なボディに貼り付いたような地味なTシャツにジーンズ……。

これは……？

国重《くにしげ》だった。この前の産業スパイ事件で暗躍《あんやく》し、母国に帰ったはずの工作員だ。ムーヤンと同じく私の福生時代の知り合いで、ドラゴンのメンバーでもあった人間だ。

なんでここに国重までが？　驚く私にかまわず彼は言った。

「余計なことを喋るな、沐阳。さっさと島に帰れ」

国重はムーヤンを追い立てようとした。

「なんだよぅ……せめてこれ、飲ませてくれよ」

ムーヤンはジョッキに残ったビールを飲み干そうとしたが、国重はそれすら許さず、「いいから行け」と強い調子で追い立てた。ジーンズの尻ポケットから万札らしきものを取り出し、ムーヤンに握《にぎ》らせている。

「判りました。すいませんでした」

ムーヤンはしぶしぶ、それでも国重に頭が上がらない様子で席を立って店から出て行った。

私は、このやりとりに不穏《ふおん》なものを感じた。二人ともドラゴンのメンバーだったから、ビシッとした上下関係が今も続いているとしても、国重には絶対に逆らえないというその雰囲気が度を超えている。そもそも、どうしてここに国重がいるのだ？

そう言えば……銀座の高級クラブ「アクロポリス」でも、この国重によく似た男を見かけたような気がしたのだが、その時は他人の空似《そらに》だろうと思っていたのだ。

国重良平《りょうへい》……残留孤児二世で福生の暴走族のメンバーだったので、私とは旧知の関係だったが、元々頭はよかったのだろう。猛勉強の末にいい大学に入って、一流企業である芝浜《しばはま》重工本社技術研究所で、基礎研究に参加するまでに出世した。だがその正体はかの国の軍の工作員で、猛勉強も大学入学も、そして一流企業への入社も、すべては芝浜重工が開発した最新技術を盗み出すことが目的だった。そしてその背後には、日本の権力者を裏から操るカルト教団も暗躍していた。

彼らの目論見《もくろみ》を探り、阻止《そし》しようとする過程で私は国重と恋に落ちた。男女の仲になってしまったのだ。一生の不覚……と考えてよいのか、今も判らないでいる。

国重は結局、正体が露見《ろけん》して、母国に戻った。

「国重さん……もう二度と会うことはないと思いますって、羽田空港で私にそう言いましたよね？」

「言いましたっけ？」

国重はしれっとした表情で誤魔化した。

「あれだけのことを日本でやって向こうに帰ったのに。よくまあ再入国出来ましたね」

「私はほら、複数のパスポートを持っていますから」

さっきから引っかかっている事を訊かずにはいられなかった。

「あなた方、離島で一体何やってるんですか？」

「離島？　何の話ですか？　あいつ……ムーヤンは移住バイトをしてるって言ってましたね。私もそれ以上の事は知りません」

国重はにこやかに言った。この男がにこやかなときはウソをついている。

「それを私が聞き出そうとしたところを、あなたが追い払ったんじゃないですか」

「あなたのような部外者に不確かなことを言って混乱を起こされては、困るからです。残留孤児コミュニティに、これ以上の偏見《へんけん》が加わるのは望ましくない」

私は、平間島にC国のものらしい、少数の先遣隊のような部隊が秘密裏に上陸した情報のある事を口にしようとして……すんでのところで思いとどまった。だって、国重がその部隊の一員である可能性だってあるではないか。

「そうですか。それで国重さんはどうして今、那覇にいるんですか？」

私は何気ない感じで訊いてみた。

すると、彼は、私の目をじっと覗《のぞ》き込んだ。私がどこまで知っているのか推《お》し量《はか》ろうとしているかのような見つめ方だ。目を見れば、私が何を考えているのか読めるかのような見つめ方。

「ほかならぬレイさんになならお話ししたいところなのですが……今日は止《よ》しておきましょう」

そう言うと、国重はニッコリ笑い、素早く踵《きびす》を返した。

私は半呼吸置いて、後を追った。即《そく》追うと気づかれて逃げられてしまう。

万札を取り出し、カウンターに置いてから店の外に走り出たが、国重の姿はすでに煙のように消えていた。そこらじゅうを走り回ってみたが、見つけることができない。

落胆とともに空腹が襲ってきたが、店はもう出てしまった。

仕方がない、私は食べそこねた料理に未練を残しつつ、別の店でソーキそばを啜《すす》って、すごすごとホテルに戻った。


石川さんの部屋を覗くと、二人は戻っていた。顔を赤くしてご機嫌《きげん》だ。

「いやあ、こっちの人は酒を飲ませて親睦《しんぼく》を深めようとするんで、参った参った」

と等々力さんは言ったが、見るからに楽しそうだ。

「男の人って、飲まないと親睦を深められないんですか?」

「君だって顔が赤いぞ」

私は、屋台村で起きたことを話した。

「そうか。その移住バイトは、十中八九、平間島だな。行政はそういう移住キャンペーンみたいなことをやってないし……彼らはC国系なんだろ？　キマリだよ。もともと人口が少ない平間島をまずはC国系で埋め尽くす。そのあと、自国民保護という名目でC国軍が侵攻、占領するっていうダンドリなんじゃないか？」

「隣国を侵略する軍事国家が昔から使う口実ですよね。ヒトラーもその理屈を使ってポーランドとズデーテンを侵略したわけで」

石川さんの言葉に、等々力さんは腕を組んで頷いた。

「それに、あの国重までがいたんだろう？　間違いない。国重は先遣隊の一員だ」

「そうでしょうね。たぶんそれです」

等々力さんと石川さんは口を揃えて言った。

「ちなみに……」

石川さんはノートパソコンを操作して「ほらやっぱり」と頷いた。

「今、出入国在留管理庁の入国管理データベースを照会してみましたが、国重の入国記録はありません。もちろん国重良平名義のパスポートで入国できる筈《はず》はありませんが、顔写真での照合確認をしても、国重らしい人物は正規には入国していないようです」

「じゃ、密航だ」

等々力さんは断言した。

「秘密裏に上陸したとされるC国の先遣隊の一員と断定するのが自然だろ」

「それでは等々力さん、我々も早々に平間島に移動しますか?」

石川さんはそう言い、等々力さんも「そうだな」と言って、明日にも移動する雰囲気になりかけたが、私は止めた。

「片岡議員を捜す件はどうするんです? というか、こちらの関係機関の話は?」

「センセイの手掛かりは全くなし。那覇空港に着いたあと、それっきり足取りは摑《つか》めない。防犯カメラにも那覇のホテルにもその姿はない。那覇以外の沖縄本島すべてのホテル・旅館も調べたんだが」

「民宿に潜んでいるという可能性もありますが、やはり姿は記録されていません」

石川さんが補足した。

「だったらミサさんのお兄さんの……名護の家はどうなんです?」

「沖縄県警名護署の警官が行ってくれたが、片岡議員もミサもいないようだ」

「隠れてるのでは?」

「あのなあ」

等々力さんは私にうるさそうに声を上げた。

「おれたちゃ県警の連中がそこまでバカだと言いたいのか? 家宅捜索令状がないから、さすがに畳の下までは捜せなかったが、ほとんど家捜《やさが》しみたいな事はやってくれた結果だ」

「けど、日本の警察が本気を出せば行方不明者の一人や二人」

そう言いかけた私に、二人は首を振った。

「いや、本気で姿を隠せば、そうそう見つけられないと思うよ。捜索令状をきちんと取って、ローラー作戦でもかければ話は違うと思うけど」

「植松幹事長はかなり本気だったみたいですけど、そこまでのことはしないんですか？」

「だからそれをやると、片岡議員が行方不明であることがバレる恐れがある。バレてマスコミの餌食《えじき》になってもいいのかどうか、政府与党は検討中ってことじゃないのかな？」

等々力さんは少し突き放すような感じで言い、石川さんも頷いて、ハッキリと言った。

「僕は、片岡議員は沖縄本島にはいない気がします。ミサさん、こと比嘉智子の本籍も、まさに平間島ですよね。そして平間島にはC国の部隊が密かに上陸しているという情報があるんですよね？　しかもドラゴンの連中がバイトと称して、さる孤島に大挙して移住している……その孤島とは、人間より牛が多い牧畜の島。これ、すべてのベクトルは平間島を指してるんじゃないですか？」

確かに、これだけの材料が揃えば、那覇にいるより平間島に行ってしまうべきだろう。

その時、等々力さんが持っている「業務連絡専用」のスマホにメールの着信があった。

「東京からだ。陸上自衛隊の特殊部隊の選抜メンバーがあくまで『非公式』に平間島に渡ったそうだ。非公式だが秘密ではない。陸自として姿が見えるカタチで島に滞在すると。

与那国の駐屯地《ちゅうとんち》から、自衛隊の船を使って島に入ったようだ」

等々力さんは淡々《たんたん》とメールを読み上げた。

「現地で接触してくれとのことだ。チームリーダーの携帯電話の番号が書いてあるから、こちらから連絡取ってくれってことだな」

ずいぶん無責任というか現場任せな指示だと思ったが、現場の状況が判らないから、こういうアバウトな指示になったのだろう。

「さてと。我々が行く場合は、平間島への渡船を使うしかないな?」

*

翌日。

私たちは那覇から石垣島《いしがきじま》に渡った。那覇からの直行ルートがないので、石垣島から船に乗らなければならないのだ。朝一番の船便は八時出港だ。飛行機からの乗り継ぎが間に合わないので、十一時四十五分発の第二便に乗船するしかない。那覇空港九時四十分発の日本トランスオーシャン航空に乗って十時四十分に石垣空港に着き、手荷物を取ってタクシーで二十六分の石垣港離島ターミナルに移動した。

「昼メシは、平間島で食おう」

「なーんにもないって言ってましたけど」

私は等々力さんに注意を喚起《かんき》した。

「なーんにもないって言うが、港があって人が出入りしてるんだし観光客だっているだろ。メシ屋で普通のメシくらい食えるだろ」

こういう会話をして、格好もスーツからTシャツとジーンズに着替えた私たちは、完全にリゾート観光客にしか見えないだろう。

十三時十五分定刻に、私たちを乗せた船は平間港に到着した。大都会である那覇とは大違いの、ここは本物の離島だ。

空が広い。というか、見渡す限り、空だ。抜けるように青い、息を呑《の》むほど美しい青空。太陽の光が強烈だ。

港のターミナルの中に、食堂があった。といっても、昼のメニューは「八重山そば」だけ。並と大が選べる。

私たちは躊躇《ちゅうちょ》することなく大を選んだが、それは、なかなかに巨大だった。豚の三枚肉がどっさり載せられ、カマボコも大きい。スープも濃い目だけど美味《おい》しくて、つるつると一気に食べてしまった。

お腹がいっぱいになったところで、港からほど近い宿に移動した。年季が入った鉄筋コンクリート二階建て。ホテルというには少し小さいが、周囲の建物がみんな木造平屋の小さな家屋ばかりなので、凄く目立っている。

「もっと小さい、民宿みたいな、ひっそりした小さい旅館はなかったのか？」

等々力さんは、宿を手配した石川さんに苦言を呈《てい》した。

「ないと言っていいですね。朝晩の食事が出て携帯電話の電波状況が安定していて部屋数が多くて、そこそこ壁が厚いという条件だと、この『ホテル平間』しかなかったんです。全五室のうち三室と予備室を確保したので、ほぼ借り上げ状態です。他の民宿はどこも、秘密の話なんか出来ないくらい壁が薄そうで」

たしかに、港の周辺にはペンションや旅館、ゲストハウスに民宿はあるが、どれも華奢《きゃしゃ》な家屋ばかりだ。強い台風が来る場所だから、見た目より頑丈なはずだが。

「東京から来た離島ガイドブックの取材チーム」という触れ込みでチェックインした私たちは、各自の部屋に荷物を置いて、「予備室」に集まった。各々の部屋はシングルベッドの洋室だが、ここは和室。ここが平間での「仕事部屋」ということになる。

座卓を置き、食堂に放置されていたカラーボックスを借りて、みんなで分散して運んで来た資料などを持ち寄って分類整頓《せいとん》した。ノートパソコンやミニプリンターなどもセットすると、それなりの「オフィス」の体裁が整った。

「ここは、政府の役人とかが来たときの定宿なんだそうだ」

等々力さんは早速、平間島の地図を広げている。ほぼ円形の平坦な島で、島の大半は牧場になっており、島の中心は、港だ。ここに村役場や郵便局、スーパーマーケットなど、島の機能が集中している。そして、珊瑚礁《さんごしょう》、一部砂浜の海岸に沿って人家や店が点在しているが、島の東側に丘のような山があって森があり、崖《がけ》が海に聳《そそ》り立つ形になっている。戦争で米軍の艦砲射撃を受けたあと、山肌が崩れて崖になったという話があるというが、真偽は不明だ。

「それで、陸自の部隊はどの辺にいるんだ？」

等々力さんが石川さんに訊いた。

「島のセンターにほど近いところにある平間小中学校の校舎です。生徒数が激減して教室が空《あ》いているので、そこを宿舎にしていると。この島ではキャンプは禁止だから、自衛隊お得意の野営が出来ないと」

「じゃあ、既に上陸しているというC国の秘密部隊は？」

「それは……不明です」

「不明なの？」

そう言った等々力さんは、まあ、そうか、と考え直した。

「極秘裏に他国に勝手に侵入してるとすれば、当然バレないようにしてるわな」

「可能性としては、東の丘の麓《ふもと》ですね。その辺りの森に潜んでいるのではないでしょうか。その付近には地元の人も近づかないそうです。草むらに隠れた池とかもあるので」

「当該国の上陸部隊が、この島に集められている福生のドラゴン系の人たちに混じっている可能性は考えられませんか？」

私が言ってみた。

「牧場の宿舎に紛《まぎ》れ込んでるとか……」

「そうだな。たとえば森の中に潜んでいて、陸自の連中と不意に遭遇《そうぐう》して偶発的な戦闘が起きてしまうような事態は……お互い、極力回避するよな。集められたドラゴン系住民の中に紛れ込む方が目立たない」

等々力さんは自問自答した。

「それもあって、国重はドラゴンたちを集めたんじゃないか？　上陸部隊を隠すために」

「僕もそう思いますよ。ただ、こんな島でいきなり余所者《よそもの》が増えるのは不自然だし、上白河くんの昔の知り合いが言ったように、大した仕事があるわけでもないんですよね。結果、日中、余所者がブラブラしてるという、この島にとっては不自然な光景になってるんじゃないですか？　それはもう、自分たちで『異変が起きてますよ！』って宣伝してるようなものだと思います」

「なるほどね。どっちとも言えないことは判った！」

ここで等々力さんが立ち上がった。

「部屋の中であーだこーだ言ってるよりも、まず島の中を歩いて実情を知ることにしよう。陸自の連中の様子も見てこよう」

「いえ等々力さん。まずは島の駐在さんや村長さんに挨拶すべきでは？」

石川さんは真面目に言った。

「話は聞いとります。ご苦労様です」

初老の巡査長が私たちに敬礼してくれたので、私も反射的に陸上自衛隊式の敬礼を返した。他の二人は敬礼をする職種ではないのでお辞儀をした。宿には偽《いつわ》りの肩書きを使っているが、ここの駐在さんには本当の事を話した。というのも、すでに沖縄県警から話は通っているし、何かあったときにはこの駐在さんの力を借りなければならないからだ。

「島に来ている自衛隊は、陸自の小さな部隊で、小規模の合宿訓練をすると聞いてます」

そう言って、巡査長は日焼けした顔を綻《ほころ》ばせた。

「しかし半分は福利厚生というか、遊びじゃないですか？　釣りなんかすると聞いてますし」

「そうですか。平間島に、自衛隊以外のなにか変化はありますか？」

等々力さんの問いに、巡査長は首を傾げた。

「いや〜ないですね、特に」

「観光客はたくさん来ますよね？」

と、石川さん。

「ええ、来ますよ。ここは夏が長いからね、春先から……いや、一年中かな。でも台風が来るからね。最近の台風は強烈なのが山ほど来るからねえ。帰れない人が溜まっちゃって宿の部屋が足りなくなって、学校の空き教室を急遽《きゅうきょ》開放したこともあるし」

「有名人は来ますか?」

思わず私が訊いてしまったら、等々力さんと石川さんは顔をしかめて「よせ」と首を振った。

「来てるんだろうけど、わたしは判らんから。最近のタレントとか有名人は知らないから」

どうやら、巡査長は片岡議員の件をまったく知らないらしい。

「判りました。では、何かありましたらよろしくお願いします」

と、きわめて日本人的な挨拶をした私たちは、駐在所のすぐ近くにある村役場に行った。村長に会うためだ。

面会するにはまず秘書か助役のような職員に話を通して、と思っていたが、平間村の村長は村役場のロビーのソファで新聞を読んでいた。

「私が村長の新垣信輔《あらがきしんすけ》です。わざわざ東京からご苦労様です」

七十くらいの、痩《や》せた修行僧のような感じの老人が立ち上がった。

「県からは一応連絡を貰っておりますが……おたくさんたち、一体なんの調査です？」

私たちを代表して、等々力さんが説明した。さっきの駐在さんと同様、本当の事を言った。何かあった場合、村役場の力も借りなければならない。

「それとですね、この島に国会議員が来ているようなのですが、ご存じありませんか？」

「いや……そういうの、いちいちチェックしとりませんから。観光客として来るのなら、議員の先生も、一般人も同じですからねえ」

となると、当然、消息なんか摑んでいないだろう。

「しかしこの島は、美しいですね。何と言っても海が、息を吞むほど美しい」

石川さんが言った。

「ここは、もともと全島が森に覆《おお》われていたと聞いていますが、牧場にするのに森を伐採《ばっさい》してしまって大丈夫なんですか？」

「まあ、森をなくしてしまって七十年が経ちますがの……あんまり変わらん、と思うとります。台風は来るし……森がない分、吹《ふ》きっ晒《さら》しで、風が強くなりましたがの。かといって、なにか島の産業がないと、やっていけませんからのう」

村長は訥々《とつとつ》と答えた。この言葉にウソはないだろう。

「大きな市町村合併があって、お隣の島は竹富町と合併したんですよね？　でも、平間の島はそのままなんですよね？」

「この島はね、昔から意見がまとまらんのです」

村長はそう言って笑った。

「だから、どこか大きなところと合併して島のために使えるお金が増えるようにしよう、という派と、今のままがいいという派に分かれまして。その中でも意見が細かく割れましての。昔からまとまることがないのですわ。唯一まとまったのは、森を切り開いて牧場にする決断をしたとき。しかしそのときだって、米軍さんのための牛肉供給でもせんと、この島からヒトがいなくなるという話で。なにしろ仕事を求めて石垣やら沖縄本島に行く人ばかりで、昔は四百人は住んでいたのに……これでもやっとこさ、持ち直したんですわ」

と、話していると、どやどやと村人らしい中高年の男女がやって来た。

「村長！　話を聞いてくれ！」

と中の一人が声を上げた。小さな村だけに、村長との距離が近い。

「村長！　人手不足で牧場の臨時雇いを増やしたのはいいが、増えすぎた件、どうするつもりだ？」

「宿舎が足りんのだけど」

「いやいやだから、それは村長に持ち込むことじゃなくて、こっちで解決することだろが」

「そうだ。牧場で足りてないのなら村の誰かに頼んで部屋を融通《ゆうずう》して貰うとか、そういう段取りはこっちでやることじゃろ」

「いやいや、それで全然話がまとまらないから村長に仲裁《ちゅうさい》してもらおうって事だったじゃないか」

村人たちは、村長に訴える以前に話が全然まとまっていない。

この島は意見がまとまらないというのは本当だ……。

私たちは、一応挨拶は済ませたから、ということで、村役場を後にした。


島で唯一のレンタカー会社で車を借りた私たちは、島を見て回ることにした。

海沿いに島を一周する道路があり、道沿いに民家が点在している。島の中央部は平坦な牧草地で、自衛隊が現在駐屯している小中学校と、公共施設が幾つかある。

私たちは反時計回りで、北西にある港から海岸に沿っている道を走って南下した。

「海が……物凄くキレイですね！」

ハンドルを握る私は思わず声を上げた。白い珊瑚礁の砂が、海の美しさをよりハッキリと際立たせている。海は何処までも青く澄《す》みきって、ソーダ水のような波が押し寄せてくる。

「透き通った海に、青々と牧草が茂った牧場の島って……天国じゃないですか！」

私は浮かれていた。

しかし男性ふたりは深刻な顔をして周囲を見渡している。

「もしもだよ、もしも上陸作戦が実行されたら、敵はどこからどんなカタチで上陸してくる？」

等々力さんが問いを発したが、石川さんは専門ではないので首を捻《ひね》った。

「島の周囲は珊瑚礁ですから、どこからでも上陸出来ますよね」

「しかしこのあたりは剝《む》き出《だ》しだ。上陸しようとしても丸見えだ」

「夜間だと、真っ暗では？」

「それでも車の通行はあるだろう。やっぱり島の東側から上陸して森に隠れるんだろうな」

「有事の際には島民の命をどうやって守る？」

等々力さんは私に訊いた。

「君は専門家だろ？」

確かに私は自衛隊出身だけど、あくまで現場の訓練を受けた人間で、作戦を立案する立場ではなかった。それでも答えられることはある。

「たぶん、ゲリラ的な手段を使ってくると思います。つまり、ひそかに上陸してコソコソと動いて、気がついたら村役場とか港とかの島の中枢《ちゅうすう》が抑えられているという感じですか？」

問題の、島の東側に着いた。

丘は、簡単に登れる三百メートルほどのなだらかなもの。しかし海側に回ってみると、抉《えぐ》られたように岩肌が剝き出しになっている。米軍の艦砲射撃で地形が変わったという話はウソではないと感じるほど、人工的な崖になっている。

「まあ、この崖をよじ登る『ナバロンの要塞《ようさい》』みたいなことをしなくても、ちょっと脇《わき》に回れば簡単に上陸出来る。しかもこの丘と森が格好の隠れ場所になる」

等々力さんは専門家のように断言して、私に向かって「だよね？」とニッコリした。

「私もそう思います。仮に崖の両側を封鎖《ふうさ》されても、この崖なら登るのは容易《ようい》です」

私の意見に、等々力さんは満足そうに頷いた。

「丘に登ってみよう」

平間山という名前のある丘には、登山道がついている。頂上には何もないが、観光スポットになっているのだろう。

ゆっくりと登っても、二十分ほどで頂上に着いた。

崖の側には鉄製の手すりがあって転落を防止していて、展望台にもなっている。ここからだと島の全貌《ぜんぼう》が見渡せる。

写真で見たとおり島の中心部は牧場で、牛がのんびりと草を食《は》んでいる。牛舎やサイロがあり、牧場のスタッフの宿舎があり……その近くに「平間小中学校」がある。校庭では何か作業が行われているようだ。少なくともキャンプファイアーの準備などではない。

「あれは自衛隊だね。挨拶に行くか」

一応、北側の道も回りきって島一周を果たしてから、私たちの車は島の中心部に向かった。

平間小中学校の教職員室を訪ねて来意を告げ、自衛隊が宿舎にしている空き教室に行く許可を貰おうとしたところで……代わりに「チームリーダー」が職員室までやって来た。

が、その男は警戒心を全面的に出して、私たちに相対《あいたい》した。

「……内閣官房副長官室……ほう。そんな部署があるんですか。いや、総理官邸のことは私、全然知らないので」

私たちの名刺を受け取ったチームリーダーは、自分の名刺を差し出した。

「現在ここに駐屯しているのは今回特別に編成されました、陸上自衛隊の特殊部隊混成隊です。自分は陸上自衛隊習志野《ならしの》駐屯地特殊作戦群に属する星崎雅彦《ほしざきまさひこ》三等陸佐であります。今回の混成隊のチームリーダーを拝命しております」

この男を、私は知っている。この男も、私を知っている。だから警戒心全開で私たちに会いに来たのだ。私を見る目が完全に警戒モードだ。

私が陸上自衛隊習志野駐屯地特殊作戦群を辞めたのも、この男の判断の不公平さがどうしても許せず、クビ覚悟で正面衝突《しょうとつ》したからだ。私に直接の危害を加えたのは別の男だが、部隊内の不祥事、いや犯罪の処理に正しい判断を下せなかったこの男には怒りしかない。

絶対服従だと思い込んでいた部下の叛乱《はんらん》に、この男は心底驚いていた。その時の顔が今でもありありと浮かんでくる。

「了解しました。我々は内閣官房副長官直々《じきじき》の命《めい》でここに来ております。場所を変えますか？」

等々力さんが配慮を見せた。職員室を出たところでの立ち話だ。

「いえ、特にお話しすることはありませんからここで結構です」

星崎は拒絶《きょぜつ》した。

「……ではここで。我々は某国《ぼうこく》の秘密部隊が、この島に密かに上陸しているとの情報を得てここに来たのですが」

そう言われた星崎は無言で表情も変えない。

「率直《そっちょく》にお訊きします。自衛隊として、あなた方はどこまでの指示を受けてるんですか？　敵と交戦する場合もあると？」

「申し上げられません。我々は親睦《しんぼく》を兼《か》ねた小規模の合宿訓練に来ているのです。それ以上の事は言えません」

「某国の秘密部隊の存在も？」

「……」

返答がなくなった。上からは、一切口外するなと言われているのだろう。

「あのですね、我々は内閣官房副長官室のスタッフなんですよ。はっきり言えば総理官邸とチョクなんだ。つまり自衛隊の上位にある」

「その内閣官房副長官室とやらが実在する部署なのか、そこのメンバーと称するあなた方が本当にその組織の一員なのか、判らないからね」

その答えにムッとした等々力さんは、ポケットを探ってIDカードを取り出した。

「官邸に出入りするときに使うIDカードだ。これを照会すればいいだろ」

星崎は等々力さんが差し出したIDカードをチラッと見ただけで鼻を鳴らした。

「官邸とは協調してやっていくべきだと思っております。しかしながら現時点では、あくまでも上と確認を取ってからということでお願いします。慎重すぎるとお思いでしょうが、それが我々の仕事です。どうかご理解ください」

星崎の言葉は丁寧《ていねい》だし、慎重な態度も筋は通っている。等々力さんも仕方なく頷いた。

「判りました。では今日はご挨拶だけということで」

しぶしぶ等々力さんは引き、私たちも星崎に頭を下げて学校を出た。

「なんだ、アイツは！」

クルマに乗った瞬間、等々力さんは怒りを爆発させた。

「こっちがここに来るってことは自衛隊の上部から伝わっているはずだろ？　で、こっちがわざわざ挨拶に行ったのに、なんだよあの態度は」

どっちがエラいと思ってるんだ！　とまで言うので、私も石川さんも「それは違うでしょ」と突っ込んだ。

「どっちがエラいって話じゃないと思います。実際、交戦状態になったら戦うのは彼らですから」

私は特殊部隊の一員だった立場から言った。

「それと、あの星崎って男は、もともとああいう嫌な奴なんです。もったいぶって判断が遅くて仕事が出来ない。しかも絵に描いたようなパワハラ野郎で」

封印していた「勘忍袋」の紐《ひも》が緩《ゆる》んで、怒りをぶちまけそうになった私は、慌てて袋の紐を締めた。

「知り合いか」

等々力さんもようやく察したようだ。

「ええ。あの男のせいで、私は習志野にいられなくなって……」

私の震え声に、等々力さんと石川さんは固まった。この話題に触れると私の感情が暴走してどうやら大変なことになる、と判ったのだ。

「ええと……その件はおいおいゆっくり聞くとして……そろそろいい時間だよな」

等々力さんがわざとらしい大きなモーションで腕時計を見た。

十七時。

「港に、飲み屋があったよな?」

たしか、港には食堂と居酒屋がある。どちらもお酒を出すし料理も出す感じの、よく似た店構えの二軒が並んでいたのだ。

「一杯やろうぜ。この島にいる限りずっと緊張したまま、なんて状態じゃ身が持たないぜ」

「そうですね。民情を知るためにも、飲み屋に行った方がいいですね」

石川さんが同意した。

ということで、クルマを置いた私たちは、「居酒屋　ひらま」の暖簾《のれん》をくぐった。

国重の仲間が暇《ひま》そうに飲んだくれているのかと思ったら……彼らはいなかった。その代わりに、明らかに地元の人と判る常連さんたちで、そう広くはない居酒屋の席は埋まっていた。

私たち三人が店の隅っこの席に座ると、さっそく、お客のおじさんが席を立ってオシボリと突きだしを持ってきてくれた。さっき、役場に押しかけてきた村人たちも混じっているが、酒の席では和気藹々《わきあいあい》として、和《なご》やかに飲んでいる。こういうところが、この島の、まとまりはないが「うまくやっていく秘訣《ひけつ》」なんだろう。

「おねえさんたち、観光？」

「あ、はい」

私は思わずそう返事した。

「ここはなーんもない島だけど、そのなーんもないところがいいらしいね」

日に焼けた顔を綻《ほころ》ばせて泡盛《あわもり》を飲んでいるポロシャツ姿のおじさんたちは、漁師さんか牧場の人か、それとも渡船関係の人か？

「みなさん、地元の方なんですよね？」

私が訊くと、「そうさー」の大合唱になった。

「おれは漁師だけど、コイツらは牧場。この島はちょっとの漁業と、あとは観光と牧場だよね」

「そうですよね～。緑が濃いし、海は透き通ってるし、物凄くキレイですもんね～」

私もお世辞ではなく、素朴な旅行者みたいな感じで言った。自然の美しさは本物だし、私も本心からキレイだと思っている。

その気持ちは地元のおじさんたちにも伝わったようで、みんなニコニコして自分のボトルを差し出して「飲め飲め」の競い合いになった。

「なに？　お父さんとお兄さんの三人で来たの？　お父さん、浮いてるねえ」

そう言われた等々力さんは苦笑いするしかない。

「こちら、何が美味しいんですか？　いえね、地元のオイシイものは地元の方に訊くのが一番だと思うんで」

等々力さんが壁に貼ったメニューを見ながら訊いた。

「そりゃ、エイヒレだよ。この辺のエイヒレは最高だよ。滅多《めった》に獲《と》れないけど。あと、やっぱりステーキだな、ビフテキ」

「いやいや、牛は島外に売る物だからおれたちの口にはなかなか入らないよ。だからソーキそばとか島おでんとかソーキのラフテーとか……やっぱり豚肉料理が一番だな」

「じゃあ、オススメのもの、全部！」

等々力さんは太っ腹なところを見せた。もちろん等々力さんのポケットマネーではなく出張費から出るのだけど。

と言いつつ、美味しいものは美味しい。控えめな味付けだから、余計に豚の三枚肉の脂の甘さが引き立つ。何を食べても絶品だ。

沖縄名物かめーかめー攻撃が始まった。

「ネーネー、いい食べっぷりだねえ！　ほらもっと食べて」

「ほんとよく食べますよね。ウチでもシン・ギャル曽根《そね》って呼ばれてます」

ずっと黙っていた石川さんがぽつりと言ったので大ウケになった。

食べ物が美味しいと、お酒もすすんでしまう。泡盛《あわもり》がまた素晴らしいのだ。

「ネーネー、泡盛もいけるのかー！　さあどんどんぬめー！」

おじさんたちは自分のボトルから泡盛や焼酎《しょうちゅう》を気前よく注《つ》いでくれる。

等々力さんがご返杯でボトルを頼み、差しつ差されつの「飲め飲め合戦」になってしまった。

南だから、酔えば歌が出て、身内ばかりの気安さで、ワイ歌も出た。

「君と僕とは卵の中身〜僕が白身で、オハラハ〜キミを抱く」

というのは上品な方で、「お座敷小唄《ざしきこうた》」（古いっ！）の替え歌の合いの手が「ちんちんブラブラまんまんパクパク」というのには、もう大笑いするしかない。

みんなで大酒食らって座はおおいに盛りあがり、ぐでんぐでんになってくると、ちらほらと本音が出始めた。

「今さー、自衛隊来てるだろ？　与那国なんか自衛隊が来て、島が割れたりしてるのさー。やしが《でも》この島は小さいから、割れたらくまいるんやさ《困る》」

困ると言っていることは判る。おじさんがゲップをしながら言うものだからさほど本気には聞こえないが、言ってることは深刻だ。

「うん……自衛隊は面倒見がいいから、いろいろやってくれちゃって、金払いゆぬたさん、島の潤《うるお》いしがそのぶん、おれたちのやることとなくなってしまったとかなあ」

「島の運動会をやると、自衛隊はみんな鍛えてるし体格がいいから一等を全部さらっちまうんだよな」

「それとさー、むしかのくとぅ《もしものこと》があいねー、敵は自衛隊を狙ってくるわけさー？　おれたちも巻き込まれるわけさー。うりがぅとぅるさん《それが怖い》」

その言葉に、おじさんたちは急にしんみりした。

「おれなんか、さすがに戦争の記憶はないけどよ、親なんか、死ぬまで戦争を恨《うら》んでたからな。この島の東の山。あそこに日本軍の監視所があってさ、米軍は軍艦から大砲をドカンドカン撃って、兵隊はもちろん、島の連中も大勢死んだんだよ。八重山には風土病があってあそこに行ったら感染《うつ》るとみんな知っていたんだが、日本軍が強制移住させて、マラリアに罹《かか》って死んだ人も大勢いたし。なにしろあの頃は薬がなかったからね」

「だから……この島も、自衛隊帰れ派と自衛隊に居て欲しい派に分かれるに決まってるんだ」

店の大将が氷のお代わりを持ってきて、言った。

「小さな島だから、住民の間にヒビが入るのは本当に困るんだよ。かと言って、こういう問題はみんなそれぞれ考えもあるし、一色には染まりっこないし」

「まあ、自衛隊が来てるといっても、一時的なもんだろ？」

真っ赤な顔をした酔っぱらいおじさんが、据《す》わった目で言った。

「居座ると決まったわけじゃないんだし……」

「居座るって言い方、よくないぞ」

隣のヨッパライおじさんが言ったが、目が据わったおじさんは「お前、自衛隊賛成派か！」と突っ込んだ。

「まあまあそうとんがるなって」

と大将が宥《なだ》めに入った時。

私たちの席から離れた壁際の席で、なにやら揉めごとが始まった気配を私は察知した。

ラフな格好……ジーンズにポロシャツとTシャツ姿の男女がいる。男の方は三十代で、女の方はまだ二十代に見える。どちらもアスリート体型で、スポーツ合宿のコーチと選手のように見えた。男女ともこちらに背を向けて並んで座っている。

その男コーチが、女子選手に迫っている。男の手は彼女の形のいい臀部《でんぶ》をじわじわと這《は》っている。彼女の耳元に顔を近づけて何か囁《ささや》くが、彼女はそれを明らかに嫌って身体を捩《よじ》っている。

男は彼女の肩に手を置くが、彼女はあきらかにそれも嫌がっている。だが男の手は背中に降りていって執拗《しつよう》に撫《な》でている。

彼女は全身を硬くして拒否の意志を表している。

これは……絶対に嫌がっている。まさに、絵に描いたようなセクハラだ。

しかし、彼女の方からハッキリした拒絶や抗議の言葉が出る気配は無い。私はおじさんたちの駄弁《だべ》りをよそに、二人の会話に聴力を集中させようとしたが、彼女は黙ったまま、ひと言も発しない。

ああもうじれったい！　嫌だとか止めてとか聞こえれば、止めに入るんだけど……。しかし、後ろ姿を見ていれば、彼女が充分に嫌がっていることはハッキリ判る。身を捩って男の手から逃《のが》れようとしているのだから。

そう確信した私は黙っていられなくなった。

スッと立って、二人のところに行き、男の手が女の肩から背中、そして腰に這っていくのをいきなり摑んだ。そして話しかけた。

「あなた、何をしてるんですか？」

そう言われた男はビクッとして私を見た。険しい顔の、日焼けした男。

「なんだお前？」

「なんだって言いますけど、こちらの女性、嫌がってるじゃないですか。私、後ろからずっと見てたんですよ」

「余計なお世話だ。だいいち、彼女は嫌がっていない。こっちは二人で話をしていたんだ。赤の他人がしゃしゃり出て、邪魔をするんじゃないよ」

その時、女性が私を見た。美人ではないが目鼻立ちがスッキリした、聡明《そうめい》そうなタイプ。セミロングの髪をうしろできっちりまとめている。そんな彼女の目が、ハッキリ「助けて」と言っている。

彼女に視線を送り頷いた私は、なおも摑んだ男の腕を捩じ上げた。

「あんた、セクハラって言葉知らないの？　嫌がる相手に無理強《むりじ》いしたらセクハラになるんですよ」

「いいから離せ！　失敬な女だな。だから、彼女は嫌がってない。嫌ならそう言うだろうし席を立つだろ」

「ねえ、あんた。あんたコーチか上司か知らないけど、彼女が逆らえない相手なんじゃないんですか？　それってパワハラですよね」

私は男の腕をよりキツく捩じ上げた。

「おい貴様。やるのか？　おれを誰だと思ってる？」

「さあ？　ひと山いくらのセクハラオヤジにしか見えませんが？」

その言葉に、男は激昂《げっこう》して立ち上がった。テーブルが傾き、お皿とグラスが床に落ちて割れた。

「店の中だと迷惑だから、外に出ましょう」

「おお、いいとも！」

おいおい、と等々力さんが中腰になって止めようとしたが、私が怒ると止まらないのを知っているから、そのまま固まってしまった。同じく石川さんも、打つ手なし、という表情で呆然《ぼうぜん》と私たちを見送った。

店の外に出ると、あたりはもう暗くなっていた。渡船は終了しているので港の明かりも消えている。

摑んでいた男の腕から手を離すと同時に私は男を突き飛ばした。

普通の男なら道に倒れ込んでそのままになるところだが、男は即座に体を立て直して私に正対した。

「お前、エラい自信だな。腕に覚えがあるようじゃないか。だけどこっちは、そのへんの大学の運動部や格闘技とは違う鍛え方をしてるんだ」

男はミエを切ったが、私はそんなフカシは無視してツカツカと近寄ると、いきなり男を殴《なぐ》りつけた。鼻を殴ったので、鼻血が吹き出した。

「あ」

虚《きょ》を衝《つ》かれて呆然とする男の隙《すき》を逃さず、すかさず顎《あご》にアッパーを叩《たた》き込む。同時に鳩尾《みぞおち》に膝蹴《ひざげ》りを浴びせ、とどめに右腕を摑んで背負い投げを食らわせた。この間、約二秒。

「な、な、なんだお前は」

呆気《あっけ》にとられつつ、男はよろよろと立ち上がった。鍛えていると言うだけあって、普通の男ならこれで戦意喪失《そうしつ》するところだが、体勢を立て直してなおも私に向かってきた。

男が急に体勢を低くしてラグビーのタックルの要領で私の腰に突進してきた。私が寸前で体をかわすと男も急停止して、今度は反転して背後から摑みかかってきた。

一瞬の油断がいけなかった。

私を羽交《はが》い締《じ》めにして持ち上げた男は、そのままブリッジして反り、私は後方に投げられた。プロレスのドラゴン・スープレックスだ。

店の前に積んである空き瓶と空き缶の山に私は真っ逆さまに落下した。どんがらがっちゃんと派手な音を立て、空き瓶が砕けた。

男は私に近づいて腕を伸ばすと、私の股ぐらに手を入れた。

そのまま私を持ち上げると、砕けた空き瓶の上に、再度、投げ落とした。

まずい。痛みを感じながら私は思った。空き瓶の割れた先端が体にぐさぐさ刺さっている。運が悪ければ大きな血管をやられる。重傷を負って血みどろになったかもしれない。男は捕まれば結構な罪になる。

私は空き瓶の上で、どれくらいガラス瓶が刺さったか皮膚の感触で探ってみた。

よかった。大したことはない。

どうだ、と男は余裕の表情でこちらを見ていたが、私が平気な顔で立ち上がり、空き瓶の破片を手ではたき落とすのを見ると、男の顔に驚愕《きようがく》が走った。

立ったまま微笑《びしよう》した私は、次の瞬間、男に向かってダッシュした。私の変わり身の早さに男は即座に対応出来ない。

こちらもアメフトの要領で男に体当たりすると、油断していた男はそのまま吹っ飛んだ。吹っ飛んだ先に車が駐まっている。そのホイールに見事に頭をぶつけた男は「う〜」と呻《うめ》いて、今度こそ立ち上がれなくなった。

普通ならそこで手を貸して男を立たせるのだろうが、我ながら性格が悪いというか執《しゅう》念深《ねんぶか》いというか、私はトドメを刺さずにはいられなくなっていた。男に馬乗りになると、顔に往復パンチを浴びせる。平手ではない。グーで殴る。

「どうする？　降参？　ギブアップなら止めるけど？」

私が訊くと、だが男はニヤリと笑った。いきなり手が伸びてきた。私の両肩をがっしりと摑んだ男は、押し倒すように前のめりになってきた。

輪になった形でぐるぐると二回転ほどしたあと、男は体勢を崩して輪を解いて、逃げた。

もちろん追いかける。男の足元目がけて滑り込んでスライディングし、足を絡めて倒し、再び馬乗りになろうとしたが、また男が反転して揉み合いになった。お互い拳《こぶし》で殴り合い、そのままゴロゴロと道を転がった。

こういう時、私は自分でも信じられないくらい痛みを感じなくなる。ダメージはあとからくるのだ。気持ちが張り詰めている今は全然痛くない。

再び男に馬乗りになったところで、私はポロシャツの襟首《えりくび》を摑み容赦《ようしゃ》なく打撃を浴びせた。ようやく男がか細い声を上げた。

「ま……参った」

そう言って男は降参し、力を抜いた。

「あんた……もしかして……習志野か？」

鼻から口から血を流しながら、男が訊いてきた。

「さあ？」

今答えるべきかどうか判らなかったので、私は誤魔化した。

「おれは……判ってると思うが、自衛隊だ。あの子は部下だ。酒が入って気が緩んだ」

だからといって、ここで気を緩めるとまた襲ってくるかもしれない。

「謝るから、上から退《ど》いてくれ」

私は男から目を逸《そ》らさず、ゆっくりとその身体から降りた。

すると男は、私に土下座した。

「申し訳ない。この件はなにとぞ内密に頼みます。あんたは……内閣裏官房だろ？」

知ってたのにどうして応戦してきたのだ？　私が突き飛ばしたからキレたのか？

「内閣裏官房に、習志野出の女がいるって事は知ってるんだ。それがあんたか」

そこまで言われたら、仕方がない。私は頷いた。

「内閣官房副長官室所属の、上白河レイです。今は身分としては陸自から離れています」

男は顔を上げて私を見た。

「凄いヤツが習志野にいて、上官と対立して辞めたって聞いてはいたが、それがあんたか……知ってりゃガチでやり合うことはなかったのにな」

ここで私は、ようやく警戒を解いた。男は言った。

「今は非番なんだ。自由時間なら隊員も酒くらい飲んでもいい筈なんだが、みんないろいろ気を使って外には出てこない」

「それでアンタはお気に入りの女性隊員を引き連れて飲みに来たってわけ？　かわいそうに、あの子も上官の命令には逆らえなかったんだよね。それってパワハラでしょ。セクハラだけじゃなくて」

そう私に言われた上官は、ガックリうな垂れた。

「あの子は……おれに気があるのかとばかり」

「たとえそうだとしてもダメです。職場に色恋を持ち込むなって話です」

そもそもこの男は自衛官の仕事を何だと思っているのか。

「そんなことで国が守れますか？　だいたい今回の混成隊に女子は何人いるんです？」

「衛生科の看護官一名と、彼女の他一名の計三名であります」

「混成隊の総数は？」

「十名であります」

男は完全に私を上官として扱うようになっている。

男七人に女三人……。

「もう、よろしいでしょうか？」

「待ちなさい。あんたの名前と階級は？」

「安田《やすだ》守《まもる》……陸上自衛隊陸上総隊、特殊作戦群三等陸尉《りくい》であります」

そう言って立ち上がった男……安田三尉は私に敬礼すると、走って逃げていった。どこかで顔を洗わないと、あんな血だらけのままじゃ問題になるだろう。

そう思いながら見送っていると、店からセクハラを受けていた彼女が姿を見せた。

「走って帰隊したんですね、アイツ」

能面のような無表情だったが、私と目が合うと、ニッコリしてくれた。

「有り難うございました……あ、血が！」

そう言われて始めて、私は自分を見た。白いTシャツを着ていたので、全身のあちこちを切って、血が滲《にじ》んでいる。幸《さいわ》い、割れたビール瓶の先端が皮膚を大きく切り裂くこともなく、ドクドクと血が出ていないのは助かった。最近のビール瓶は、割れたときの安全性も考えているのか？

「ああ、この程度なら大丈夫だから」

私は笑って答えた。しかし、傷を負ったと自覚した途端、あちこちがチクチクと痛くなってきて参った。

「先輩、ですよね？　やっぱり習志野にいらした方ですよね？」

彼女はそう言って、慌てて自己紹介した。

「私、石渡玲子《いしわたりれいこ》と申します。江田島《えたじま》の海上自衛隊特別警備隊第三小隊所属、海曹長《かいそうちょう》です。ちなみに特別警備隊は海自における特殊部隊です」

彼女はそう言って海自式の敬礼をした。

「あ、私は上白河レイ。もう武官ではないというか、文官というか、現在は自衛隊員ではないので……」

改めて彼女にも自己紹介をして、敬礼を止めて欲しいと言った。それに私は習志野では一番下の二等陸士《りくし》というぺーぺーで、石渡海曹長のほうがずっと階級は上なのだ。今は階級は関係ないが。

「本当にありがとうございました。この混成隊は習志野の特殊作戦群が主体になっているので、私のような海自はよそ者扱いで……しかも女なので……いろいろと」

石渡さんは口数が少なく大人しそうで筋肉質でもないので、舐《な》められるのだろうか？

「江田島ではハラスメントに無縁だったので、ちょっと油断したこともあります。海自とはカルチャーが違うって」

「あの、陸自の名誉のために言いますけど、あの安田とか星崎を見て、陸自全体を判断しないでくださいね。まあ、海自と比べれば陸自の方があきらかに男社会で、オッサン的な連中がのさばってますけど……」

私がそう言うと、石渡さんは少し笑った。

「空自から来てる人もいるんですよね？」

「いえ、空自には特殊部隊がないので……海保……海上保安庁の、大阪にある特殊警備隊からも女性が来てますけど、大阪の人でなかなか手強《てごわ》そうだから、誰も手を出さなくて。あと、陸自の、他の部隊から来てる人が一名」

「でも、ハラスメントは石渡さんに集中してる？」

私がそう訊くと、彼女は頷いた。

その時、恐る恐る扉が開いて、等々力さんと石川さんが顔を出した。

「おい、上白河！　血だらけじゃないか！」

等々力さんが声を荒らげた。

「なにやってるんだ！　任務外のことで怪我《けが》なんかしたら、おれの責任になるんだぞ！」

等々力さんは度量が狭いセコい男なので、まず自分の心配をしている。まあそれは想定内だ。「大丈夫？　痛くないの？」と石川さんが心配してくれるのが救いだ。

「それでどうなった？」

等々力さんは点々と血痕《けっこん》が残る現場の状況を見た。

「キミがやっつけた男は逃げた？　何ものなんだ？」

「平間小中学校に駐屯している混成隊の……たぶん二番目か三番目にエラい隊員です。三等陸尉と名乗っていました」

「昔で言う、陸軍少尉《しょうい》か。尉官なら結構偉いんじゃないの？」

「そうです。私よりずっと上です」

私は陸軍で言えば二等兵だったのだから。

「そいつをボコったのか……おいおい、まさか駐屯地に戻ったあと死んじゃう、なんて事はないだろうね？」

「急所は外しましたから、大丈夫でしょう」

私の答えに、等々力さんは露骨に安堵《あんど》した表情になった。

「で、キミは？　その真っ赤なTシャツはたしか白かった筈だけど」

「ビール瓶でやられましたが、グサッと刺さってないから大丈夫です」

そう、と等々力さんはまた安心した。

「あの男……安田三等陸尉は、こちらの石渡海曹長にセクハラ、そしてパワハラをしていたんです」

「それは問題ですね。ハラスメントが常態の組織はまともに機能しなくなります」

真面目な石川さんが顔を曇《くも》らせた。石川さんの言いたいことは私と同じだ。ああいうことを許しておけば肝心《かんじん》の、国を守るという自衛隊の任務が遂行《すいこう》できなくなるのだ。それを思えばハラスメントの蔓延《まんえん》は、仮想敵国の工作という可能性さえある。

私は訊いてみた。

「石渡海曹長。今回の混成隊には、表向きとは別の、本当の任務があるんでしょう？」

彼女は、否定しなかった。

「いわゆる特殊な任務ですよね？」

「まあ……私からは言えませんが」

石渡海曹長は口が固い。でも等々力さんはめげずになおも訊いた。

「今日の昼間に、混成隊のトップに会ったんだけど、あの星崎ってヤツも本当のことを言わなかった。だけど、片岡って議員が行方不明になっているんだ。その捜索に我々は来てるんだけど、同じタイミングでおたくらもこの島に来たってことは……」

「ご想像にお任せします」

ここで石川さんが進言した。

「等々力さん。その件と、混成隊内部のモラルの低下は、別問題としてそれぞれきちんと対応すべきだと思いますが」

「きちんと対応って、我々に何ができる？」

「習志野に現状を報告するって意味ですか？」

私が訊いた。

「習志野の特殊作戦群のトップは尊敬すべき人ですが、トップのすぐ下に入ってるのがロクなもんじゃないオッサンで」

私はふたたび腹が立ってきた。習志野時代に受けた仕打ちの数々が蘇《よみがえ》ってきて、丹田《たんでん》に力を入れて自制しないと、すべてをぶちまけてしまいそうになってきた。私はぐっと我慢した。

「とりあえず今、すべてを一気に解決は出来ませんよね。石渡さんだって、これから隊に帰って一悶着《ひともんちゃく》ありそうだし」

私がそう言うと、石川さんが進み出た。

「石渡さん。私でよければ同行します。同行して、私から経緯《けいい》を上官にお話しして、石渡さんについて妙な誤解が生まれないようにします。ああ、上白河さんは来なくていいです。まずは傷の手当てをして」

「うん。お前が出ていくと余計にややこしい事になりそうだ。ここは石川くんが冷静に説明した方がいい」

等々力さんが断を下した。

「そうですか。それじゃ石渡さん、またハラスメントが起きたら、遠慮なく私に連絡してください」

私は石渡さんと携帯電話の番号を交換した。これでショートメッセージも使える。

「では……いろいろと有り難うございました」

石渡さんは私に礼を言うと、石川さんと平間小中学校の方に歩いて行った。

「さて、傷の手当てをどうするかな?」

港には、この島の機能の中枢が集まっている。診療所もあるにはあるが、二十時を過ぎた今、診《み》てくれるだろうか? 急患扱いしてくれるだろうか?

「ついてってやろうか?」

等々力さんが恩着せがましく言ったので、私は「大人だから一人で行けます」と断った。

「あ、そう。じゃあ、おれ、料理とかまだ残ってるから、さらえちゃうね」

彼はそう言って店に戻ると、とたんに客席からおじさんたちの大爆笑が沸《わ》いた。

きっと、私と安田のタイマン勝負をネタにして「やれやれ困ったもんです」とでも言っているのだろう。しかしあの大爆笑はなんだ?

オヤジの笑うポイントがイマイチよく判らない。

居酒屋の隣は食堂だが、客の出入りはない。たぶん食堂も居酒屋も似たようなもので、客はみんな腰を据えて飲んでいるのだろう。

私は、「平間島診療所」に行き、「緊急の場合は押してください」と書かれた玄関ボタンを押そうとした、その時。

いきなり背後から、髪の毛を摑まれて、診療所の壁に思いきり額《ひたい》をぶつけられた。

いきなりのことだったので、一瞬、気が遠くなった。

その隙を突いた何者かは、私の足を払った。

安田が戻ってきて私に復讐《ふくしゅう》しようとしているのかと思ったが、どうも違う。

足を払われた私は、倒れるときに診療所の入口の階段でしたたかに腰を打った。

黒ずくめの上下に黒の目出し帽を被《かぶ》った謎《なぞ》の人物。骨格からして男だ。

動きのキレと体格の違いで、安田ではない事はハッキリした。

筋肉質な分、太く見える安田と違って、今襲ってきた男は、もっとスリムで動きが敏《びん》捷《しょう》だ。カンフーの達人的な……。

その男は、私に馬乗りになり、左手で倒れた私の髪の毛を摑んだまま、右手で大きなナイフを取り出すと、私の左側の地面に、ずん、と刺した。

私の耳を掠《かす》めて、ギリギリのところ。アスファルトで舗装《ほそう》された道路に、そのナイフはしっかりと刺さった。

「悪い事、言わない。このまま東京に、帰れ」

妙に甲高《かんだか》い声で、その男は言った。

「なにもするな。このまま帰れ。いいな」

男はそう言うと刺さったナイフはそのままに、私から降りて姿を消した。文字通り、闇の中に溶けるように消えていった。

男がその気なら、私は確実に喉《のど》をかき切られるか首の頸動脈《けいどうみゃく》を切られて、死んでいた。

それを思った瞬間、激しい震えが来た。

全身がガクガクして、泣きそうになった。

その瞬間、私のスマホに着信があった。

今の男からの、駄目押しか？

私は、震える手でジーンズのポケットからスマホを取り出した。

着信していたのはショートメッセージだった。発信者は石渡さんだ。

「片岡議員は、この島に来て、姿を消しました」

それだけが書いてあった。

第三章　離島有事

片岡雅和はベッドの中で目覚めた。

洞窟《どうくつ》の中だった。沖縄の言葉で「ガマ」と呼ばれるところだ。

外から潮騒《しおさい》とともに差し込む光が闇の中に淡《あわ》い直線を描《えが》いて、それはあたかも光のベールのように見える。

岩から雨水が染みだして、湿気は強いが、それが逆に気温を下げて清涼感をもたらしているようでもある。洞窟の中は夏も冬も一定の温度を保つから、天然のエアコンの中にいると言っていい。その湿気も、もわっとしたものではなくて、岩肌の気持ちのいい香りをまとっている。

沖縄の島々には石灰岩《せっかいがん》で形成された鍾乳洞《しょうにゅうどう》がたくさんあり、その多くが生活の場や聖なる場所、拝所とされてきたが、沖縄戦の時は、防空壕《ぼうくうごう》や野戦病院として使われた。

その洞窟の一つに、彼は監禁されているのだ。

居心地《いごこち》がよくて、リゾートに来た気分がまだ続いている。しかしここは洞窟だ。

と言っても、穴蔵に鎖《くさり》で繋《つな》がれて放置されるような劣悪《れつあく》な環境ではなく、電気も来ていて洞窟内は明るく、エアコンも利いている。備品も、ベッドにソファにテーブル、シャワーまであって、食事も三食美味《おい》しいものがキチンと出て来る、「洞窟ホテル」と言ってもいいような厚遇を受けている。

片岡はベッドから起き上がり、ガウンに身を包んでガマの入口の方に歩いた。

監禁されているエリアでは、外から容易《ようい》に見えないようにL字型に曲がったところに居室が置かれている。だが、少し歩くと洞窟の外が見える。

眩《まばゆ》い陽光の中に、白い珊瑚礁《さんごしょう》のビーチ。そこに真っ青な、ソーダ水のような美しい波が寄せては返している。

まさに、沖縄のリゾートの雰囲気そのものだ。

彼の「お世話係」は整った顔立ちにサラサラ髪、日焼けした長身のイケメンで、筋肉質な体をTシャツとジーンズに包んでいる。

「片岡先生。朝食をお持ちしました」

お世話係の男が銀のトレイに朝食を載せて運んで来る。

「ありがとう、国重くん」

片岡議員はそのお世話係の名前を呼んで礼を言い、テーブルに着いた。

メニューは和食だ。ご飯にフーヌイユ（シイラ）の干物、スパムの目玉焼き添え、具だくさんの味噌汁《みそしる》にもずく、海ぶどう、ゴーヤと生ハムのサラダに島豆腐……。

片岡はガツガツと食べ進めた。

「片岡先生。食事はお口に合いますでしょうか？」

お世話係・国重は爽《さわ》やかな笑顔で議員に訊《き》いた。

「あんまり口に合わないね。どうも味付けがね」

そう言いつつ議員の食欲は旺盛《おうせい》で、食べ残しはない。

「では、この杏仁豆腐《あんにんどうふ》をお試しください。爽やかな味に仕上げてますので、きっとお気に召すと思います」

国重はデザートに杏仁豆腐をサーブした。

「君は流暢《りゅうちょう》で丁寧な日本語を話すね。今どきの日本の若い連中とは大違いだ」

「それはどうも」

国重は紳士的に微笑《ほほえ》んだ。

「ところで、あの子はどうした？」

「先にお目覚めで、近くを散歩してます」

「おれは散歩に行けないのに不公平だな……判ってるよ。おれは監禁されてるんだ」

その答えに、国重は黙って頷いた。

「ところで君、ガマって沖縄では観光地になってると聞いたが、ここはどうなんだ？　まあ、誰も来ないから、ここにおれを拉致《らち》監禁してるんだろうが」

「ええ。このガマは沖縄戦で多数の犠牲者《ぎせいしゃ》が出たところです。いろいろと不気味な噂《うわさ》もあって、だから、地元の人たちは恐れて誰も近づかないんです」

片岡議員の顔が引《ひ》き攣《つ》った。

「……ここは、出るのか？」

「視《み》た、という人はいます」

「どうせ、地元民だろ。そうやって反戦を煽《あお》るアカな連中だ」

国重は微笑んだ。

「大丈夫です。先生のような人には見えませんよ。沖縄が本土決戦を遅らせるための捨て石にされたことも知らず、見下すばかりのような人には、化けて出たって仕方がないと、沖縄戦の死者にだって判るでしょうからね」

男は片岡議員が右派で極端な戦前回帰思想の持ち主で、沖縄の歴史に無知である事をチクチクと責《せ》めたので、片岡はムッとした。

「そりゃ沖縄戦で死んだ人はいるだろう。だがそれがなんだ？　日本人はみんな犠牲になったんだ。沖縄の何が特別だ？　被害者ぶって座り込みをしたり基地に反対したり、政府に逆らってばかりの不逞《ふてい》の輩《やから》じゃないか。おれの何が間違っている？　お前らは、何かというと」

だが片岡の言葉を国重は遮《さえぎ》った。

「もっと早く降伏していれば、沖縄を捨て石にしなければ、沖縄戦はありませんでした。あったとしても、はるかに犠牲者は少なかった筈なのです。ですが、その事を今、あなたと議論しても仕方がない。あなたのアタマは凝《こ》り固《かた》まってるから、真実を受け入れる用意がない」

「何を言ってる。お前ら外国の手先には洗脳されないぞ」

片岡議員は聞くに堪《た》えない罵声《ばせい》を放った。

「そうです。その意気です。実に片岡センセイらしい御発言で安心しました」

国重は微笑を崩さずに続けた。

「ではその調子で、センセイにやっていただきたいことがあります。このガマから、動画の配信をお願いします」

「動画を？　何を配信するんだ」

「簡単です。普段から先生がネットでおっしゃっているようなことですよ。たとえば」

国重は続けた。

「C国は平間島を占領しようとしている、打倒C国！　侵略者許すまじ！　地獄の底に逆落としだ！　などと煽《あお》っていただければいいのです」

「え？　C国のことをぼろくそに言う動画をあげろって？　さてはそういうことをさせ

て、おれを殺そうという魂胆《こんたん》か？　反C国分子を見せしめに、とか」

　まさか、と国重は一笑に付した。

「だってそれは、センセイが常日頃言ってることじゃないですか」

「冗談じゃない。そうやっておれを陥《おとし》れる気だな？　何を企《たくら》んでる？」

　そう言われた国重は、とんでもないと手を振った。

「C国はセンセイを見せしめに殺すほど、そこまで追い込まれていませんよ。今やアメリカに次ぐ超大国ですよ」

　彼は片岡にポットから注《つ》いだ中国茶を勧《すす》め、自分にも薄い白磁《はくじ》の碗《わん》に注いで、ゆっくりと一口飲んだ。

「我々はマフィアじゃないんです。とりあえず海峡《かいきょう》を挟んだこの状況に風穴を開けるというか一石を投じるといいますか……とにかく、今の状態を動かしたいだけなのです。だから、日頃から言動がおかしい、いえ激烈であるセンセイに白羽の矢を立てたのです」

　そこに色っぽい女性の声がした。

「ねえセンセ。ミサからもお願い。国重さんの言うとおりにしてあげて」

　そう言いながら、ガマの奥からミサがやって来た。真っ赤なリゾートウェアをゆったりと身につけて、こちらも観光気分を漂わせている。

「それは、お前が言うのならやってもいいが……これはどういうことなんだ？　そもそもお前が素晴らしいリゾートがあると言うから、誘われてここまで来たのに……」

「ここだってリゾートでしょ。何言ってるの」

「地元民だけが知っている隠れた絶景に案内するからって言ったんだぞ！」

「そんなに怒らないで。このガマから見る景色は、地元民でもほとんど知らないわ。だってここに来る人は誰もいないから」

「でもここは激戦地で、幽霊が出るんだろ？」

「見える人には見えるってだけのことよ。私には見えないけど？」

軽くいなしたが、片岡議員の怒りは収まらない。

「おれが行方不明になって、みんな大騒ぎになってるだろ。迷惑をかけてるし、面倒なことになってるに決まってるんだ」

「もしもなってなかったら、悲しい？」

「そりゃ……政治家としては残念だよ」

そんなことは絶対にないと確信している調子で、片岡議員は断言した。

「しかしおれは衆議院でも名を知られた重要な議員だぞ。発言は常に注目されるし、取材やテレビ出演の依頼も多い。そんな重要人物が突然消えたんだ。今ごろ東京では大騒ぎだ。特に幹事長には迷惑をかけて申し訳ないと、今すぐにでも謝りたいんだが」

「そうでしょうとも。そんなＶＩＰな片岡センセイだからこそ、ミサさんの力を借りて、ここに来て貰ったんです」

　国重が言った。

「先生だって判っておいでですよね？　我々はお互い、ウィンウィンの関係です。あなた方保守の政治家は、北からミサイルが飛んでくるのもC国が空母を運用して第二列島線を越えるのも、ロシアが調子に乗って他国に侵攻するのも、ぜーんぶ野党や左派が悪いことにして『改憲と軍事費増額』のご主張をされてますよね？　我々を利用して」

「おれが君らの動向を利用している、というのはまあ、反論はしない。しかし君らは、我々を、特におれを、どう利用しようと言うんだ？　おれを利用して一体、何の得があるんだ？」

　議員のストレートな問いに、お世話係の男は端整な顔を綻《ほころ》ばせた。

「さあ？　今のところ、それについてはまだ何とも言えませんね」

すぐに答えが出る問題ではないので、と国重ははぐらかしたが議員は納得しない。

「おい、誤魔化《ごまか》すな。つまりそれはあんたらの狙いをおれが代弁する形になってるから、あんたらは自分の口から本音を喋《しゃべ》る必要がない、って意味か？　結果的におれたち保守は、あんたらにまんまと利用されてると？」

　国重は微笑んだまま、何も答えない。

「そういうことなのか？　まあ、それでもいいが……」

「ところで先生。動画配信の件に話を戻しますが」

国重は戸棚からバカラのグラスを出し、そこに紹興酒《しょうこうしゅ》を注《つ》ぎながら、言った。

「センセイも日本男児なら、ここでその思うところを堂々、全世界に向けて述べられるべきでは？　いい機会ではありませんか。事ここに至った経緯などは、観る側にしてみればどうでも良いことです。私たちに誘われて……あげく拉致されたとでも監禁されているとでも、後から何とでも説明すればいいじゃないですか。しかもこれは、センセイのお考えをそのまま、なんの検閲《けんえつ》もなく発表できる、最高の機会ですよ。これを奇貨《きか》として、有効に活用すべきではないんですか？　ことにセンセイのような日本有数の、重要で有名な政治家ならば」

国重は煽りに煽った。しかし、推されれば推されるほど、片岡は逆に萎縮《いしゅく》し、消極的になっていく。反響を予測し、怯《おび》えているのだ。

「しかし……党内的に、そういうことは……特に私の派閥《はばつ》の、植松幹事長が」

「なーにを言ってるんですか。センセイの動画が全世界に配信されてしまえば、もうこっちのモノですよ。植松幹事長は何も出来ません。無力です」

「そりゃ君、おれがここに居る限り、だろ。しかしおれが東京に戻った時は……」

「その頃には東京の空気も変わってるでしょう。片岡センセイ、よく言った！　エラい！と大評判になりますよ」

「だからさあ、おれがガツンと言ってやったとして、そうなると君らは困るんじゃないのか？　君らはどうして自分が困ることをおれに言わせようとするんだ？」

国重はそれには答えない。その代わりに足元に置いた紙袋から服を取り出した。

「センセイの服も、ほら、こうしてちゃんと用意しました」

その手にあるのは、特攻服と日の丸の鉢巻きだ。

「なんだそれは！　右翼が終戦記念日に靖国《やすくに》神社に着ていくコスプレか！」

「いやセンセイ。動画配信なんですから、これくらいのインパクトは必要ですよ。トークも大切ですが、ビジュアルのインパクトはもっと重要です！」

しかしなあ、と片岡は日の丸の鉢巻きを手に取ったままためらっている。

「しかし……さすがにこれはバカっぽく見えると思うけどなあ」

「いやいや、センセイがそういうことをおっしゃると、センセイを支持する多くの人たちを愚弄《ぐろう》することになりませんか？」

センセイの支持者の多くがネット上では日の丸をアイコンにしているではありませんか、と国重は言った。ミサもハッパをかけた。

「そうだよセンセ。やるっきゃないよ。センセイが世界に名を売る大きなチャンスじゃん！」

煽りに煽るミサ。

「ここでドカンと、思いっきりあの国の悪口を言うのよ！　だってここにいる国重さんが向こうの人で、その国重さんが、思いっきりやってくれって言ってるんだから。いつもは誰かから『それ以上はいけない！』ってトメが入るけど、今回はフリーよ！　これで日本の世論が変われば、センセイは世の中の流れを変えた、画期的な、注目すべき人物になるんだよ！　そうすれば次の組閣でも有力閣僚に抜擢《ばってき》されるかもしれないじゃん！」

「そ、そう思うか？」

片岡は助けを求めるような目でミサを見た。

「うん、そう思うよ！　絶対に」

ミサの答えに、国重も大きく頷いた。

「そうですよ。今の感覚はそれなんです。動画配信はまず目立つこと。インパクトです。センセイのファンに、これはきっとアピールします。センセイに倣《なら》って、これからの日本を背負っていこうと志《こころざ》す若者も増えますよ。そんな若者がみんな、センセイを支持するようになるんです。センセイこそが令和の吉田松陰《よしだしょういん》、三島由紀夫《みしまゆきお》になるんです！」

「日本のみなさん、片岡です！　私は今、故《ゆえ》あって身を隠しておりますが、心身共に意気《いき》軒昂《けんこう》であります。邪魔の入らない静かな環境で、ワタクシ、思考を深めて、考えを研《と》ぎ澄《す》ましました。今日はその考えをみなさんにお伝えしたい！」

片岡は戦闘服に日の丸鉢巻きの姿で仁王立《におうだ》ちし、檄《げき》を飛ばす口調でカメラに向かって吠えていた。背後には巨大な日の丸が吊《つ》られてガマの岩壁《がんぺき》を隠している。片岡は台の上に乗って声を張り上げている。カメラはそれを下から見上げるように撮っているので、片岡が実物以上に、妙に尊大な感じに写っている。市ヶ谷《いちがや》の陸上自衛隊で檄を飛ばした三島由紀夫や、映画『パットン大戦車軍団』の冒頭に登場して大演説をぶったパットン将軍みたいな感じだ。しかしそれも、片岡の支持者から見れば「偉大な人物」のイメージを増幅《ぞうふく》させる映像に見えるのだろう。片岡が嫌いな人間なら即爆笑するかもしれないが。

カメラに向かって喋るうちに片岡は次第に乗ってきた。

「皆さん！　ぜひとも判っていただきたい。C国は、日本の不倶戴天《ふぐたいてん》の敵である！　ヤツらは虎視眈々《こしたんたん》と日本を殲滅《せんめつ》しようと狙っているのであります。備えを怠《おこた》るな！　そのためには憲法を改正して、日本が戦争する権利を回復しなければならないっ！　反対する連中は日本から追い出せ！　ヤツらアカとリベラルは連中の手先だ！　国賊《こくぞく》だ！　そしてアメリカに頼らずに自国を守る軍事力の増強を図《はか》らねばならない！　福祉とか介護とか教育とか、そんなものは二の次三の次だ！　なにもかも日本という国があってこそなのである！　国破れて山河《さんが》あり。まずは日本という国を守らねばならないのだ！」

片岡が吠えまくっている脇で、国重はその部下らしい男に耳打ちした。

「これを録画したものに簡単な編集をして、即YouTube《ユーチユーブ》に流せ。いや、流すのに日本の携帯回線やWi-Fi《ワイファイ》を使うと場所が特定されるから、ウチの独自回線を使え。正常にネット配信できていることが判ったら、この島の光ケーブルと送電ケーブルを切断しろ」

＊

朝、ホテルの食堂で食事をしていたら、突然あたりが暗くなった。

天井の蛍光灯《けいこうとう》も、食堂で観ていたテレビも、エアコンも、すべてが消えた。

私たち三人はお互い顔を見合わせた。

「停電？」

見れば判ることをつい、口にしてしまう。

テレビが消えてしまったので、何が起きているのか判らない。

私はスマホを見たが、アンテナが一本も立っていない。Wi-Fiの電波表示も消えている。それでも一応、スマホで東京に電話をかけてみたが、呼び出し音すら鳴らない。

「おい、テロか？」

等々力さんが言ったが、誰にも正解なんか判らない。

「ラジオ、ないですか？」

私が宿の人に聞いたが、ラジオだってこんな小さな島の状況を逐一《ちくいち》伝えないだろう。

そこで外からスピーカーの音が聞こえてきた。防災無線だろう。反響しまくって聞き辛《づら》いが、こんな内容だ。

『こちらは平間村役場です。ただ今、停電が発生しています。すぐに村の緊急自家発電機が作動しますが、あまり多く発電できません。不要な電気製品のスイッチを切ってください。エアコンや冷蔵庫など、電気をたくさん消費する機器はスイッチを切ってください』

同じ内容が三回繰り返された。聞きやすいようにゆっくり話している音声が逆にイライラを加速する。

「海底ケーブルではない発電施設は島内にあるんですか？」

私が宿の人に聞くと、朝食の面倒を見てくれているおばさんが笑った。

「村役場に、ちょっとだけ、ほんと緊急用の発電機があるのだけど……島全部は無理ね。牧場とか工場は、自分たちで小さな発電機を持ってるけど、ほかに回す余裕はない。まあ、役場と診療所と、あとは港と……普通の家は部屋の明かりを付ける程度ね」

「でも……沖縄で冷蔵庫が使えないというのはヤバいのでは？」

等々力さんが訊いたら、おばさんは何を当たり前のことを、という口調で「そうよ！ヤバいに決まってるわよ」と答えた。

「腐る前に使っちゃわなきゃ！　今夜は凄いご馳走《ちそう》を出すから外で食べて来ないでよ！」

外からはワイワイと大きな声がし始めた。停電の影響で混乱が始まったのだろう。

「なんだこの停電は！　C国の仕業《しわざ》か？」

「自衛隊が来てるからか？」

「石垣島から大きな発電機を運んでこい！」

「海底ケーブルが切られたのならすぐには修理できねえぞ！」

　それを聞いた宿のおばさんは固定電話に駆け寄って受話器を手に取った。NTTの電話でどこにかけようというのか。

「ツーツーは言ってる」

「電話は使えるってことですか？」

　そう言いながら私はもう一度スマホを見たが、やはりアンテナは立っていない。この宿にWi-Fiの設備はないが、観光客のために港付近に飛んでいた公衆Wi-Fiの電波も途切《とぎ》れてしまったようだ。

　一応、設定を初期化して改めて設定し直してみても、状況は変わらない。

「だめみたい。携帯の電波は完全に止まってる」

　おばさんはプッシュホンの117を押した。

『午前八時四十分十秒をお知らせします』

　時報が普通に流れた。

「たぶん……電話に関しては、マイクロ波を使った予備回線が作動したんだと思います。

携帯の電波は弱くて不安定だし」

　こういう事には詳しい石川さんが答えた。

「じゃあネットは大丈夫なのか？」

「ダメかも。スマホではWi-Fiは飛んでないことになっているので」

　等々力さんはノートパソコンを取りだして見た。

「ダメだね。これも停電の影響かな？」

「石垣島からの携帯の電波はアンテナ一つが点《つ》いたり消えたりですね」

　私は改めてスマホを見て、答えた。

　その時、突然妙《みょう》な音がしたので、私たちは飛び上がるくらい驚いた。

　聞き慣れない音は、石川さんが常に持ち歩いているバッグから聞こえてくる。開けてみると、中に入れていた衛星電話が鳴っていた。

　石川さんは慌《あわ》てて衛星電話を取り出した。数世代前の携帯電話のような、かなり巨大でアンテナも大きなものだ。

「もしもし……はい、石川です」

　電話に出た石川さんは、通話をスピーカーに出した。

『津島だ。そっちはどうなってる？』

　さすがに裏官房は異常事態を素早く察知していた。

「停電しています。緊急用の発電機は出力が乏《とぼ》しいうえに、あまり長時間の稼働はできないようです。あくまで緊急用なので。至急、大型発電機の手配を願います」

『判った。関係機関に連絡する。それと、通信も止まってるようだな?』

「はい。NTT電話は使えるようですが、携帯が駄目です」

『行政の緊急回線は確保しているが、それにも余力がないから携帯の基地局は使えないのだろう。二〇一九年の春に伊豆《いず》の新島《にいじま》、式根島《しきねじま》、神津島《こうづしま》、御蔵島《みくらじま》で起きた、海底光ケーブルの損傷事故の時と同じ通信障害だ。既存《きそん》のマイクロ波だけでは、インターネットの大容量通信は賄《まかな》えない』

「そちらも至急、なんとかするよう手配を」

『それも判った。この衛星電話、村役場でも警察でも、必要な人にはどんどん貸してやれ』

津島さんがそう言って通話を切ったと思ったら、また衛星電話が鳴った。

「はいもしもし」

また津島さんからだと思ってぞんざいに応対した石川さんが、飛び上がって衛星電話に向かって深々と頭を下げた。

『か、幹事長!』

衛星電話からは物凄い怒鳴り声が漏《も》れてくる。石川さんはスピーカーにした。

『聞いとるのか！　お前たち！　ちゃんと仕事してるのか！　この役立たずの唐変木《とうへんぼく》どもめが！　無能なボケカスが！』

「幹事長！　ちょっと落ち着いてください。何をそんなにお怒りなのでしょう？」

等々力さんが衛星電話に呼びかけた。

『何をだと？　ふざけるな！　そんなことも知らんのか！　平間まで行ってナニをしてる？　南の島でチンタラやってるんじゃないぞ、この穀潰《ごくつぶ》しが！　税金泥棒どもめが！』

「申し訳ございません、幹事長。しかしこっちは今、海底ケーブルが切断されて、電力と通信が途絶《とぜつ》してるんです！」

『なに？　なんだそれは。どうしてそれを先に言わん？　お前たちはバカか？』

言うヒマを与えなかったのはどっちだ？　と思うのだが、幹事長の怒りは凄《すさ》まじい。

『停電はお前たちでなんとかしろ。それより片岡を一刻も早く見つけ出して、即刻黙らせろ。黙らせる手段は問わん！　いいな！』

「済みません、幹事長。お話が見えないのですが……黙らせろというのは、片岡議員がなにか問題発言をしたということですか？」

『今すぐ YouTube を見ろ！　見れば判る！』

幹事長は電話機が壊れるんじゃないかと思うほど「がちゃん！」という音を立てて通話を切ってしまった。

「片岡議員はこの島にいる、とゆうべ石渡さんが知らせてきましたよね？」

昨夜のうちに報告してはいたが、私は再度、自衛隊員の石渡さんから来たメッセージの件をリマインドした。

「この島にいる、だけじゃ判らんだろ。続報は？」

等々力さんに言われたが、続報はない。私から石渡さんに「この島のどこですか？」と問い返してみたのだが、返答のないままだ。

「仕方ない。YouTubeを見てみるか……この衛星電話はデータ通信も可能なんだよな？」

そう言った等々力さんだが、ノートパソコンと衛星電話の接続や設定はすべて石川さんに任せるしかない。「早くしてくれ」と急《せ》かすのみ。

「判っています。可能な限り急いでいますが……衛星電話は通信速度が光ケーブルにくらべて非常に遅いです。果たして動画をキチンと観られるかどうか……」

「これがイリジウムってヤツ？」

衛星電話をぽちぽち操作している石川さんを見ながら、等々力さんが興味津々《きょうみしんしん》に訊いた。

「いえ、NTTドコモが日本の衛星を使って、船舶《せんぱく》電話の代わりになるものとして作った『ワイドスター』というものです。音声通話と同時にデータ通信も出来ますが……今どき

３８４kbps しか出ないので」

「３８４kbps か。それは遅いのかな？」

「相当遅いと思います。今は10Ｇの時代ですから……メールがやっと出来るくらい。それだってイリジウムの倍以上ですよ！」

私には判らない事を言いながら、石川さんはセットを完了して、等々力さんのノートパソコンにネットを繋げた。

ノートパソコンに YouTube の画面が現れた。だが読み込みが遅いので全然動かない。少し動いてもすぐに止まって読み込み状態になる。

「あ〜もう、イライラするな！」

「いえ、我々が高速回線に慣れすぎていたんです。ちょっと前まではこれが普通でしたよ」

石川さんはあくまで冷静だ。しかし、片岡議員の画像を探し出すだけでも五分以上の時間がかかってしまった。ようやく画面に片岡議員が登場したのはいいが、これもすぐにフリーズしてしまう。特攻服に日の丸鉢巻き姿で硬直している画面は不気味過ぎた。いや、ここは笑うところか。特攻隊員のコスプレをしたおっさんがディスプレイの中で固まっているのだ。

「これ、先に読み込ませた方がストレスなく見られると思います」

石川さんの言に従って、私たちは読み込みが完了するまでの約十分をじりじりしながら待ったあと、再生ボタンをクリックした。

途端に片岡議員の耳障《みみざわ》りな大声がフルボリュームで再生された。

『日本を愛するみなさん！　片岡です！　いきなりですが緊急警報です！　ここ沖縄は先島諸島の風光明媚《ふうこうめいび》な美しく平和な島、平間島が、今まさにC国人に乗っ取られようとしています！　愛国者は今すぐに動け。すぐ来い！　来たれ平間島に！　さもないと平間島は竹島《たけしま》の二の舞になるぞ！　みなさん、領土問題は野球のポストシーズンと同じなのであります。気持ちの強いほうが勝つのです。尖閣《せんかく》に上陸しようとした香港《ホンコン》の愛国者に負けるな！』

日本軍兵士亡霊《ぼうれい》コスプレの片岡議員は吠えた。

『私は今、故あって身を隠しておりますが、心身共に意気軒昂であります。邪魔の入らない静かな環境で、ワタクシ、思考を深めて、考えを研ぎ澄ましました。私の言うことに間違いはない！　ないのだ！　今日はそれを、是非《ぜひ》ともみなさんにお伝えしたい！』

片岡はなおも、カメラに向かって檄を飛ばす。

『C国は、日本の不倶戴天の敵である！　ヤツらは虎視眈々と日本を殲滅しようと狙っているのであります！　ウイグルがどうなった？　香港がどうなった？　チベットは』

「ねえ、あんたたち」

さっきから呆《あき》れ果てた顔で私たちを見ていた宿のおばさんが、腰に手を当てて、言った。

「雑誌の取材とか言ってたけど、ウソでしょ。あんたらどこのスパイ？　政府関係者？」

「どっちかというと、政府関係者です」

石川さんがあっさりと告白したので私もフォローせざるを得ない。

「ほんとすみません。国民のみなさんをお騒がせして……そりゃそう思いますよね。朝っぱらからこんな怪しげな話をずっと怪しげな電話でやってるわけだし、こんなひどい動画をみんなで見てるんだし……」

「政府関係者って……何やってるヒト？」

おばさんの視線が一層けわしくなった。

「あんたら、この島をもっと引《ひ》っ掻《か》き回すつもりなの？」

「とんでもない！　その逆です！」

その時、またも衛星電話が鳴った。

『わたしだ！』

再度、植松幹事長からだ。

『貴様ら、あれだ……あの、ユーチューブとかいうものを見たか？』

「はい、やっと見ることが出来ました」

代表して石川さんが答えた。

『だったら判るな？　あれは、すぐに止めさせろ！　即刻、片岡を黙らせろ！　手段を問わずだ。なんなら殺してもいいぞ！』

激昂《げっこう》した幹事長はそう言い放ったが、さすがに『殺してもいいは言い過ぎた。訂正する。もとい、殺さなければ何をしてもいい』と付け足した。

『だいたい彼奴《きやつ》がどこに居るかも判らんのか！　お前ら、いったい、何をしとるんだ！』

「申し訳ありません。片岡議員はこの島にいるらしい、との情報は得ているのですが」

『だったら捜し出せ！　草の根を分けてもな。小さな島なんだろ？』

「しかし今、この島には移住者が急増しておりまして」

『知っとる。残留孤児の子孫たちが集められてるんだろ？』

「それと自衛隊も」

『自衛隊にも協力させろ。島の警察は……駐在くらいしかいないんだろ？　とにかく小さな島だ。片岡ひとり、見つけられなかったら話にならんぞ！』

判ったな！　とまたしても一方的に言いたいことだけを言って、植松幹事長は電話を叩き切った。

それからは衛星電話が鳴りやまなくなった。まず、外務省の大久保さんから。

『ちょっと、あれは、あの動画は何なんですか？　このままでは外交関係に致命的な影響が出ます。なんとかしてくださいよ！』

「判っております。同じ事で与党の植松幹事長のお叱《しか》りを受けたばかりです。しかし今、この島は停電して、通信にもかなりの制限がかかっています」

これはどう考えても片岡議員の動画配信と関係があると思われます、と石川さんが説明し、大久保も同意した。

『どうやらそのようですね』

「そして今申し上げたように、こちらは通信状況がひどく厳しいです。そちらで、片岡議員の動画がどのルートでYouTubeにアップロードされたのか調べていただけませんか？そうすれば、発信場所が判る」

やってみます、と言って大久保は通話を切った。

するとすぐに『総理官邸です。首席秘書官の板東《ばんどう》です』と名乗る電話が入った。

『総理がご心配です。いったい、どうなっているのかと』

相手が総理首席秘書官なので、改めて繰り返しになるが、等々力さんが今の島の状況と、現時点で判っていることを説明した。

「とにかく、大型発電機を島に運び込んで停電を解消してください。通信回線も臨時に増強して貰わないと！」

『判りました。早急に総理にお伝えします』

通話を切ったあと、等々力さんは「同じ事をあと何回説明しなきゃならんのだろう?」とボヤいた。

「しかし……あの片岡の呼びかけが効いて、バカどもが島に押し寄せてきたら大変だぞこれは。電気が来てないのに島の人口ばかり増えたらパンクだ」

「だけど……そんなに多くの人が島に来るでしょうか?」

私は疑問を呈《てい》した。

「平間島まで来るの、すごく大変じゃないですか。飛行機は飛んでいないし」

「いや、右翼というか保守を甘く見てはいかん。前大統領が、みんな議会に来いと呼びかけたら大変なことになったろ? アレと同じことになるんじゃないか?」

等々力さんは最悪の事態を予測している。

「その混乱に乗じて、C国軍が侵攻してくるかもしれん」

「まさか! じゃあ片岡議員がやってるのは利敵行為じゃないですか! かの国に侵攻の口実を与えるなんて……」

片岡は敵の思う壺《つぼ》になることをしているのだ。

「そうだな。それに気づいていないのは片岡本人だけじゃないの?」

等々力さんは吐《は》き棄《す》てた。

「あんなバカが議員に当選してブイブイ言わせてるなんて、世も末だ」

「というより……片岡をうまい具合にコントロールしてる人物がいる筈です。その人物が、おそらくC国側の工作員だと思いますが、極めて巧妙、かつ絶妙に片岡の手綱《たづな》を捌《さば》いてるんじゃないでしょうか？」

石川さんが慎重に言った。

「これは……物凄く面倒な事になってきたんじゃないですか？」

「ああ、どうやらそのようだ。こんなところに来なきゃよかったな！」

と等々力さんが頭を掻《か》き毟《むし》ると、宿のおばさんが「こんなところで悪かったね！」と怒りの声を上げた。

「こっちこそ迷惑なんだよ。だいたいアンタらが来たから停電したんじゃないの？」

「いえそんなことは決して」

「申し訳ありません！」

私たちが慌ててフォローしようとしたとき、またまた衛星電話が鳴った。

『お尋《たず》ねの件ですが、調べてみて、ある程度のことが判りました』

電話の主は、防衛省の都築さんだった。

『外務省の大久保から言われて、片岡議員の動画がアップロードされた経路を解析しました。最初は島の Wi-Fi なり携帯電話の回線を使っているか、と思ったのですが、残念ながらその痕跡《こんせき》はありませんでした』

「と、いうと？」

『正体不明の経路から突然、アメリカ合衆国のAT&Tネットに接続されて、そこからYouTubeのサーバーにアクセスしています』

「正体不明って事があるんですか？」

『ないとは言えません。たとえば軍用の回線を使用している場合、正体不明という事象が起きる場合があります。合衆国側のゲートウェイがAT&T、すなわち通信衛星からの回線を受ける通信キャリアであるところから、ある推論が成り立ちます。知りたいですか？』

　都築はここでもったいぶってみせた。

「もちろんです！　是非《ぜひ》知りたい」

石川さんに代わって等々力さんが吠えた。

『おそらく、片岡議員を拉致監禁している者は、C国のネットワークを使っています。強いマイクロ波をC国本土に飛ばしたか、C国の通信衛星か軍事衛星を経由してアメリカのYouTubeのサーバーに接続したと考えます。YouTubeのサーバーに至るルートは完全に自動で、その時空いている回線を使うようになっているので、C国独自のネットワークからインターネットに接続されたとすれば、日本国内における痕跡は残りません』

「なるほど」

石川さんと等々力さんは頷いた。

「しかしだよ、日本国内の痕跡を消すためにC国独自の回線を使ったりしたら、片岡議員を拉致したのはアチラさんだと白状してるのも同然じゃないか？」

現にこうしてバレかけているのに、と等々力さんが鋭《するど》いところを見せたが、都築さんは一蹴《いっしゅう》した。

『それは計算済みでしょう。どのみち疑われるのはC国です。監禁場所、もしくは発信場所を特定されるよりも、C国のネットを使ったと思われる方がマシだと判断したと思われます』

「発信場所を隠すために、どこかのサーバーを踏み台にするという方法もありますよね？」

石川さんが言う。しかしこれも都築さんは一蹴した。

『そんな面倒な方法は採用しなかったというだけでしょう。痕跡が残らない、ということが一番大事なわけですから』

一連の通話が終わり、接続が切れたのを確かめてから、等々力さんが言った。

「片岡はこの島にいる。そしてその身柄は、C国側の手にある」

そう言って石川さんと私を見た。

「そういうことだろ？　そして……早ければ今日の夕方、遅くとも明日には、野次馬根性のバカども……片岡に扇動《せんどう》された右巻きの考えなしの連中だが……そいつらがこの島にやってくる。停電が回復しなければ、連絡船の乗船を制限するかもしれないが」

「制限してもらわないと困るよ！　水まで出なくなるんだからね！」

宿のおばさんが怒鳴った。

「アンタ方、政府関係者なら、早くなんとかしておくれよ！　電気がないとポンプが動かないし水だって出なくなるよ！」


その日の午前中、私たちは平間島のライフラインを復旧するために必死に動くしかなかった。島が機能しなければ、片岡議員の捜索も出来ない。

総理官邸から直々《じきじき》の連絡が入ったからだろう、午前中に貨物船がクレーン車と、そして沖縄電力のディーゼル式大型発電機を運んで来た。早々に陸揚げされて設置工事が始まった。

同じ貨物船には携帯電話各社の工事関係者も乗っていて、ほどなく空中中継用のバルーンも上がった。携帯電話四社合同だ。これで当面の携帯電話回線を確保しておいて、地上では石垣島とのマイクロ回線を増強する臨時基地の工事も始まった。

しかし、どうしたことだろう？　小中学校で合宿している筈の自衛隊の特殊部隊が全然出てこない。分野が違うということか？　それとも餅《もち》は餅屋と傍観《ぼうかん》を決め込んでいるのか。

「自衛隊は何をやってるんだろう？」

私たちはお互いに顔を見合わせた。

「君、行って見て来いよ。車使ってもいいぞ」

等々力さんは私に言ったが……自衛隊側にも何らかの事情があり、取り込みの最中なのかもしれない。こちらに連絡があってもいい気がするが、それどころではないのかもしれない。或《あ》るいは昨夜の一件……私が女性自衛隊員・石渡さんにセクハラした上官・安田三尉をコテンパンにやっつけてしまった経緯があるから、こちらに連絡を取りたくないのかもしれない。

それにしたって、と私は思った。今は緊急事態だ。そんな内輪の、メンツ絡《がら》みのことを根に持っているとしたら困ったことだ。

とりあえず私たちは電気と通信の復旧工事について何度も進捗《しんちょく》状況を問い合わせ、その結果を逐一、東京に伝えた。

「おれ、行ってこようかな」

お昼を過ぎて、港のそば屋でソーキそばを食べながら、等々力さんがぼそっと言った。

「このまま自衛隊を放置してると、あとあと上から叱責《しっせき》を食らいそうな気がする。あの時どうして緊密に連絡を取って共同歩調を取らなかったのかってな」

「私は同行できません」

頼まれる前に断った。やはり、昨夜のことがあるので、私は顔を出し辛い。

「じゃ、石川くん。二人で行ってこよう。上白河くんは、復旧作業の進捗について東京への報告を続けて」

ソーキそばを食べ終えた等々力さんと石川さんは、クルマで自衛隊の合宿所に向かった。

大型発電機は、港の貨物集積所の一角に据えられている。近くに島の変電所があるので、臨時の送電線も繋がった。

ディーゼルエンジンが動き始め、「試験送電開始！」との声がかかったが、なぜか村の小さな緊急用発電機からの送電以上の明かりは点かない。

電力会社の技術者は「おかしいなあ」と首を傾《かし》げ、トランシーバーで変電所にいる係員と連絡を取っているが、やはり送電はされていない様子だ。

一方、携帯電話の方は、こちらも何故《なぜ》かバルーンの中継局がなかなか稼働しない。こんなことでは、非常用の緊急中継局としては機能しないのではないか。

こちらも技術者が「アクセスが殺到《さっとう》して輻輳《ふくそう》してる？」「中継器がパンクしてるかも」「輻輳してるなら全部がダウンするからなあ」「回線の絶対数が足りないんですよ」などと

話し込んでいる。

地上の臨時マイクロ中継局の設営も、いろいろ問題が発生しているらしく、遅々《ちち》として進まない様子だ。

衛星電話を石川さんが持っていってしまったので、私は自衛隊に行った二人とはもちろん、東京との連絡も取りにくい。ＮＴＴの電話は繋がるので、公衆電話やホテルから津島さんに『すみません。復旧作業が全然進まなくて』と連絡を入れることしかできない。

何をモタモタしてるんだろう？　と苛立《いらだ》つうちに、沖の方から定期航路の連絡船がやってくるのが見えた。午前の便は停電もあり島の受け入れ態勢が混乱しているという理由で欠航になっていたが、送電が復旧するという見込みで、船を出したのだろう。食料品なども運んでこなければならないし。

そして。最悪の予想が現実になった。連絡船には定員オーバーじゃないのかと思うほど多くの乗客が乗っていたのだ。そいつらは船室から溢《あふ》れ出し、甲板《かんぱん》から気勢を上げている。その怒号は、聞くに堪えない差別語のオンパレードだ。

明らかに、片岡のあの動画配信に煽られた、よく言えば愛国者、はっきり言えばネトウヨな連中が大挙して押し寄せて来たのだ。

「Ｃ国は日本から出て行け！」

「Ｃ国は台湾に手を出すな！」

「C国はウイグルの人たちの人権を弾圧《だんあつ》するな！」

というようなことをもっと汚い表現で連呼しつつ、彼らは次々に下船し、島に上陸してきた。

驚いた私は宿に走り、すぐに東京に電話した。

「大変です！　片岡の動画配信を見たらしい人たちが大挙して島にやってきました！」

『マズいな。しかもこんなに早いとは。アレを観て、即、石垣島行きの飛行機のチケットを取り、運航を再開した連絡船に飛び乗りでもしないと、この時間に島にはたどり着けないぞ』

津島さんも驚いている。

『もう少し時間に余裕があると思っていたんだが』

「ヒマな人が多いんですね。でも、この調子だと、もっともっと来そうですよ。島の宿泊施設は限られてるし、まだ停電も解消していないし、この島はキャンプ禁止だし……一体どうするつもりなんでしょう？」

『平間島への旅行は止められないからなあ……』

禁止しては私権の制限になる。船会社の人が、メガフォンで注意をし始めた。

「皆さん。現在、平間島は停電しています。緊急用の僅《わず》かな発電しかできません。島には泊まれません！　日帰りの観光をお願い致します！」

「なんだと？　聞いてないぞ、そんな話！」

連中のひとりが係員に食ってかかった。

「いえ、出航前にご注意しましたよ！」

「だから聞いてねえんだよ！」

その二人に、周囲の連中も集まってきて「エラそうに指図《さしず》するな」「せっかく来たんだから、滞在するぜ！」「そうだそうだ」と騒ぎ始めた。

それだけではない。石垣島でチャーターしたのだろう、漁船にも多くの人が乗ってきて、続々と港に降りたつと、先に上陸していた連中と同じようなことをがなり始めた。

やかましいなあ……なんとかしなければ、と思ったところに、駐在さんがやって来て、ピーピーと警笛を吹いた。

「お静かに！　みなさん一体何を騒いでるんですか！　代表の方とか、いますか？」

初老で小柄な駐在さんは、たった一人。腰には警棒や拳銃はあるが、特に誰かが暴れているわけではなく、口々に騒いでいるだけの状況で武器は使えない。

「なんだオッサン、しゃしゃり出てくるなよ！」

駐在さんは軽くいなされて、相手にされない。さすがに駐在さんを小突いたりすると公《こう》務執行妨害《むしっこうぼうがい》で捕まるから、みんな手は出さない。しかし、口ではさんざんバカにして、その暴言がとまらない。

「るせえよ！　ジジイは駐在所に帰っておとなしくしてろ！」

「あんたＣ国とグルか？　警察は日本国民を守るんじゃねえのかよ！」

ひどい、と私は腹が立った。駐在さんは何も悪いことをしていないのに。

同じ公務員ということもあるが、私は黙っていられなくなった。

「ちょっとアンタたち！　怒鳴るのも暴力でしょ？　ここは公共の場所ですよ。大声で怒鳴りまくっていいと思ってるの？　しかもお巡りさん一人を、全員で寄ってたかってバカにして……言葉の暴力は止めなさいよ！」

「なんだこの女。お前も警察か？」

「いいえ。警察じゃないけどなにか？　問題ある？」

「サツじゃないならパンピーだろ？　おれたちと同じだろ？　一般人のくせにしゃしゃんな！」

連中の急先鋒《きゅうせんぽう》が目を吊り上げ唾《つば》を飛ばして私を怒鳴りつけた。

すっと体温が下がり、手の先が冷たくなるのが判った。もう駄目だ。こいつらは私を怒らせた。ドスのきいた声が口をついて出る。

「へ～え。あんた一般人なの？　ぜんぜんそうは見えないんですけど？　あんたなに人？　あたおかのネトウヨ人？」

「バカヤロウ！　おれたちは日本人だ！」

　そこで駐在さんが見かねて私とネトウヨ連中との間に割って入った。

「ちょっとそこのお嬢さん。あなたが出てくると余計ややこしくなるので、ちょっと控えて貰えますか？」

　駐在さんに言われてしまった。私は政府関係者だから、これ以上のトラブルになると全方位的に面倒な事になると配慮してくれたようだ。しかし、口を出してしまった以上、もう手遅れだ。なおもネトウヨが煽る。

「そうだ。そこのクソアマ。サツのジジイの言うことをきいて大人しく引っ込め！」

「やだ。引っ込まない。だいたいあんたたち、そんなに大勢でこの島に来て、これから何をしようとしてるの？」

　私の基本的な問いに、相手は詰まった。たぶん、港に来ればC国人がウジャウジャいて小競り合いが出来るとでも思ったんじゃないのか？　小競り合いってスポーツかなんかか？

「答えられない？　ただ大声で『日本を守れ！』って言いに来たの？　海に向かって？　夕陽に向かって叫ぶのは『バカヤロー』じゃないの？」

　ありがちな青春映画の一場面が頭に浮かぶ。

「いやそれは……片岡さんが『平間島に来い』って言うから……」

「来いって言われて、なんの疑問も持たずに、お金使ってはるばるここまで来たわけ？

へ～っ。お金持ちなんだね。お金持ちでヒマなんだ！」

「金持ちじゃねえよ！　貯金崩してきたんだよ！　バイトもサボって」

周囲から、「おれも」「おれも」という声が飛んだ。改めて見ると、百人くらいいるネトウヨ人のほとんどが男だ。二十代から五十代まで年齢はバラバラだが、オタクみたいな三十代から見た目普通のおじさん風まで、多様性に富んでいる、とは言えそうだ。しかし、妙に女性が少ない。

このグループの誰かがスマホで片岡の動画を再生し始めた。スマホ内にデータを保存してあるのだろう。

『日本を愛するみなさん！　片岡です！　いきなりですが緊急警報です！　ここ沖縄は先島諸島の風光明媚な美しく平和な島、平間島が、今まさにC国人に乗っ取られようとしています！　愛国者は今すぐに動け。すぐ来い！　来たれ平間島に！　さもないと平間島は竹島の二の舞になるぞ！　みなさん、領土問題は野球のポストシーズンと同じなのであります。気持ちの強いほうが勝つのです。尖閣に上陸しようとした香港の愛国者に負けるな！』

「ちょっと待った！　どこでそんなことが起きてるって言うの？　この島は停電で大変なのよ！」

駐在さんも言った。

「そうなんです。今、この島に、みなさんを受け入れる余力はありません！　停電で水道のポンプも動いてないんですよ！」

「だって……片岡先生が『愛国者は今すぐに動け。すぐ来い！　来たれ平間島に！』って言うから……」

　ネトウヨ人の一人が目を泳がせながら抗弁《こうべん》する。

「じゃあ、あんたたち、片岡センセイが誰かを殺せと言えば誰かを殺すの？　死ねと言われたら死ぬの？」

　私が詰め寄った相手は、「いやあ……必ずしもそういう訳じゃない……」と言葉を濁《にご》した。

「それじゃさ、せっかく来たんだから、島を観光して、何か食べて、連絡船があるウチに帰った方がイイよ。この島、野宿できないし」

「そう……そうしようかな」

　このやりとりで、他のメンバーも我に返った様子になった。オレが行かねばといきり立って、勢いだけでここまで来てはみたけれど、だからといって何をやるのかというところで、ようやく現実が見えたのだ。

「とりあえず、港の店でおそばでも食べたら？　お薦《すす》めだよ。凄く美味しいから」

「じゃあ、まずはそばを食おうかな」

「そうね。でもいっぺんに入ろうとしてもだめよ！　店は広くないから！」

などとやり取りをするうち、港周辺の騒乱状態は収まってきた。駐在さんもホッとして私に黙礼をした。

ようやくなんとかなった……と安心したのだが。

ふと港と反対側の道路を見ると、島の中心部……牧場がある方から、これもまた続々と若い人たちが歩いて港に向かってくるではないか。

「え？」

どういうこと？　牧場のアルバイトたちがまとまって港に来るって、どういうこと？

呆然として近づいてくる若者たちを見ていると、その中にムーヤンがいた。

ということは……彼らは……。

これはヤバい！　と思った私は、牧場から来る一団の方にすっ飛んでいった。

「ちょっとどこ行くの？　悪いこと言わないからここで百八十度方向転換して帰って！」

そうムーヤンに言ったのだが、彼は怒りの眼差《まなざ》しを私に向けた。

「そうはいかないっすよ。ロクでもない連中が島に来たって言うじゃないですか。しかもそいつらがおれらの悪口を言ってるって。誰だって悪口を言われたら黙ってられないだろ？」

「それはそうだけど、怒る気持ちはよく判るけど……だからって大勢同士がぶつかったら大変なことになるから！」

両者の正面衝突は絶対に避けなければならない。私は必死で止めようとした。

「いいや。引き下がるわけにはいかないっすよ。こっちは移住して島に住み着いてるんだ。たった今島に来たばかりの、イッチョカミのバカとは違うんだ」

ムーヤンは私の言うことに聞く耳を持ってくれない。

「おれらはC国帰りだってことで、福生にいたころだって、さんざんバカにされてきたんだ。仕方なく仲間を作ってつるんだら、あいつらウヨクからおれたちが不良ガイジンだ危険だと、もっとさんざん言われるようになった。ヘイトデモが押し寄せてきたことだってある。日本から出て行け、出て行かないと家を焼き払ってやる、家族も皆殺しだって。そういうクソな連中が来てるんだ。ぶちかましてやる！」

私はぐいと押しのけられてしまった。

ずんずんと歩いていくムーヤンたちを見たネトウヨたちは、口々に「ドラゴンが来た！」「C国人が来た！」「ホントにいるじゃないか！」と叫んで、囃《はや》し立《た》てた。

「C国人は出ていけ！」

「ここは日本だ！　外国人は国に帰れ！」

大合唱が沸《わ》き起こった。特に自分が叫ぶフレーズが思いつかないから、大きな声に合わせたという感じだ。

ムーヤンたちは無言のままネトウヨ集団にずんずんと歩み寄る。その無言の圧力に、ネトウヨたちは一瞬、腰が引けた。無言のまま突撃されると思ったのだろう。

しかし、ムーヤンたちはネトウヨたちの前で立ち止まった。

「……な、なんだよお前ら」

無言のまま動かないムーヤンたちを見て、最初に言葉を発したのはネトウヨ側だ。

「お、お前ら、日本から出て行け！」

ムーヤンが言い返す。

「ナニを言ってる。おれたちだって日本人だぞ。日本人の親がいて日本で育って、日本国籍があるんだ。なのにどうしてC国に帰れって言うんだ？」

「だから元はC国だろ！　お前らC国の仲間とツルみやがって、ヤクザより怖い反社じゃねえか！」

「へー。じゃあC国人はみんなヤクザか？　言うことが雑すぎんだよ、お前ら。バカとしか思えねえな」

「うるせえ！　じゃあなんでお前らはこの島に集まってるんだ？　おかしいだろ！」

「おれたちは働きに来てるんだ！　ここで仕事の募集があったからな！　お前らみたいな暇人が遊びに来たのとは違うんだ！」

「だからこんなショボい島でどんな仕事があるんだよ！」

る。

「酪農《らくのう》だよ！　お前らキョーヨーがねえからなーんにも知らないんだな！」

双方とも手を出さず、プロ野球の監督が審判に抗議するような感じで怒鳴り合ってい
「なんだと？　勝手なこと言ってんじゃねーよ！　C国の秘密部隊がこの島に隠れてて、片岡議員が誘拐されてるって話があるんだぞ」

「だから？　それはおれたちとは全然関係ねーよ。おれたちは日本人で民間人だぜ。だいたい片岡って誰だよソイツ」

「愛国者だよ。日本を心配してくれている、立派な議員先生だよ」

「そういう人なら日本全国にいるぞ！　おれだって日本を心配してるぜ！」

まあ待てよ、と「ドラゴン」の中の一人が声を上げた。

「おれも片岡のYouTube見たけど、あれ、前からあいつが言ってることと同じじゃん。別に何か言わされた感じでもないし、平常運転だろ。誘拐されたとか言ってるけど、アイツが勝手にどこかに隠れてるだけじゃねえの？」

ネトウヨの中からも、「そりゃそうかもなあ」という声が上がった。

気がついたら国重がそこにいた。しかし何も言わず黙って状況を眺《なが》めている。

牧場から来たムーヤンの仲間が叫んだ。

「だいたいお前ら、あんな片岡みたいなウヨジジイのどこがいいんだよ？　ウヨジジイに

煽られて少しでも生活がよくなるのかよ?」

「そうよ。あんたらウヨってないで彼女の一人でも作れば?」

C国系の女性がそう言った。これみよがしに長身の青年にひし、と寄り添った。

「あたしなんか、彼ぴっぴとこの島にきて、毎日ラブラブで働いているもんね!」

それを見たネトウヨは激怒《げきど》した。

「ばっバカにするな! このあばずれが! ビッチが!」

挑発《ちょうはつ》にいとも簡単に乗って暴言を吐いたので、ドラゴンの若者も怒った。

「今なんて言いました? おれの彼女をビッチとか言わないでもらえます?」

すかさず国重が口を出した。

「おい、やめろ。この方たちは考え方こそ違え、日本のことを真剣に考えておられるんだ。自重してくれ」

真意は正反対だという表情で言ったが、ここで国重はさらに真剣な表情と口調になり、今度はネトウヨたちに語りかけた。

「すまない。こっちも、この小さな島で揉め事を起こしたくはない。アンタら、どうか次の船で帰ってくれ」

なんだか国重は責任者のように見えて、一種の権威を帯びているようにも見える堂々たる態度なので、ネトウヨたちも気勢を削《そ》がれたようだ。

「アンタラが帰らないというのなら、こっちにも覚悟がある」

「かっ覚悟って何だよ？　どういう意味だよ？　おれたちを脅《おど》す気か」

「そういう意図はない。しかしこの島には……」

国重は一転、丁寧《ていねい》な口調に変わって続けた。

「この島には、さっき駐在さんも言ったとおり、みなさんを収容できる宿泊施設がないんです。しかもキャンプ禁止なので野宿も出来ません。もっと大きな石垣島とかに泊まってください」

国重に制止されてから静かになったドラゴンたちの様子に、ネトウヨたちは調子に乗った。

「おい、お前ら。女がいるからエラいのかよ！」

「そうだその通りだ。女と付き合ってるってだけでエラそうにしてんじゃねえよ。その女だって、何人に股開いているか判んねえだろうが？」

「おい、何を言う？　聞き捨てならねえな！」

果たしてドラゴンの一人が怒った。

「今の言葉、もう一度言ってみろ。言えるもんならな」

別のドラゴンも吠えた。

「お前らいいご身分だよな。外国人差別だけじゃ足りなくて、今度は女叩きかよ。お前らどうせ親がかりだろ？　バイトだって、好き勝手に休める程度にしか働いてないんだろ？　親と日本国政府に守ってもらってるんだろ？　おれらにはそういうものがなかったからな。自分の身は自分で守ってきたんだよ。それもずっとな」

その時、妙な声が響いた。

「それって、アナタの感想ですよね？」

人垣が崩れて、青白い顔に顎鬚《あごひげ》が目立つ、年齢不詳な男が前に出てきた。その顔には人を小馬鹿にしたようなニヤニヤ笑いが浮かんでいる。

誰だこの男は？

私は知らない。マスコミ的に有名人なのか？

「自分の身はずっと自分で守ってきた？　それも、アナタの主観にすぎないですよね？」

男はニヤニヤしたまま言い続けた。

「なんだろう、みなさん自分たちがC国系だってことを鬼の首でも取ったように言われてますけど、一応日本国籍ですよね？　理屈としては、こちらのネトウヨのヒトたちと権利は同じですよね？　それを自分たちばかり被害者みたいに言うっておかしくないっすか？　被害者ポジ取りたいだけじゃないっすか？」

「なんだお前は！　言ってることが無茶苦茶なんだよ！　C国系だって言ってナンクセ付けてるのはそっちじゃないか！」

と怒鳴るドラゴンに、その男はニヤニヤしたまま言い返した。

「すいません。怒鳴るのやめてもらっていいっすか？　怒鳴るのも暴力ですよ。そんなだから外国人は怖いって言われるんじゃないかなー、とか思ってしまうおいらです」

ネトウヨたちが勢いづいた。

「そうだそうだ。だいたいお前ら外国人は何するか判んねえからこええんだよ！　この島に来た片岡先生が行方不明になってるのも、お前らが拉致してどっかに監禁してるからじゃねえのか？」

援軍を得たネトウヨが吠え、ニヤニヤ男も続けた。

「なるほど。元は外国人である皆さんが片岡先生を監禁して、無理やり配信させていると？　たしかにそれも一理ありますね。なんだろう、言ってることはいつもと同じでも、今度の配信に映った片岡先生の表情はいつもと違うように見えます。あれは強制されて、無理やり言わされてる顔じゃないでしょうか？　じっくり聞くと、いつもより過激なことを言ってるとも思うおいらです」

そこに、石川さんと等々力さんが走ってきた。車はどうした？

「遅かったか……移住してきた人たちを止めようとしたんだけど、簡単に追い抜かれてしまって……」

石川さんはそう弁解しつつ港の方を見た瞬間、叫んだ。

「ピエール太郎《たろう》がいる！　どうして？」

「だれです？　ピエール太郎って。お笑いの人？」

「テニスのダニエル太郎なら知ってるが……」

と等々力さんが混ぜっ返したが、石川さんがキチンと解説してくれた。

「超お金持ちインフルエンサーです。『匿名《とくめい》でなんでも書き放題、参加自由の地獄絵図』のネット掲示板文化を作り上げた結果、アメリカにまで影響を与え、Qアノンなどの陰謀論全盛の仕掛け人になりました。その権利と広告収入で一生遊んで暮らせて、住んでる場所はパリ。今もネットであれこれ言ってる、人呼んで『撃破王』」

「なにを撃破するんですか？」

ええと、よく判りませんが、と石川さんは言い訳するような口調で言った。

「世の中の常識とかよく判らないルールを撃破する……もしくは、まともな考え方をおちょくって笑い物にするのが趣味というか」

そんな「ピエール太郎」の後ろにはテレビカメラを持ったクルーがついている。

「ご挨拶《あいさつ》遅れました。おいら、ご存じピエール太郎です。ネットの『あれまテレビ』の生中継です。ヨロシク！」

ピエール太郎の手にはハンドマイクがある。ピエールはカメラ目線をはずしてムーヤンたちを振り返り、身振りで彼らを指し示した。その手の動きを追ってカメラがパンする。

ドラゴンたちは「ピエール、お前、なんでここにいるんだよ?」「前の防衛大臣が去年接触したインフルエンサーってお前のことだろ?」と口々に野次ったが、ピエール太郎は全部無視した。そして言った。

「みなさん。この状況、見てもらっていいっすか? なんだろう、いまここにC国系の人たちが大勢いるのおかしくないっすか? 彼らはどうしてここにいるんだろうと、おいらは思ったりするわけですよね」

強力な援軍というか助っ人「撃破王」の登場に、ネトウヨたちの意気は上がりに上がった。「そうだそうだ!」「そのとおりだ!」「外国人は日本から出ていけよ!」と一気に盛りあがる。

しかし、それに対抗して国重が大きな声で、言った。

「だから我々は『C国系の人たち』ではない。レッキとした日本人だと言ってるんだ!」

「なんですかそれ? C国で生まれた親を持って、日本人かどうかの証拠もないのに日本人を名乗るの、やめて貰っていいですか? 自分たちにしか通用しない理屈を捏《こ》ねるの、頭悪いです」

ピエール太郎はニヤニヤしながら言った。彼のひと言ひと言にネトウヨたちは「そうだ!」「その通り!」と合いの手を入れる。ピエール太郎はますます調子に乗った。

「たとえばですね、ここがアメリカとかだったらいいですよ? アメリカは出生地主義で、アメリカで生まれればアメリカ国籍が取れますからね。でも日本は違いますよね。フランスだってそう。日本は血統主義ですよね。なのにあなた方は日本人だって言う。やめて貰っていいですか？」

　ムーヤンが苛立ったように反論する。

「おい。何度説明したら判るんだ？　おれたちの親は日本人だよ。あんた、残留孤児問題って知らないんだよな？　おれたちの親は、生まれた場所はC国だけど、おれたちはみんな日本で生まれた、れっきとした日本人なんだよ！」

　ムーヤンは厳しい顔で言ったが、ピエール太郎はニヤニヤ顔のままだ。

「だから生まれた場所は関係ないと言ってるんです。おいらが住んでるフランスでは、日本と同じく、出生地主義は採用してないっすよ」

　ネトウヨたちは「おー！」と歓声を上げたが国重が反論した。

「しかしフランスでは、仮に両親が外国生まれであっても、本人がフランス生まれで五年の間フランスに居住すれば国籍を得ることができる。だからフランスの件はこれで論破だ。そして、我々の親は日本人だ。つまり日本でも出生地主義は関係ないし、血統主義であっても日本人だ。どう考えても我々は日本人。お前だってさっき、それは認めたじゃないか。なんの問題があるんだ？」

「いや、問題ありまくりっしょ。多くの評論家やジャーナリストは、言いにくいから絶対言わないけど、おいらはハッキリ言いますよ。日本人だって言い張るあなた方の親の中には、なんだろう？　その、日本人だと証明しにくい人も混じってるわけでしょ？　それはどうなんですか？」

ピエール太郎はニヤニヤ笑いをさらにエスカレートさせた。とことん人を苛つかせる、その技量はまさにワールドクラスだ。ネトウヨたちも彼の尻馬に乗って、ヤンヤの歓声を上げている。が、しかし。これにも国重が言い返した。

「残留孤児についてては終戦前後の、あの大変な混乱状態を考えて特例が認められたんだ。それに、フランスの場合だって、外国人の在留資格はとても緩い。簡単に国外退去させられることはない。ピエールさんとやら、あんたは何かというとフランスフランスと言われるけど」

ここで国重は口調と表情をいきなり変えた。

「なんだろう、今どき、おフランスではこうザンスとか、ぶっちゃけ古くないっすか？」

国重はさらに煽った。

「その出羽守《でわのかみ》、やめてもらっていいですか？」

ピエール太郎の口調を真似て反撃した国重は、表情まで劇的に変えて、思いっきり人をムカつかせるニヤニヤ顔を作って見せた。国重の口調が元に戻る。

「それとね、フランスでは社会保障は外国人に対しても平等に適用されるそうじゃないか。でも日本では、外国人に生活保護を出すと泥棒扱いされるよな？　それってどうなんだよ？」

ピエール太郎の表情が強《こわ》ばって、ニヤニヤ笑いが消えた。それを見たネトウヨたちも、歓声を上げるのを止めて互いに顔を見合わせた。

国重に詰められたピエール太郎はとっさに反論できなくなり、真顔でカメラクルーを見ると「ここ、カットして貰っていいですか？」と訊いた。

「え。無理です。これ、ナマで流してますから」

カメラを抱えたスタッフにそう答えられると、彼は少し困った顔になったが、再びニヤニヤ顔に戻ると、突然カメラに向かって「スタジオにお返しします！」と叫んでハンドマイクをスタッフに押しつけると、そそくさと近くの旅館に逃げるように入ってしまった。

取り残されたネトウヨたちは、どうしていいのか判らなくなったのか呆然としている。

「はい、みなさん。これにて解散してください！　船で上陸したみなさんは、観光したあと、すみやかに船に乗って帰ってください！　お願いしますね！」

我に返ったように駐在さんが大声を上げた。

「そういうことだよ。大人しく帰ってくれ。さあ、お前らも戻ろう」

国重はムーヤンの肩を抱くと、一緒になって牧場の方に歩いて行こうとした。が、思い出したように振り返ってネトウヨたちに向かって叫んだ。

「お前ら、言っとくが牧場は私有地だから、勝手に入ってくるんじゃないぞ！　それこそ不法侵入だ。そこの駐在さんに逮捕して貰うからな！」

そう言われた駐在さんは、否定も出来ず思わず国重に敬礼してしまった。

突然現れて突然消えてしまった「撃破王」に戸惑《とまど》ったネトウヨたちだが、一部はそのまま船に乗って帰り、一部は「どうせなら観光して帰ろう」と海沿いに歩き始め、一部は港の食堂に入って何かを注文している。

その時、辺りがパッと明るくなった。

「電気が復旧した！」

港の施設も近くのホテルも飲食店も、店内や看板に明かりが点いている。

港湾施設の一隅から「おー！」という歓声が上がった。

大型発電機が稼働して、ようやく電力を送り始めたのだ。

だが、携帯電話や Wi-Fi のネットワークはまだ復旧していない。

国重たちは引き上げ、ネトウヨたちも分散して、港は一応、静かにはなった。

大勢が去ったあとに、別の人影があった。

「やあ、また会いましたね！」

と声をかけてきたのは……テレビニッポン『ニュース・トゥナイト』の担当プロデュー

サー、飯島だった。私たちが官邸からの指示で番組に圧力をかけようとして見事失敗した、気骨のあるというか、日本政府以上に強いバックを持っている局Pだ。

「飯島さん……どうしてここにいるんですか？」

驚いて訊いた私に、飯島さんは「同じ質問をお返ししますよ」と答えた。

「あなた方がここにいるということは……やはり、片岡議員はこの島に潜伏しているんですよね？」

そう言った飯島さんは、皮肉っぽく笑った。

「いやいや、お答えにならなくていいです。訊かれてもどうせ正直には言えないでしょうから。私だってここに来た理由は言えないし」

「さっきの、あのピエール太郎と関係あるんですか？」

そう訊いた私に、飯島さんは即座に「ピエールと？　まさか」と手を振った。

「ああいうのは、相手にしていないんです。私の番組に呼んだこともないし」

そう言った飯島さんは、私たちに「いずれ、じっくりお話ししましょう」とだけ言うと、海沿いの道を歩いて行った。その後ろに、機材を持ったクルーがついていく。

「取材だな。しかしまさか、行方不明の片岡議員を直撃とかじゃないだろうな？」

等々力さんは首を傾げた。

「ところで自衛隊の方はどうなってるんですか？　まさか今まで遊んでいたなんてこと

は」

　冗談じゃない、と等々力さんが反撥《はんぱつ》した。

「なんだよ。こっちがサボってたみたいに。キミの方は何をしてたんだ？」

「ですから私は、自称愛国の人たちが大勢上陸して騒ぎ出したので、駐在さんと一緒にそれをとめようとしてたんです。そうしたら牧場から国重さんたちまでやってきて……」

「そうか。この状況で、駐在さんだけじゃ心許《こころもと》ないな。かといって自衛隊に頼むと、治安出動って形になって、物凄い大事《おおごと》になるしなあ」

　等々力さんは考え込んだ。

「その自衛隊は、本格的に片岡議員を捜索する準備をしている筈だが」

「え？　島に潜入したC国の武装勢力ではなくて？」

「だからそれをやっちゃうとマトモに遭遇《そうぐう》した時にヤバいだろ。ヘタに交戦状態になったら有事だぞ。台湾より先にこっちで戦争になったら大変だ」

「じゃあ、この島に潜んでいるかもしれない、ええと軍については、自衛隊も、私たち裏官房も見て見ぬフリをするって事ですか？　それとも……」

「そもそも、この島には、そういうのはいないんじゃないかって可能性も高いぞ」

　それはどうですかね？　と言いながら、私たちは駐在さんに協力して、島を、港周辺だけではあるが……一応見て歩いた。

その間、上陸したネトウヨたちも食堂やそば屋で食事をしたり、港の周辺の海を眺めたり、緑が広がる牧場を柵越しに見学したりしていた。やがてリゾート観光気分を満喫《まんきつ》したのか、そのまま素直に石垣島行きの船に乗って帰っていった。泊まっていく連中も、それなりの数いるのだろうが、さっきのような大人数が徒党を組むような事はもうないだろう。

やれやれ、とホッとしたら、もう夕方になっていた。

私たちはグッタリしてホテルに戻った。

「お帰り！」

と、今朝は機嫌《きげん》が悪かったおばさんが笑顔で迎えてくれた。

「アンタたちのおかげよね？　停電が直って。ほんと助かったよ」

「いやなに。ちょっとコネを使ってハッパをかけただけですけどね」

等々力さんが思わせぶりに言った。

「まあいいわ。食材がちょっと傷《いた》んだけど、焼いたり揚《あ》げたりすれば大丈夫だから！」

夕食には焼き魚やフライやムニエルなど、刺身以外のいろんな魚料理が並んだ。

美味い美味いと三人で平らげて、ちょっとビールも飲んだりして、さてお風呂に入って寝ようか、と思ったところに、またまた衛星電話が鳴った。これが鳴ると条件反射でビクッとしてしまう。絶対にいい知らせは来ないのだ。

案の定、相手は津島さんで、「今すぐテレビをつけろ！」と怒鳴っている。

「テレビニッポンだ！」

「しかしこの島ではテレビニッポンのネット局は映りません」

石川さんが言うと、津島さんが「こっちから送るから、時間がかかってもダウンロードして見ろ！」というので、それに従って衛星電話で映像を逐一受け取って、再生した。

普通の放送よりえらくタイムラグが発生したが、仕方がない。

画面いっぱいに、あのピエール太郎のニヤニヤ顔が広がった。

さっき、飯島さんは、「ピエール太郎なんか相手にしない」みたいなことを言ってなかったか？

『なんだろう、沖縄の人たちは可哀想《かわいそう》な被害者とか言われますけど、違うでしょう？　その被害者ポジ、いい加減止めて貰っていいですか？　だいたい戦争が終わって何年経《た》ったと思ってるんです？　基地があるから、日本国内で唯一《ゆいいつ》民間人が犠牲になる地上戦があったからって、いつまでも優しくしてもらえるって、大間違いだと思うおいらです』

対談相手らしい島の老人の皺深《しわぶか》い顔に見覚えがあった。昨日、居酒屋で一緒に飲んだ人だ。黙って聞いていた老人が、そこで突然キレた。

「おっお前、な～んも知らんくせに、なにを、ふらーなくとぅを《バカなこと》！」

「あの、ちょっと怒鳴るのやめてもらっていいですか？　おいらは、あえて言っているわけです。他の人が言いにくいことを」

「言いがたなさん？　うんじゅが聞きたくないだけだろうが！」

沖縄の人間は強制移住させられた、と老人は言った。

「それも日本の軍隊に、無理やりだ。マラリアのある島に移されて、親きょうだい、我が子、近所の人たち……大勢の人間が死んでいった」

沖縄戦当時、沖縄本島に居た老人は、親たちと一緒に石垣島に強制移住させられた、と言った。その石垣島の、それも北側は当時、風土病としてのマラリアがある地域で、移住させられた人たちの多くがマラリアにかかって死んでいったと。

「くすい《薬》もなければかみむん《食料》すらない。アメリカさんとの戦闘だけじゃないんだ、わったー《わしら》うちなーんちゅ《沖縄人》を殺したのは。やー《あんた》は、それを知っていてそういうことを言うのか！」

「や、それくらい知ってますけど、おいらはあえて、嫌われるようなことを言ってるんです。それが判らないのは頭が悪いです」

「アタマが悪いのはかまらん！　やしが、わしらのオジイオバアが死ななかったら……ウチナー《沖縄》が捨て石にならなかったら、本土決戦は一ヵ月早く始まっていた。そうなっていたら、やー等やまとぅんちゅ《本土の人》のオジイオバアとて日本を焦土《しょうど》にするオリンピック作戦で死んでいた。やーとて今、ここには居なかったかむ知りらん。そのへんのくとぅ、わかとーるぬが？」

「いや、ちょっとそんなに怒られても……それとこれとは関係ないっしょ？」

「いいや、関係はある。やーらが何も知らないから、知ろうとしないから、やーぬ《おまえの》ぐとーる人間《ような》がくぬ島に乗り込んできては揉め事を起こす。誰に頼まれた？　誰に言われてくぬ島に来た？」

画面の外から「そうだそうだ！」の声がして、それに対して「陰謀論はやめろ！」との声もした。

カメラが引くと、ピエール太郎の背後には、さっき港で見たネトウヨ達の顔が並んでいる。船で帰らなかった連中だ。そして、島の老人のバックにも、居酒屋で一緒に飲んだ島の人たちが怒りを湛《たた》えた表情で控えている。

両者のあいだに激しい怒鳴り合いの応酬が始まってしまった。しかし、ピエール太郎だけはニヤニヤして高見の見物を決め込んでいる。

「なんだこれは……」

等々力さんは驚きのあまり絶句した。

「飯島さんが担当している番組は確か……夜のニュースショーの筈ですよね？　これは、なんかの特番ですか？」

私は石川さんに訊いたが、彼も首を傾げるばかりだ。

「飯島……あいつ、こういう美味しい素材をゲットできて、さぞやほくほくしてるんだろうな」

等々力さんが苦虫を嚙《か》みつぶしたような表情で吐き捨てた。そこで私は気がついた。どうやらこれは生放送なのではないか？

私は宿を飛び出して、周囲を見渡した。この番組はたぶん、飯島が泊まっている宿に、出演者を集めて撮っているはずだ。あれだけ大勢が大声を上げて言い合っているのだから、その声は外に漏れ出しているはず……。

しかし、宿の周辺はしんとして、そんな声はまったく聞こえない。

どういうことなのか、と信じがたい思いで私が、宿の周囲をウロウロしていると、等々力さんが捜しに来た。

「ああいうのは放っておけ。テレビなんて無責任なものだ。なんでもいい、火を点けて炎上するのを面白《おもしろ》がるだけなんだ」

「ですが……あの飯島さんは、まともなところがある人だと思ったんですけど」

「あの男も所詮《しょせん》、無責任なテレビ屋に過ぎなかったってことだろう」

それよりも、と等々力さんは私に言った。

「自衛隊と話が付いた。明日、我々と自衛隊は合同して、本格的に島内を捜索する。片岡を捜し出すんだ。今までだって自衛隊は何もしていなかったわけじゃない。下調べをしていたそうなんだ」

　判りました、と私は答えた。

＊

　翌日の朝食後、私たちは平間小中学校にいる自衛隊の合宿所に出向き、陸上自衛隊特殊部隊混成隊のチームリーダー、星崎三佐を訪ねた。

　陸自のこの部隊がこの島に来てから今日まで、島で何をしているのかハッキリしない。合宿訓練と言うけれど、そのためだけに、このタイミングでこの島に来るはずがない。

　もちろん部外者には本当の目的など判らないのが当然かもしれないが、「女性自衛官に対するセクハラが露見」だけが成果のすべてでは、あまりにも情けないではないか。

「昨日の港での外来者と移住者が衝突しかけた件、我々が出て行く前に収まってよかったです」

　空き校舎の会議室で会った星崎三佐は、無表情で言った。

「自衛隊の介入は、災害も起きていないこの状況では治安出動以外、名目が立ちませんからね。そうなると野党とマスコミが騒ぎます」

「で、いよいよ片岡議員を捜しに出るんですよね？」

私が訊くと、星崎三佐は黙って頷いた。

「片岡議員がこの島にいるという情報は前からあったようですけど、やっとですか?」

私はカマをかけて訊いてみた。この場には情報源の石渡玲子海曹長、私が一昨日《おととい》、安田のセクハラから助け出した彼女は同席していない。

「噂《うわさ》レベルの情報はありましたが、その時点で確証がありませんでした。噂では動けません」

「ようやく動くということは確証があったんですか?」

石川さんが訊いた。

「いえ。確証は、ありません。しかし、そういう情報があるのなら草の根分けても捜し出せ! という下命がありましたので」

片岡議員による YouTube 配信が、いたく政権を刺激してしまったのだろう。このまま第二弾・第三弾が続けて出て世論がさらに炎上し、手の付けようがなくなる前に、片岡議員の口を封じろということだ。私たち三人ではどうやら捜し出せないだろう、という判断もあったはずだ。

星崎は島の地図をテーブルに広げた。

「片岡議員は、島内の住宅地や牧場に当たる地域にはまず居ないと考えていいでしょう。そうなると、島の東部にある丘ということになります。この地域にはいわゆるガマ、天然の洞窟が幾つかあります。ただし、すぐ下は海という断崖《だんがい》上のところに立地しているので、観光客はもとより、住民も容易には近づけない場所でもあります」

「どうもきな臭《くさ》いな。某国の武装勢力、有《あ》り体《てい》に言えばC国軍がこの島に潜んでいるという情報もあるけど、いるとしたらそこだよね？　自衛隊的にはむしろそっちがメインじゃないの？」

等々力さんが斬《き》り込んだ。

「それについてはコメントを控えます」

「どうして？　外国の武装勢力のほうが重大でしょう？　本邦安全保障の観点から考えても」

「ですから、その件については迂闊《うかつ》なことが言えないのです。そもそも総理官邸に直結してるわけですからね、あなた方は」

そんなことはないですよ、とすぐに否定するかと思ったが、等々力さんは何も言わない。思わせぶりな笑みを浮かべて黙っているだけだ。曖昧にしておいた方が私たちのプレゼンスを高めて、ひいては発言力が得られると計算しているのか。そういう遣《や》り方《かた》は常日頃、等々力さんが言っていることでもある。

「まあ、なにかあったら官邸から我々にも指示が飛んできますんで」

等々力さんは、石川さんのバッグに入っている衛星電話を取り出して見せた。

「そちらには軍用の専用電話があるのでしょうけど」

「軍用ではなく、自衛隊業務用の、ですね」

星崎は神経質に正した。

私は、そんな星崎を思わずまじまじと見てしまった。

一昨夜の、私が自衛隊のセクハラ上司・安田をボコボコにした件は「なかったこと」にされているのだろうか？　体面を重んじる男社会の自衛隊ならあり得ることだ。しかも、ボコボコにしたのが女である私なのだし。

星崎は私の視線が気になるのか、チラッと私を見ると、すぐに目を逸らした。

「では、片岡議員の捜索と、発見された場合の身柄確保について、話しましょう」

等々力さんが話を戻した。

「いえ、それはこちらのマターなのでこちらで立案して実行します」

星崎は私たちの関与を明らかに拒《こば》む姿勢を見せた。そうですか、と答える等々力さん。

「もちろん、自衛隊のみなさん方はそういう訓練を受けていて能力も高い。それは承知です。しかしこの件は我々にも下命されていることなので、是非とも協力して事に当たりたいですね」

そういう等々力さんを星崎はちょっと馬鹿にするように見た。

「協力とおっしゃいますが、あなた方は、何ができるのですか？」

「こちらの上白河くんは、元はそちらの部隊にいて、専門的な訓練を受けています。彼女を我々の代表として加えて戴《いただ》きたい。そして彼、石川くんも頭脳明晰《めいせき》で、ＩＴ関係に詳しいので、戦力になります」

石川さんは星崎に挨拶《あいさつ》代わりに頭を下げた。

「で、等々力さんは何を？」

「私は、ここに残って、全体の動きを把握《はあく》して東京に伝えます」

等々力さんはそう言って衛星電話をポンポンと叩いた。

星崎三佐は、それについては同意の有無を言葉にしなかった。

「では……いいでしょうか？」

石川さんがノートパソコンを開いて、片岡議員の配信映像を表示させた。

「これが問題の動画の撮られた場所、です。大きな日の丸がバックに吊られていますが……背後は平らな壁ではなく、よく見ると、凹凸《おうとつ》があるのが判ります」

石川さんは画像を拡大して、日の丸の布地が平らではない箇所《かしょ》を示した。

「この形状は、岩肌ではないかと思われます。つまり、洞窟の中で、天然の岩壁に日の丸を吊ったと」

「ということは、やはり島内のガマの中、ということですか？」

星崎は頷いて、会議室のドアを開けて「石渡海曹長を呼べ」と外に命じた。

「石渡はガマを専門的に調べておりましたので」

この特殊部隊が島にやって来て以来、ずっと下調べに専念していたということか。いつゴーサインが出てもいいように。

ドアがノックされ、石渡さんが入ってきて、星崎に海自式の敬礼をした。シニョンにまとめた髪に青色の作業帽を被っている。部屋に入ってくると、さりげなく私と視線を交わして、軽く頭を下げた。

「海曹長、説明してくれ」

はい、と石渡さんは小脇に抱えた資料を広げた。平間島に分布するガマについてだ。

「この平間島には大小合わせて八つのガマが確認されています。そのうちの四つは極めて小さくて、断崖絶壁《だんがいぜっぺき》の頂上部分にあるので、宗教上の拝所や聖なる場所として、滅多《めった》に人が入らない、というより入れない場所となっています。残り四つのうち、一つは断崖の途中にあって、戦時中に島民と日本兵が隠れていたところに米軍の手榴弾《しゅりゅうだん》が投じられて爆発し、大勢が亡くなってからは、それを知る島民は誰も絶対に入りません。他の三つは比較的アクセスしやすい場所にあり、入口近くは倉庫に使われて、自由に出入り出来るようになっていますが、洞窟の奥の方は崩落の危険があるので入れません」

一同はなるほど、と頷いた。

「自分は、当初から、片岡議員が隠れているのはガマに違いないと思い、出来うる範囲で島民から情報を収集し、また実際に足を運んでみたりして詳しく調べておりました」

「八つ全部を実際に見たんですか？」

　私が訊くと、石渡さんは首を振った。

「いいえ。宗教施設として使われている四つは、小さな石の祠《ほこら》が置ける程度の大きさしかなく、地元の方以外は入ってはいけない場所なので行っておりません。また、戦争中多大な犠牲者が出たガマについては、特に島の方から『絶対に入るな』と厳命されたので、場所近くまでは行きましたが、やはり中には入っておりません。残りのガマについては、場所や現在の使われ方などは調べました」

「片岡議員は、自分から進んで隠れているのか、それとも何者かによって拉致されているのか、それによって今後の対応は変わってくる……」

　と等々力さんが言いかけたのを、石渡さんが遮った。

「自分はそうは思いません」

「ええと……それは何故？」

「結果的に同じだからです」

　石渡さんは明快に答えた。

「どっちにしても片岡議員がガマに居るという点では同じですから」

「しかし、拉致されていたら、犯人がいる」

「自分から隠れている場合でも、協力者はいる筈です。こちらが身柄確保に動いたときに抵抗を受けるのは同じであるということです」

「でも……相手が武器を持っていて、プロの軍人だった場合は……」

あまりにも明快な回答に、等々力さんは気を呑《の》まれ、声がだんだん小さくなった。

「我々は総勢十名です。そしてそちらの、内閣裏官房のみなさんが三名。全員が捜索に出るわけには行かないし、出る必要もないでしょう。私と等々力さん、看護官――昔風に言えば従軍看護婦ですが――は残って、残りの十名を二班に分けましょう」

具体的な編成を星崎が仕切り、三十分後に、自衛隊と裏官房の混成部隊全員が空き教室に集められた。

「これより、衆議院議員片岡雅和氏の身柄の捜索と確保を行う。なお、本作戦はあくまで非公式なもので、自衛隊法におけるいかなる出動命令にも該当しないが、災害派遣《はけん》に準じるものとする。そして本作戦は内閣官房副長官室との共同で行うものとする」

星崎三佐のキビキビした口調を聞いていると、作戦行動開始前の緊張が私にも漲《みなぎ》ってきた。

星崎三佐は私と石川さんを加えた十名を二班に割った。

私は石渡さんと一緒の「第一班」になり、一昨夜私にボコられて顔に救急絆創膏《ばんそうこう》を貼った安田は石川さんと同じ「第二班」になった。

「片岡議員はこの島のいずれかのガマに潜伏しているとの前提で捜索を開始する。この島には八箇所のガマがあり、大小さまざまではあるが、大きさにかかわらずすべて捜索することとする。第一班は東側から。第二班は西側から接近することとする。なお、東の丘周辺の森には正体不明の外国人の一隊が潜んでいるという情報もある。仮にそれが武装集団である場合でも、可能な限り衝突は避けて退避すること。決して戦うな。以上だ」

星崎はそうは言ったが、捜索隊が丸腰で行くわけにはいかない。身を守る最少限の火器やナイフなどは所持し、ヘルメットを被り、迷彩服の下には防弾チョッキも装着した。

校庭は使わず、空き教室で装備を確認後、各班ごとにルートを確認して、出発した。

第一班は、私と石渡さんは女だが、あとの三人は男性隊員。しかし班長が石渡さんになったこともあって、男性隊員はおとなしい。石渡さんは海自の特別警備隊から来ているが、海自の特別警備隊は全自衛隊の中で真っ先に創設された特殊部隊なので、陸自の特殊作戦群からも一目《いちもく》置かれている。

「ガマは、東の山、ないしは丘の中腹と頂上近くにあります。さっきも言いましたが、頂上に近いガマは本当に小さいので、再確認の必要はないと考えますが、もしもという事もあるので、確認はします。その場合は頂上からロッククライミングの要領で降下すべきだと考えます」

石渡さんの方針に、全員が同意した。

「中腹の三つのガマは、それぞれ住民のみなさんが日常生活に使うなどしています。接近が容易である一方、ここに隠れてもすぐ見つかってしまうので、片岡議員の潜伏場所がここである可能性は低いです。従って私の考えでは」

石渡さんは、例の「沖縄戦で大勢が死んで島民は絶対に近づかない」ガマこそが怪しいと明言した。

「しかしいきなりそこに行くのではなく、足慣らしも必要なので、まずは中腹のガマを順番に回っていきましょう」

五人の意思統一が出来てから、第一班アルファは出発した。留守番役の等々力さんは、なんだかホッとしたような顔で私たちに手を振った。

私と石渡さんは並んで歩き始めた。

「あの、石渡さん、ひとつ訊いていいですか?」

「どうぞ」と、石渡さんは応じた。

「石渡さんがくれたメッセージ、片岡議員はこの島にいる、というアレですけど、あの情報源はなんだったんですか?」

「複数の噂です。見たという人がいたんです。ただ、その噂に基《もと》づいて私が見に行っても、自分の目で確かめることが出来ず、また、片岡議員が潜んでいる確証も摑めませんでした。なので、外部の人である上白河さんには不確かなことを伝えると逆に迷惑が掛かると思ってそれ以上の事が言えず、明確な返答が出来ませんでした」

そうだったのか……私は一応、納得した。

島民が生活に使っているガマは、たしかに島の周回道路からすぐのところにあって、近づくのは簡単だった。一応、木の扉があって、倉庫のように使われている。中に入ってみたが、奥はコンクリートで塞《ふさ》がれていて行き止まり状態になっている。

二つ目のガマは、扉は設置されていないが、簡単な椅子《いす》とテーブルが置いてあって、観光客用の休憩所のような設《しつら》えになっているが、かなり長い間、誰も訪れた形跡がない。

その間、台風が来たらしく、雨や海からの飛沫《ひまつ》で洗われた跡《あと》も残っている。

私たち五人は拍子《ひょうし》抜《ぬ》けしつつ、本命であろう「島民が絶対に行かない」、多くの人が死んだガマに向かった。

「何も知らない観光客がそのガマで夜を明かそうとして入ったら……異様な声が響いてきて、怖くなって逃げ出したそうです。同じような体験をした人は大勢いて、観光客だけではなく、島民も同じような声を聞いて震え上がったと」

私は霊とか死後の世界とかを信じない方だけど、自衛隊では災害派遣されて被災地で復旧活動をした隊員から、そういう話を聞かされた。聞くだけで泣いてしまうような、しみじみと悲しい話ばかりだったので、「残された思い」については否定できない。戦争の犠牲になった人たちの思いの強さは如何《いか》ばかりだろう。

深夜、ガマで聞こえるという「異様な声」は、戦争のために生を断ち切られた無念さ、悲痛な思いを訴えているだけで、何か実体のあるものが危害を加えてくるわけではない。怖がったり避けたりするのは、亡くなった方たちに対して失礼なんじゃないかと思ったりもする。たぶん、霊に遭遇しても……私はあまり怖くない。と、思う。

私たちはいよいよ、本命のガマに近づいた。

東の丘の、米軍の艦砲射撃で崩れて断崖絶壁になってしまった側から九十度、水平に移動した、南側の海に面したところに、そのガマはある。草が生い茂る道伝いに丘を少し登ったところ、草木に埋もれるような状態で、そのガマは口を開けている。

ここが一番怪しい、と睨《にら》んでいるので、私たちの行動は慎重になった。

私以外の四人は、H&K　USPの自動拳銃やH&K　MP5サブマシンガンの安全装置を外した。私は民間人だから、武器の携帯は出来ない。丸腰だ。どの火器も使え、と言われれば全部使えるが。

ガマの口から数百メートルの地点で、石渡さんは止まれの合図をした。

「星崎リーダーは、片岡議員が拉致されたのか自主的に隠れているのか明言しませんでした。どちらであっても大差はないと自分も思っています。自主的に隠れているからと言って、誰にも警護を頼んでいないという保証はありません。いずれにしても、武装した何ものかがいる、と考えるべきです。ここは散開して、合図で一斉《いっせい》にガマに突入することとしたい。合図は無線で送る。みんな、無線を生かしておいて」

五人を三・二に分けて、通信時のコールサインをそれぞれアルファ、ブラボーと決めた。三人の方（アルファ）は一度丘を登ってガマの上方から回り込んで待機、二人の方（ブラボー）はこのまま下方に待機する事になった。

私は三に属し、石渡さんは二と別れた。丘の上方から回り込むにはクライミングの技術が必要で、海自出身の石渡さんはたぶん苦手だからだ。

「上白河さんは……習志野にいたよね？」

一緒に組んだ男性隊員は、顔見知りだった。私が習志野を離れた経緯はよく知らないようだが。

「はい。ヒラで一番下の二等陸士でした」

「話はいろいろ聞いてるよ。なかなかガッツがあって、星崎三佐とガチでやりあったという話も」

「いえいえそんな」

私たち三人は、一度丘の頂上まで登った。道はなく、ゴツゴツした岩肌をほとんどクライミングするようにしてよじ登る。

登りきってガマの上方に当たる場所まで移動したあとは、今度は岩肌を伝って降りなければならない。

本来なら岩にハーケンを打ち込んでザイルを使って降りるところだが、金属を打ち込めば音がしてしまう。

「ボルダリングでいこう」

と男性隊員が言い、私ともう一人は従った。それしかないだろう。

私は、ボルダリングの訓練はほとんどやっていない。私の頃はまだ日本に入ってきたばかりだったし、習志野から離れてからは、カラダを動かすトレーニング自体、毎日のランニングとジム以外、あまりやっていないのだ。

しかし、今はやるしかない。

私は他の二人のやり方を見て、本当に見よう見まねで岩肌にしがみつき、慎重に足場を探って降りていった。最後の数メートルは足場が見つからなかったので、思い切って飛び降りた。

足腰のバネを生かして、音もなく着地したつもりだったが、すたっという音がしてしまった。

その瞬間、ガマの入口から三人の男が飛び出してきて、周囲を見渡した。

私たちは草むらの中に身を潜めて息を殺している。

ガマから出てきた三人の男は、どうやら銃を……サブマシンガンを持っている。

三人は、用心しながらガマの周囲を探っている。草むらにサブマシンガンのストックを差し入れて確かめていく。

こっちまで来られたら……ストックが私たちに触れたら、彼らは即座に撃ってくるだろう。応戦しなければ、殺される。

にわかに緊張が高まった。

男たちはゆっくりとこちらに近づいてくる。

先手を取るか？　その方が勝てる可能性は間違いなく高い。しかし、その場合、つまり外国勢力にこちらから攻撃を仕掛けてしまった場合、あとから絶対に大問題になる。

無線のヘッドセットから、石渡さんの声がした。

「こちらブラボー石渡。そちらの状況は？」

そう訊かれても、今は応答できない。まさか応答がないからといって向こうの班が突撃するはずはない。しばらく状況を見るはずだ。

しかし……こちらは大丈夫だということは知らせておきたい。

他の二人も無線に応答していない。

私は、無線のマイクを指で叩いた。モールス信号で「メノマエニ　テキ　スコシマテ」と打った。

即座に「リョウカイ」とモールスで返答があった。

三人は、じりじりとこちらに近づいてきた。この緊張に耐えきれずに少しでも動いたら敵の察知するところとなって、銃撃戦が始まってしまう。

それは、絶対に避けなければ。

私は息を殺して、じっと耐えた。他の二人も同様だ。彼らならこのような状況の実戦訓練が豊富なはずだ。心配すべきは私自身なのだ。

と、いきなり、ざくっとサブマシンガンのストックが目の前に差し込まれた。

思わず「わっ」と言いそうになったが、なんとか堪《こら》えた。三人のうちの一人が無造作に、誰かが潜んでいるとは思わずにストックを差し入れたのだ。ここで私が反応したら、相手もパニックになって銃を乱射したことだろう。

息をひそめてじっとしていると……足音はゆっくりと遠ざかっていった。

支給された潜望鏡のようなL字型スコープ、周囲の状況を偵察《ていさつ》するためのスコープを使って、草むらの中から外の様子を探ってみた。三人は足取りも軽く、警戒する様子も無く、ガマに引き上げていく。

三人の姿が消えても、私たちはすぐには動かなかった。立ち去ったと見せかけてひょっこり顔を出す、という小技を見せるかもしれないと思ったからだ。

しかしそれは杞憂《きゆう》だったのか、三人は戻ってこない。

私はゆっくりと立ち上がった。それを見た他の二人も立ち上がって、草むらから出た。

「こちらアルファ上白河。敵はガマに戻りました。このガマです。ここです」

私はマイクに向かって囁《ささや》いた。

どうするか。武装勢力が潜んでいるという証拠を持って、帰還するか？

状況から判断するに、片岡議員はやはり、自分の意志でガマに潜んでいるのではない、と考えるべきだろう。あの三人は武装していた。片岡は何者かによって力ずくで拉致されて、このガマに監禁されているのに違いない。

いっそ、ひと思いにガマを急襲し、相手の虚を衝いて片岡議員を奪還するか？

石渡さんはどう考えているだろう？

「……どうしますか？」

私は無線で訊いた。応答が返ってくる。

「向こうは向こうでガマの中で息を潜めて、こっちの出方を測っているかもしれない。素通りしたのは計略かもしれない。ここは慎重に」

私もそう思った。

「こちらもガマに向かってゆっくり進む」

スコープを使って見ると、私たちと反対方向から、ガマの口のある岩肌伝いに、先ほどの三人がじわじわと進んでくるのが判った。

「状況を見る。状況が判らないと何も判断出来ない」

石渡さんはそう伝えてきた。たしかにその通りだ。

しかし、状況を探るにはどうするか。映像を送れるカメラを仕掛けるのが一番だと思うが……見つかりそうもない場所に設置する時間は無い。だが、携行してきた集音マイクならどうだろう？　小さなマイクだが、音声を電波で送信できる。ガマの片隅に転がしておいても目立たない。

私は石渡さんの班に提案してみた。

「私がガマの前を急いで駆け抜けます。その時に集音マイクをガマの入口から投げ込みます。そちらは逃げる私を援護して、退路を確保してほしい」

少し間があって「了解」の返事があった。

私が集音マイクを放り込む役。そして同じ班の二人はやはり私を援護する役。必要ならば火器を使う。そう申し合わせた。

「こちらブラボー。退路を確保した。アルファ、そちらのタイミングで決行せよ」

石渡さんはそう言って通信を切った。

私はガマの口を見た。動きはない。

振り返って他の二人を見ると、「やりましょう」というように、頷いた。

私は用意された集音マイクと、ヘルメットに付けた記録用のビデオカメラＧｏＰｒｏ《ゴープロ》のスイッチが入っているかどうか確認して、立ち上がった。

それが合図だ。

私たち三人は、ガマに向かって全力で走った。私は集音マイクを投げ込むと同時にガマの周辺をビデオ撮影する役だ。

高速で音を立てずに走った私はあっという間にガマの入口に接近したが……たたた、というごく微かな足音で気づかれてしまった。

ガマからさっきの三人が出てきたのと、私たちが入口に到達したのがほぼ同時だった。

「！」

慌てた三人は、サブマシンガンやピストルを構えようとしたが、咄嗟《とっさ》のことで対応できず、ポケットに引っかけたり安全装置を解除するのに手間どったりしている。だがそれも一瞬のことだった。

基本的な訓練は受けているようで、銃を構えたら即座に安定した構えになった。

彼らは何かを叫んでいるが、私は彼らの言葉は判らない。しかしこの状況だと、「止まれ！　撃つぞ！」と言ったのに違いない。

打ち合わせ通り、私たちはガマの入口の前を全速力で通過した。その際、私は極めて小さな集音マイクをガマの中に投げ込んだ。

三人は叫びながら発砲《はっぽう》してきた。サブマシンガンがバリバリと火を吹き、拳銃の銃口は私たちに向いて……火を噴いた。

ビュンビュンと頭の近くを弾が掠《かす》めた。当たっても不思議ではない。

ピシッという音がした。迷彩服の肩を弾が掠めた。少し破れたが、皮膚には触れていない。

ドスッという衝撃があった。たぶん背負っているザックに命中したのだ。入れておいた水筒が被弾したらしく、冷たいものが背中側に広がる感触があった。

カン、という乾いた音がして、頭部にも衝撃があった。ヘルメットに命中したのだ。咄嗟《とっさ》に振り返ると、他の二人もあちこちに被弾しているようだ。しかし深い傷を負っている様子は無い。

その時。別の方向から立て続けに銃声が聞こえた。しかし、こちらの二人は銃は構えているが、撃ち返していない。

応戦したのは、近くまで来ていた石渡さんの別班だ。

三人のガマ守備隊は私たちではなく、銃弾が飛んでくる方向……石渡さんの方向に銃撃を開始した。

その間に、逃げおおせなくては！

「早く！」

石渡さんが叫びつつ、援護射撃をしながら後退している。

私たちが無事合流すると、全員で後方に撃ちながら撤退《てったい》した。途中からは射撃も止めて、私たち五人は全力で、ひたすら逃げた。

後ろから弾は飛んできたが、兵士が追ってくることはなかったし、退却路の前方を塞がれて挟み撃ちされることもなかった。たぶん敵方にも、事態を一気にエスカレートさせる意志はないのだろう。

＊

「戦火を交《まじ》えたことは聞いている」

「本部」である平間小中学校の校舎に逃げ帰った私たち「石渡班」が報告した。敵方にサブマシンガンと拳銃で銃撃され、装備の迷彩服やヘルメット、ザックには被弾したが、弾は隊員に傷を負わせることはなく、なんとか無事に逃げおおせることが出来た。

報告を聞いた星崎リーダーは、静かに言った。

「我が方に怪我《けが》もなく装備に大きな損傷もなかったことは幸いだ。無線で第一報を聞いたときは大いに私も焦《あせ》ったが、ほぼ人的損害はなかった。しかし」

星崎は安田を見た。

「安田。お前がついていながら何をやっていた！」

「申し訳ありません。別班行動を取っていたので、無線は聞いておりましたが、すでに散開し、石渡班から離れていたので如何《いかん》ともし難く」

「交戦してしまったのは、如何《いか》にもマズい。下手したら外交問題になるぞ」

星崎は困惑《こんわく》している。この男は昔から気が小さくて、自分の責任になりそうな事をひどく嫌い、隙あらば誰かに責任転嫁《てんか》しようとする人間だ。つまり上官としておよそ恃《たの》むに足らない、ズルい男だ。

「しかし先に撃ってきたのは先方です。外国の武装集団である以上、日本の領土に不法侵入してきた側に、完全な非があります」

「上白河。お前は習志野時代から先走りすると注意してきたが、今回もか！　まったく厄《やっ》介《かい》なことしか起こさないな。お前は疫病神《やくびょうがみ》か？」

案の定、今回は私に責任を擦《なす》り付けようとしている。

「星崎さん。ここはあれこれ先走って考えるより、冷静に情勢を分析するべきじゃないですか？　上白河が放り込んだ集音マイクはどうなってるんですか？　ガマの内部ではどんな動きになってるか、音を拾えるんじゃないですか？」

等々力さんが言ってくれた。しかし星崎は首を横に振った。

「あれは、すぐに見つかったようだ。少し話し声がしたかと思ったらバキッという音とともに電波が飛んでこなくなった。おそらく踏むか撃たれるかして破壊されたんだろう」

あんな小さなものが見つかったのか……あの三人はそれなりに訓練を受けた優秀な兵士

なのだろう。

「連中が優秀で、あらゆる事態を想定して動いているのは明白だ。どんな理屈を付けて、弱腰の日本政府に迫ってくるか判ったもんじゃないだろ！」

「それでも、あのガマに片岡議員がいる事は間違いないです。武装した少なくとも三人の兵士のような男が守備についていたんですから。あれこれ言う前に、撮ってきた映像を見ましょう」

私は、記録した映像を再生した。ガマの入口の前を走り抜けるところを、スローモーション設定で。

相手の三人はどうやら「止まれ！　撃つぞ！」と言っているらしいことが判った。

ガマの内部は暗くてよく見えないが……パソコン上で画像を修正して画面を明るくすると、多少はマシになった。

奥に格子《こうし》状の仕切りが設置されている。入口部分とその奥を隔《へだ》てているようだ。格子の手前には監視用なのか椅子が置いてあるが、それ以外のものはない。そして格子の奥は……やはり暗くてよく見えない。

三人の「警備兵」が持っている武器についても画面を止めて確認した。

「二人が持っている拳銃は、マカロフＰＭだろうなあ。上白河のヘルメットに着弾したのは９×18ミリマカロフ弾だ」

安田は、私のヘルメットに食い込んでいる銃弾を確認した。

他の二名を撃った銃弾は迷彩服やヘルメットを掠ったのみで、弾頭《だんとう》は残っていない。

「そして上白河の水筒に命中したのは、9×19ミリパラベラム弾」

水筒から取り出した弾頭をしげしげと見た安田は解説を続けた。

「この弾はサブマシンガン05式微声短機関銃で使われている。C国陸軍が採用しているものだ。銃の先端にサプレッサーがついてる」

安田がスクリーンに大きく投影した画面を凝視《ぎょうし》して、識別した。

「サプレッサーって？」

等々力さんが手をあげて質問した。

「銃の発射音と閃光《せんこう》を軽減するために銃身《じゅうしん》の先端に取り付ける……要するに、サイレンサーみたいなものです。サイレンサーは音だけ軽減しますが、サプレッサーは発射時の閃光も減らします」

安田が立て板に水で答えた。

「ということは、敵方は隣国の軍で間違いないですね」

等々力さんが確認すると、星崎は苦渋《くじゅう》に満ちた表情になった。

「最悪の事態だ。非常に小規模ではあるが、この交戦を理由に、彼らが攻めてくる可能性がないとは言えない。そうなると、我が方の戦力と装備では、確実に負ける」

「では、至急、周辺の基地に増援要請を！　臨戦態勢を敷きましょう！」

石渡さんが星崎に進言した。

「いや、それはできない」

星崎は言下に拒否した。

「外交問題になる」

「それは、東京がなんとかすべき問題です。現場の我々としては住民を保護しなくてはなりません。臨戦態勢を敷いて、もしもの場合に備えるのが常道でしょう！」

同感です、と他の隊員も声を出した。

「むしろ、平間島に不法に外国の軍隊がいる事を公表すべきであります」

と強硬《きょうこう》に主張する隊員もいる。

「正面切っての交戦状態を回避するためにこそ、公表が必要であります」

「判った。東京には隠し立てせずありのままを伝える。万一の事態に備えて、各自、応戦態勢で待機するように」

「しかしリーダー。我が方は何もせず、平時の態勢でいるべきではありませんか？」

と、安田が進言した。

「敵方はおそらくあらゆる手段でこちらの態勢を監視していると思われます。その際、我々が銃を持ち、何かあれば即応《そくおう》、という態勢で待機していると判れば、敵方を刺激します。敵方の総数や装備の全容についても、まだ情報がありません。こちらには戦闘車両はないし、重火器もありません。完全に劣勢《れっせい》です。ここは代表を送って、敵方と停戦交渉をすることも考えに入れておくべきでは？」

安田は、あくまでも交戦を回避しようと主張した。女相手だとやたら強気に出てセクハラも辞さないが、強い相手には弱腰になる人間なのか。安田は続けた。

「今、戦闘状態になれば、平間島の島民も巻き込んだ地上戦に発展して、多大な犠牲が発生する可能性が高いです。断じて交戦してはなりません」

「そうですね。ここは沖縄ですから、特に、住民保護については最大限の留意を、私のほうからもお願いします」

等々力さんが、深々と頭を下げた。等々力さんがこんなマトモなことを、と私は意表をつかれたが、石川さんも、そして私も慌てて頭を下げた。

「……戦略的には、正面衝突《しょうとつ》を覚悟しておくべきだとは思うが……たしかに、安田三尉の言うとおり、装備的にも圧倒的に不利な以上、武力行使は避けるべきだな」

星崎はしぶしぶ頷《うなず》いた。

「我々だけが捕虜《ほりょ》になるのであればまだしも……」

では、と星崎は私たちを見た。

「東京にどう報告するか、お知恵を拝借したい」

私たちは星崎と石渡さんと五人でテーブルを囲み、その他の隊員は会議室を出て行った。

安田も当然、テーブルに着くものだと思っていたが、当然のような顔をして、すっと出ていってしまったのが私には妙に気になった。

私は石川さんにそっと耳打ちして、安田の行動を確認することにした。

私たちがガマから戻ってきたのが十六時、そこから報告が長引いたので、窓の外はすでに暗くなっている。照明設備がない校舎の裏側は、真っ暗だ。

自衛隊が借り上げている区画を歩いてみたが、安田の姿は見えない。

窓から外を覗《のぞ》いてみても、いない。

トイレなのかと思ったが、さすがに男子トイレの中には入れない。

もう一度、外を覗いてみた。そこで福生でイキがっていた時代のことを私は思いだした。私のようなワルが誰かをシメたり、カツアゲしたり、タバコを吸ったりする時には何処《どこ》に行くか？　正解は、体育館か便所の裏。私は建物の外に出た。

果たして。暗いトイレの裏手で、安田ともう一人がしゃがみ込んでタバコを吸っていた。タバコの火が二つあったので、よく判った。油断しすぎではないだろうか。

私は建物の陰《かげ》に隠れて、耳をそばだてた。

「とにかく、軍隊には序列が必要だ。それをはっきりさせるべきであって、使える手はなんでも使う。パワハラと言われようがセクハラと言われようが、そんなことは構わん」

安田はタバコを吸いながら、そう断言した。

「そうですね。それは世界中の軍隊に言えることです。命令系統が混乱すると、軍隊は崩壊します」

安田に応じる、この声は⁉

どう考えても国重のものだ。何を企《たくら》んでいる？

「ところで今回の件、適当なところで手打ちにしてもらえるんだろうね？」

自衛隊の側は抑《おさ》えるつもりでいる、外交問題にはしない、と安田は言い、国重が答える。

「こちらも同じです。先に発砲したのは、いわば上層部に対するアリバイづくりです。あんな至近距離にまで敵の接近を許し、しかも何もしなかった、と思われるわけにはいかないので。しかし、上層部もこれ以上のエスカレートは求めていません。したがって開戦の可能性はありません」

盧溝橋《ろこうきよう》にはならない、という国重に、安田は、判ったと頷いた。

国重も頷き返して立ち上がり、暗闇の中に消えようとしている。

安田は吸い殻を拾うとすぐに建物の中に戻っていった。

この癒着《ゆちやく》っぷりでは、安田に訊いてもロクな答えは返ってこないだろう。

私は国重を追った。

背後から走ってきた私に気づいていたのか、国重は振り向いて私を待っていた。

「ちょっと。あれはどういうことなの？」

開口一番、私は訊いた。

「そもそも国重さん、あなたがどうして自衛隊と接触しているの？　説明して」

国重は、なにを当たり前のことを、と笑ったように見えたが、暗闇なのでよく判らない。

「簡単なことです。ここは国境の島で、ちょっとした火種でも大炎上するかもしれません。そういう事態に至らないよう、私と安田さんは定期的な話し合いを持っているのです。何かがあった場合、意思の疎通《そつう》が充分ではないことから双方が判断を誤り、不要なトラブルに、いや開戦ということさえありえます」

「それは判った。でもその情報交換の相手にわざわざ安田を選んだのはどういうこと？」

平気でセクハラ、パワハラに手を染める安田が適切な相手とはどうしても思えない。

「星崎さんはリーダーである立場上、私とは会わないだろうと踏んだのです。なので事実上のナンバー2である安田さんを選びました」

しかし、あの雰囲気は、昨日今日出会って関係を深めたようには思えない。そう、かなり以前からの……。

「いつから安田と連絡を取ってるんですか？」

私はストレートに訊いた。

「そこそこ長いお付き合いです。習志野の方で知り合った、と言っておきましょう」

国重は案の定、はっきりしたことは教えてくれなかった。

「国重さん、あなたもしかして……あの安田をそそのかして、女性自衛官にセクハラやパワハラをやらせているんじゃないの？」

「ご想像に任せます。しかしレイさん。自衛隊でセクハラやパワハラが起きているのは、この先遣隊だけではない、と私が言ったらどうします？」

「まさか……あなたはずっと前から、ほかの部隊でも、ハラスメントを焚《た》きつけているの？」

どうしてそんなことを？　と詰問《きつもん》する私に国重は答えた。

「判りませんか？　ハラスメントが蔓延《まんえん》すればその軍隊は規律が保てず、必ず弱体化します。お国の帝国陸軍が勝てなかった理由のひとつもそれですよね。もっと言えばあなたの国の大企業が次々と駄目になり、経済が見るカゲもなくなった原因もそれです。まあ原因がそれだけ、とは言いませんが」

私の母国のためには喜ぶべきことだ、と国重は言った。

「ですが、日本で幼い日々から若き日をすごした人間として言わせてもらえば、それは非常に残念なことでもあるんですよ」

だからこうしてレイさん、あなたにだけは言うのです、という国重に私は余計に腹が立った。

「取ってつけたようなことを言わないで。つまりあなたはセクハラを煽《あお》って、結果、自衛隊が弱体化すればいいと、そう企んでいるんでしょう？」

「当然でしょう。我が国としては周辺諸国の軍隊を弱体化させて、軍事的優位を得ようと図《はか》ることは当然です。まあ私には『二つの祖国』がある以上、日本の弱体化は悲しいことでもあるのですが」

国重の言い草がまるっきりの見当違いとも思えないだけに、ますます腹が立つ。

「日本の弱体化が悲しい？　嘘《うそ》でしょう？　さんざん工作しておいて」

「嘘ではありません。日本がどうなってもいいと思えば、こんなこと……本当のことをレイさん、あなたに言う必要もないんですよ」

そう言った国重は、そのまま闇の中に消えていった。

戻ってみると、「東京にどう報告するか」の口裏合わせのような会議は終わっていた。

安田が国重を介してC国側と通じていることは、この場では言わなかった。

「では、我々は引き上げます。今後も、緊密な連絡を取り合いましょう」

等々力さんが締めて、星崎と握手を交わして、私たちがホテルに戻ろうとしたところで、星崎が引き留めた。

「そろそろ夕食の時間です。ウチの部隊の食事は美味いと定評があるんですよ。食べていきませんか？　それと、どうせならここに泊まって行かれては？　いい経験になりますよ」

星崎が誘ってくれた。私が席を外していたあいだ、等々力さんと石川さんが良好な関係を築いてくれたらしい。

考えてみれば、今日は朝食を食べたきりだ。昼は食べられる状況ではなかった。

調理の音や香りが漂ってきて、私も空腹に気がついた。なにしろ今日の昼間は実弾による射撃まで経験したのだ。必死で逃げてからずっと気が張っていて、忘れていたようだ。

校舎の中での炊事は不便なのか、部隊の人たちが外で火を焚いて飯盒炊爨《はんごうすいさん》を始めている。キャンプの要領でフライパンで肉を焼いている。鶏肉か？　香ばしい、いい香りが漂ってきて、空腹がいっそう刺激された。

「習志野駐屯地名物の『鶏肉のアーモンドからめ』を用意しました」

星崎が言った。このひと皿は私もよく食べた。いわゆる鉄板メニューで、絶対に、間違いなく、誰が食べても美味しい。

「まあ、我々は食べ飽きておりますが……」

切れ目を入れた鶏モモ肉に塩・胡椒《こしょう》して小麦粉をまぶして唐揚《からあ》げにし、煮詰めた甘辛ダレを唐揚げにからめ、乾煎《からい》りしたスライスアーモンドを振れば完成。付け合わせの野菜を添えて皿に盛れば、立派なご馳走《ちそう》だ。

このメインディッシュに大盛りのご飯、副菜の肉シュウマイ、スープがついた。

「では……お言葉に甘えて……」

外に設《しつら》えたテーブルと椅子が夕食の場だ。少し寒いが火があるからちょうどいい。

調理当番は配膳に専念して、食べているのは私たち三人と星崎、女性看護官、そして残りの隊員たちだが、安田と石渡さんの顔が見えない。

見慣れない大柄の女性が、私たちに給仕してくれたが、この人が海上保安庁の、大阪にある特殊警備隊から来ているという女性保安官か？

「ん？　これは……」

自衛隊のミリメシは大したことないだろうという先入観があったのか、一口食べた等々力さんは驚きの表情になった。

「いやいや、これは美味《うま》い！」

飯盒で炊《た》いたご飯をかき込んでいる。

「ご飯も美味い！　凄《すご》いですね！」

等々力さんに絶賛されたのは、調理当番の男性隊員二名だ。小さく頭を下げて頭を掻《か》き、給仕してくれた女性も微笑んだ。やたら体格がよく、一見して女子プロレスラーみたいな印象ではあるが、笑うと愛嬌《あいきょう》がある。

「そら、宜《よろ》しかったです。私らもずっと缶詰やレトルトばかりの食事やったんで、こういう温かいの、久々です」

大阪弁のイントネーションで喋《しゃべ》る女性は、一等海上保安士の楠木《くすのき》桃子《ももこ》と名乗った。

「桃子みたいな名前、ガタイと正反対やなあとよく言われます」

彼女はオチを付けて自分の席に戻った。

私も……この懐かしい料理を食べて、習志野であったいろんなことを思い出していた。楽しいこともあったし苦しいこともあったが、腹立たしかったことだって忘れてはいない。

それでも、美味しい料理は心を朗《ほが》らかにしてくれる。これを食べて、何度救われたことか。

あとは、安田の件をどうやって等々力さんと星崎に伝えようか、と思案しつつチキン料理を味わっていると、衛星電話が鳴った。

「はい、石川です。え！　判りました。すぐに見てみます」

通話を切った石川さんは、ノートパソコンをテーブルに置き、衛星電話を繋《つな》いだ。いつの間にか携帯電話の電波も回復している。

「ああ、これで動画を見るのに十五分も待たされなくてすむ」

石川さんは心からホッとしたように、等々力さんと私に言った。

「テレビニッポンの飯島プロデューサーが、事前に津島さんに動画を送ってきたそうです。明日このインタビューをオンエアすると。内容は……」

メールを読んだ石川さんが難しい表情になり、私たちに囁いた。

「どうも自衛隊の内情に関する暴露《ばくろ》のようです」

「そんな番組、ここで観るのはマズくないか？」

等々力さんがストップをかけた。

「そうですね。部屋に戻りましょうか」

その時なら私も、安田の件を話せる。

私たちは食事を一気に平らげて、案内された部屋に入った。等々力さんと石川さんは同室、私にだけ別の部屋が用意されたが、男性陣の部屋で作戦会議が始まった。

まず、津島さんに送られてきた映像を見る。

最悪だ。インタビューはまさに、自衛隊内のセクハラと規律の乱れを暴露する内容だった。被害を訴える女性自衛官は、当然だが顔にモザイクがかかり、声も変えられている。そしてその被害者は石渡さんではなかった。飯島のインタビューに答えているのは、明らかに別の女性だ。そもそも石渡さんには、こんなインタビューを受けている余裕はなかったはずだ。

「誰でしょう？　この女性は……」

内容は、私が石渡さんから聞いたこととほぼ同じだが、もっと直接的に、触られた、揉まれた、などの言葉が、この女性自衛官の口からは出ている。

これは石渡さんの被害とは別件だ。テレビニッポンは、自衛隊全体に蔓延しているセクハラを取り上げるつもりなのか。

「あの、実は、さっき、国重をここの敷地内で目撃しました」

私が言いかけると、等々力さんと石川さんは驚いて私を睨むように見た。

「いつだ！」

「食事の前です」

「どうしてもっと早く言わないんだ！」

等々力さんは怒った。

「お伝えするタイミングがなくて……特に星崎にどう伝えればいいのか判断がつきませんでした。星崎は既に知っていることかもしれませんし」

私は国重と話したことをそのまま伝えた。

「ってことは、今日の交戦は、出来レースみたいなものだったと？」

「そりゃまあ、本気で撃ってきたら、誰か死んでたかもしれませんよね」

「そうか。敵方は『潜入』してるんだから、こっちを撃ち殺したら大変なことになる。だから水筒に命中した程度で済んだんだよ。というか、アレだって撃ち損じが当たってしまったのかもしれない」

「自衛隊がガマに接近した以上、反撃しないと侵入すると思われただろうし、侵入されたら向こうも困るもんな」

等々力さんと、それに石川さんまでが、どうしてここまで敵に理解を示すのか。

「まあだから、国重も、エスカレーションを心配して、裏で調整してたんだろう」

私は等々力さんが見落としている事実を指摘した。

「でも国重は、自衛隊にセクハラ、パワハラを蔓延させる工作にまで従事しています。規律の乱れを惹《ひ》き起《お》こして、自衛隊を弱体化させることが目的だと暗に認めました。そして、その工作に喜んで乗っているのが、あの安田です」

まったく、女性の敵どころか、国賊《こくぞく》と呼んでも飽き足りない。だが。

「しかしそういうのもまあ、敵方の常套《じょうとう》手段だろうな。前の戦争だって、日米双方がラジオで色っぽい女性に『戦争は止めましょう、早く降伏してねウフ～ン』みたいなことを喋らせて、戦意を挫《くじ》こうとしてたそうじゃないか」

またも国重に理解を示す等々力さん。私は本気で腹が立ってきた。

「じゃあ、飯島も、敵の諜略《ちょうりゃく》にまんまと乗せられて、つまりC国の妨害《ぼうがい》工作にハマって、こういう報道をしてるって事ですか？」

「いや、それは逆だろう。表沙汰《おもてざた》になればセクハラやパワハラは出来なくなる。そもそもハラスメント自体が本来やってはいけないことだ。それをやった安田はもちろん許されない」

では、星崎にどう話すか、という事を相談し始めたとき、廊下がにわかに騒がしくなった。

「大変です！　安田三尉が！」

私たちは部屋から飛び出した。

すると、廊下を隊員たちが慌てて走り回っている。

「何が起きたんですか！」

「安田三尉が倒れて、動かないんです！」

看護官が救急キットを持って走っていくので、私たちはその後を追った。

安田は……自室で倒れていた。半ば俯《うつぶ》せになっているが、左側が少し浮いている。

「動かしてませんよね？」

看護官が周囲に確認してから、ゆっくりと安田の体を仰向《あおむ》けにした。

左胸に、ナイフが深々と刺さっている。倒れた時にいっそう深く刺さったのかどうかは判らない。

脈を取った看護官は安田の目を開けて小型ライトを振った。

「亡くなってます。死亡推定時間は……今から遡《さかのぼ》って三十分以内でしょう。まだ体温がありますし」

看護官はそう言って、血に染まった胸の周辺を注意深く観察した。

「心臓を一撃ですね。これで心臓が止まって即死です」

星崎がチームリーダーとして前に進み出た。

「司法解剖《かいぼう》すべきですね？」

「もちろん。石垣島の病院なら……警察に知らせてください」

「その事だけど」

星崎は等々力さんを見た。

「こういう場合、自衛隊内部だけで処理出来ませんかね？」

「でも、ここには警務隊がいませんけど？」

訊かれてもいないが、私は思わず言った。

「明らかに自殺ではありません。それに犯人が誰だか今の時点では判りませんよね。ここは基地と違って閉鎖的な場所ではないし」

小中学校なのだから一般人も出入りが出来る。

「だが、犯人の目星はついている」

星崎は私にそう言って、近くの隊員に「石渡を呼べ」と命じた。

「石渡さんが？　何故《なぜ》？」

反射的に言った私を、星崎は睨み付けた。

「判らないのか？　石渡は安田に恨《うら》みを持っていただろう？」

その時、隊員の一人が飛び込んできた。

「石渡海曹長、おりません！」

その報告を聞いた星崎は、数秒考えた。

「仕方がない。警察に連絡しよう。安田の遺体は、ここの診療所で預かって貰えないかな？」

港にある診療所に遺体安置施設があるかどうかも判らない。それに島の警察と言えば、あの定年間近の駐在さん一人だ。

「警察への通報は私たちがやりましょう」

と、等々力さんが申し出た。

「石垣島の警察と、それと救急にも一応、派遣を要請します」

等々力さんは通信が回復したスマホを使って、まずは東京の津島さんに報告を始めた。

しかし、その時、廊下から聞き慣れない警報音が響き、別の隊員が走ってきた。

「星崎三佐！　異変を察知しました！　東側の森に、動きがあります！」

星崎の顔に緊張が走った。無言で安田の部屋を出て、別室に入ってゆく。私たちも続いたが、星崎は振り返って、一瞬困ったような顔をした。

「悪いが、外してくれないか？」

「いいえ駄目です。私たちには東京に状況を報告する義務があります！」

強い口調で私が言うと、星崎はしぶしぶ頷いてドアを開け、私たちと一緒に入った。

そこには複数のモニターとパソコンが並んでいる。どうやら習志野の野戦特科情報処理システムと同等のものが持ち込まれているようだ。

「このモニターには、野戦情報探知装置ＪＧＳＱ－Ｓ２からのデータが表示されていますが、明らかに妙な動きがあります」

モニターしている隊員が報告した。

「ドローンを上げろ！」

別の隊員が動き、校庭からブーンというプロペラ音がして、遠ざかっていった。

部屋のモニターには、暗闇の先に、点々と多くの明かりがまたたく様が映し出された。

「平間島南方の沖合に、多数の船舶が集結している模様です」

「地上レーダー装置を使え！」

星崎が新たに命令を出すと、ほどなく校庭にスタンドが立てられる様子が窓から見えた。箱形のレーダーが取り付けられたスタンドはかなり高くまで伸《の》びている。

「船影を捉《とら》えました！　今、識別信号を確認中……C国海軍の艦船が数隻《すうせき》と、正体不明の船舶が……無数！」

「正体不明の船舶はおそらく、C国の漁船ないしは貨物船だろう。民間船に偽装しているが、確実に武装しているはずだ」

星崎はドローンからの映像とレーダーの画面を見比べながら、呻《うめ》くように言った。石川さんが訊いた。

「これはどういう動きです？　彼らは何をしようとしてるんです？」

「断定はできないが、海からなんらかの兵器を運び込もうとしているか、圧倒的戦力で、この平間島を包囲、もしくは海上封鎖をして、上陸・占領を試みるか、だろう」

星崎は絞《しぼ》り出すような声で言った。等々力さんが叫《さけ》んだ。

「これはキューバ危機と同じじゃないか！　小なりとはいえ」

スマホを耳に当てながら、等々力さんは私を睨んだ。

「国重は、なにも言ってなかったのか！」

「なにも言っていませんでした。艦船多数の接近については」

ドローンが暗視装置を作動させて、沖合の艦船をいっそう鮮明に映し出した。星崎が言ったように、海軍の艦船を取り囲んで、どう見ても漁船や貨物船にしか見えない船舶多数がゆっくりとこちらに進んでくる。

レーダー画面でも、無数の光る点が船団を組み、平間島の南からゆっくり北上してくる状況がハッキリと判った。

一触即発の緊迫感が徐々に高まってきたのが、肌で感じられる。

私以外の全員も、顔が強ばり、青ざめている。

これは……破局への秒読みが始まってしまったのか？

第四章　侵犯——彼我《ひが》戦力差、一対五

平間島に危機的状況が訪れる十二時間前、東京では……。

「片岡なんか、どうなってもいいと私は思っています」

防衛政務官の小田切美里《おだぎりみさと》は、自分の執務室で、怒りを隠し切れない表情で言い切った。

まだ若いが人気実力ともに申し分なく、地道に職務に邁進《まいしん》する姿勢は好感を持って迎えられている。

「政治家ならそれなりの覚悟を持って発言しているはずです。信念に基づく主張をした結果、仮に自分の身が危険に曝《さら》されようと、それは予想できたことではありませんか？　政府に守ってもらおうなどとは政治家としていささかムシが良いのではないかと思います」

「それはまあ、政務官のおっしゃることが正論だと思いますが」

小田切政務官に呼び出された津島は、若い女性政務官のあまりに峻厳《しゅんげん》な態度に戸惑《とまど》った。

「与党の政治家同士、もっと身内を守るのかと思ってましたが」

「普通なら庇《かば》いますよ。だけどあの片岡先生は札付きで、政府与党もいい加減、堪忍袋《かんにんぶくろ》の緒《お》が切れてるんです」

片岡議員を札付きと呼んだ政務官は津島に向かって身を乗り出した。

「植松幹事長もご立腹です。なんならスキャンダルを暴いて議員辞職に追い込んでもいいとまでおっしゃっています。ご自分の派閥《はばつ》の一員なのに、です。片岡議員は当選五回で、普通ならなにかの役職についても良い頃なのに、一貫して無役です。党の役員にすらなったこともない。地方議員からの叩き上げなのに、これは異例中の異例です。何故《なぜ》だか判りますか？」

「政治家としての能力、いやそれ以前に資質の問題ですかな？」

そう答えた津島に、小田切政務官は「その通りです」とまったく庇う姿勢を見せない。小田切自身がまだ三十代の当選三回だけに、先輩議員に対する態度としてこれは冷淡《れいたん》すぎるが、彼女が普段からよく「選挙区を歩く」政治家で地元の絶大な支持を得ており、連立を組んでいる護憲政党の支援も拒否して選挙に圧勝している人だけに、片岡のような政治家を許せないのは理解できる。

「ハッキリ言って、片岡議員は小選挙区で落ちては比例で復活当選を繰り返しています。これは与党が強いから救われているのです。片岡は、選挙に弱い！」

小田切政務官は声を強めた。

「選挙に弱いばかりか、政策にも弱い。一部の大衆に受けそうなことを、タレントみたいに喋り散らしているだけです。少しでも派手なスタンドプレイをして目立ちたい、それしか考えていません。政府や与党の方針などお構いなしで、マスコミ的に目立てばいいとだけ思っている。こんな政治家は邪魔です。はい。それは与野党が伯仲《はくちゅう》している時なら一議席でも大切ですが、今は与党が安定多数ですからね」

「では、政務官はどうされるおつもりですか？」

津島は正面から訊《き》いた。

「そんな議員は、帰ってこなくてもいいです。放っておいてください」

「いやいや、それはいくらなんでも。片岡議員の支持者が騒ぎ出すと、それも面倒ですよ。支持者は……ネトウヨ、いえ熱烈な保守ですから」

「黙らせるにしても助けるにしても、それは当人がSOSを出した時点で考えればいいでしょう？　だいたい、片岡議員の言うことに反応するのはネトウヨだけで、彼らの影響力はピークを過ぎました。そもそも、あの人は自分で隠れてるのか、何者かに拉致監禁《らちかんきん》されてああいう発言をさせられているのか、それすらも判らないじゃないですか」

「いえそれについては、平間島に派遣《はけん》したウチの者から報告がありました。片岡議員は、その……某国《ぼうこく》関係者によって平間島のガマに監禁されているようなのです」

「はい。それについては、平間島にいる自衛隊特殊分遣隊《ぶんけんたい》からも報告が上がっています。

とはいえ、あなた方も副長官や官房長官から特段の指示がない限り、この件には関わらないで貰《もら》えますか？　あなた方にチョロチョロ動かれると、それが政府の方針だと勘違いした連中が誤解するので」

「では、何もするなということですか？」

「その通りです」

小田切政務官は言いたいことだけ言うと、「下がって戴いて結構です」と言って、手許《てもと》の書類に目を通し始めた。もうお前に用はない、という露骨な態度だ。


「いやもう、とりつく島もなくて参りましたよ」

オフィスに戻った津島は、御手洗室長に愚痴《ぐち》をこぼした。

「しかし、だからと言ってまさか放置も出来ません。現に平間島では撃ち合いも発生しましたし」

「憂慮《ゆうりょ》すべき事態ですな」

室長はそう言って窓外を観た。

「さて、どうしますかな？」

「政府としては、何があっても隣国を刺激したくないのです。それは重々判っていますが、片岡議員はネトウヨを刺激し、隣国を敵視する動画を流し続けています。隣国側に監禁されている片岡議員が、ですよ」

「それはもう、片岡さんに煽動《せんどう》させて、事態を混迷させて、口実を作りたいのですよ、隣国側が」

「口実？　なんのための、ですか？　まさか……」

「そう、そのまさか、だと思いますよ、私は。平間島に緊張状態を作りだし、平間島侵攻の口実にしたいのでしょう」

室長は温厚《おんこう》な顔を津島に向けつつ不穏《ふおん》なことを言う。

「その混乱に乗じてC国軍が平間島を占領するのか、しないのかはまだ判りませんが、占領するための手は打ったということですな。その選択肢を用意しておきたかったのでしょう。たまたま撃ち合いになったのは、ガマを特定されたためやむを得ずというところですか。本気の殲滅戦《せんめつせん》をする気があるとは思えませんが」

向こう側の事情を代弁してみるとですよ、と室長は断った。

「室長の仰《おつしや》ることは私にも判りますが……向こうとしても、引くに引けない状態になってしまったとも考えられませんか？」

「いや、そもそも、なにを目的にあちら側は平間島に潜入して片岡議員を拉致したか、です。その最終目的が、台湾侵攻なのであれば、向こうは早々には手を引かないでしょう」

「逆に言えば、台湾に攻め込むまでこの状態は続くと？　しかしかの国は本気で台湾に攻め込みますかね？」

「最高指導部はそこまで愚《おろ》かではあるまい、と信じたいですな。しかし人間のすることですす。軍の一部跳ねっ返りが暴走して、という可能性もあります。台湾有事に際して日本側がどう出るか、それを試してみたい、という意図も当然あるでしょう」

日本は舐《な》められているんですよ、と室長は言った。

「そもそも弾薬すら十分に無い。本格的な戦闘が始まれば三日と保《も》たないと言われているんです。隣国がそれを知らない筈《はず》がない。継戦能力の無さは既《すで》にバレています。離島に自衛隊が駐留するだけでは駄目なんですよ」

「なるほど。危機感を持って有事に備えている台湾より、むしろ日本の離島のほうが侵攻しやすいと。私が隣国の指導者なら……どうするでしょうねえ。口では台湾は我が領土、そう言い続けるけれども、実際に行動には移しません。だいたいそんなことをして誰が得するんです？　台湾が高レベルの半導体を供給できなくなったら世界経済はどうなります？　自国の経済へのダメージも大きいでしょうし」

お隣の国は、ロシアとは違う、何千年という歴史と文明の蓄積がある。統一という建前と経済重視の本音は使い分ける筈だし、損得を無視して事を起こすはずがない、と津島さんは言った。

しかし室長はそれを聞いて、いやいや、と首を振った。

「津島くん。隣国の指導部は変わった。もはや経済を第一にはしていないと見るべきでしょう。たとえば香港《ホンコン》という例があるからね。誰もがもっと巧《うま》いことやると思っていたら、失敗としか思えない結果になってしまった。アジアの金融と経済のセンターという利点を捨て去ってでも、隣国の指導部はいずれ統一の障害となるであろう香港の自治を取り除こうとした。アレを見せつけられて、台湾の人たちは絶対に取り込まれないぞと心を決めたかもしれない。だが、もしかしたら、統一の障害になるものはどんな小さなものでも取り除く、それが指導部の本心かもしれない」

二人がそんな話をしているところに乱暴にドアがノックされて、十人ほどの男たちが雪崩《なだれ》込んできた。

「なんですか、あなた方は」

室長が誰何《すいか》した。代表して一人が言った。

「失礼します。こんなに大勢で。我々は、そこで偶然一緒になったので……だったら一緒に、みんなで副長官室に訊きに行こうじゃないかって」

全員スーツ姿の官僚か議員か、どちらにしても若手たちだ。なかには見覚えのあるジャーナリストも交じっている。

「率直《そっちょく》にお訊きします。今、平間島では何が起きてるんですか？　いろんな情報が飛び交っていて、しかも島との通信状態が悪くて、正確な情報が全然我々にも入ってこない」

「そうです。事情がまったく見えません。中には熱烈な愛国者と、残留孤児二世三世の新規移住者が一触即発だとか、穏やかならぬ情報まで」

「停電もあったし、島の奥の方で銃声を聞いたという声も」

「そこにきて片岡先生の刺激的な動画配信です。政界には不穏な空気も広がってます。ディープ・ライトな先生方が『隣国討つべし』とか言い始めて……常識的に考えて、お隣の大国を撃ったりしたら日本は大変なことになるのに、そういう現実的なことが全然判ってない先生が多すぎて……」

口々に訴える若手の官僚や議員たちを室長は落ち着かせようとした。

「いやいや、ちょっとお待ちなさい。ここは内閣官房副長官室ですぞ。そういう事は、みなさんの直属の上司や先輩にお訊き願いたい。ここで何を訊かれても、私はお答えする立場にはない」

だが彼らは収まらない。

「聞くところによると、ここから平間島に職員が派遣されていて、逐一《ちくいち》報告が入っているそうじゃないですか」

「そのような話は承知しておりませんな」

室長はトボケた。

「水臭いなあ、御手洗さん。あの時協力したじゃないですか。何か教えてくださいよ」

十人の中には顔見知りのジャーナリストの顔もある。

「もし仮に、平間島の島民が人質に取られたとして、台湾有事に際して日本が中立および相互不可侵を宣言するとか、あるいはまったく何の反応もしない、事実上の中立状態になるとか、そういう展開を隣国は狙ってるんじゃないんですか？」

何も言わない室長の代わりに津島が答える。

「ちょっと待ちなさい、君。君は平間島がすでに侵攻され、島民が人質に取られているという前提で喋ってるぞ。困るね。そういう決めつけは」

「しかしですね、ウチの社のものを平間島に向かわせようとしたら、連絡船もフェリーも全部止まってるんですよ！　機材不良……船のエンジンの調子が悪いとか、緊急修理とか、一斉に故障なんてことがありますか？　見え透《す》いた嘘《うそ》じゃないですか！」

「そうですか。こちらで聞いてる話では、停電は解消されて、通信も回復していると」

津島さんがそう答えたが、ジャーナリストは納得しない。

「いやいや、通信なんて全然回復してませんよ。電話はずっと話し中。回線が混んでいると言われて村役場にも何処《どこ》にも繋《つな》がらない。メールを出しても二通に一通は不達になって戻ってくるし……どうなってるんです、一体？」

「一通は届いているんでしょう？　まあ、海底ケーブルの代わりにバルーンを上げて緊急中継回線を用意した状態らしいので、万全ではないと思うけれど」

すか！」

「ほら！　よそで訊くより、ここで訊いた方が的確で細かな答えが返ってくるじゃないで

若手議員が声を上げ、それを室長が抑《おさ》え込んだ。

「ちょっとみなさん、言っておきますが、平間島に何者かが潜《ひそ》んでいるとの情報は確かにあります。しかし現時点で確認が取れていません。みなさん平気で隣国と名指しにしていますが、政府としては、明確な証拠は摑《つか》んでいないし、隣国政府としても平間島への関与については完全に否定しております。現在平間島に潜伏しているのは日本側の組織かもしれない。従って『正体不明のグループ』という表現しか使えません。それ以上の先走った表現を使った場合、のちのち問題になっても知りませんぞ。そして、この件、ここで話した事はすべて、極秘で願いたい」

室長が厳しい顔と口調で言った。若手の議員は不満そうだ。

「どうしてですか！　黙っているなんておかしいじゃないか！　今、まさに日本の領土が侵略されている可能性があるのに！」

今度は津島が抑え込みにかかった。

「いいですかみなさん。平間島は無人島ではありません。約三百人の住人がいて、平間村という自治体もあります。観光客も滞在しています。みなさんご存じのインフルエンサー、ピエール太郎までが島にいるんだ。そういう人たちの安全がかかってるんです。何も

のかが島にいるとしても、決して刺激してはならない。くれぐれもこの件への対処、そして守秘は慎重に願います」

そうは言っても、彼らは容易《ようい》には納得しない。口々に怒り、不満を述べる。

「ですからご不満は判るが、それはさっきも申し上げたように、みなさんの上司に言ってくださいよ。ここは政府の広報でも何でもないんだからね！」

津島さんもついに音《ね》を上げた。

＊

「ということで、東京も面倒なことになっている」

ヘリから降りた津島さんは、私たちに東京の状況を伝えてくれた。急遽《きゅうきょ》、津島さんも平間島にやって来たのだ。緊急事態ということで石垣島までは直行便、そこからは海上保安庁差し回しのヘリコプターに乗ってきた。この島には空港はないが簡易へリポートはある。

「私がここまで来る間に、事態が急変したことは知っている。平間島の沖合にかなりの数の船団がいるんだよね？」

「はい。ドローンからの映像とレーダー、船舶《せんぱく》識別信号などから、この船団はＣ国船籍の漁船・貨物船、そして軽巡洋艦と思われる軍艦であると判別出来ています。ただし、どの船も、十二海里《かいり》離れた領海の外に居るので、直《ただ》ちに領海侵犯にはなりません」

等々力さんが報告する。

私たちはほとんど徹夜で平間島の自衛隊「臨時警戒本部」に詰めていた。津島さんが取り急ぎやってくるというので、ヘリポートに迎えに行き、ホテルに戻った。

「船団の動向と片岡議員の動きは呼応していると思われます」

「まったく困ったことになった。しかし防衛政務官は、片岡はどうなってもいいと言ってるんだよ」

そう言った津島さんはお茶を啜《すす》った。

「えっ⁉　それは、片岡議員がC国軍に捕まってるのに知らん顔でいいって事ですか？　敵に利用される可能性がありますよ？　っていうか、もう利用されてますし」

「政務官は、片岡は利用される価値もないと見切ってるんだろう」

それは明らかに正しくない。現に、片岡が煽《あお》ってネトウヨが大勢島に押しかけた。島にいるドラゴン系の新住民と一触即発の危機になりかけたのだ。今は船便が止まっているようだけど、チャーター船を使ってまたネトウヨが押し寄せるかもしれない。その場合、今度こそドラゴンたちとぶつかって危害を加えてしまうかもしれない。そうするとかの国に「自国民保護」の名目で武力介入する口実を与えてしまうことになるだろう……。

「小田切政務官も馬鹿じゃないから……いや、バカかもしれないが」

津島さんは案外毒舌で、言いにくいことを言ってしまう事がある。

「政務官としての立場は考えているから……あの国については、触れたくないんだろう。いろんな事は耳に入ってるだろうしね」

ドンパチやってしまった件も、そして安田が殺された件も承知の上でのその返答ならば、片岡議員は相当、無価値人間だということになる。少なくとも現政権にとっては。

その時、石川さんが驚いたような表情になり、黙ったままノートパソコンの画面を津島さんのほうに向けた。

ディスプレイには、片岡議員によるYouTube配信画面が表示されている。石川さんが動画を再生状態にした途端、耳障《みみざわ》りなダミ声が流れ始めた。

『えーワタクシ、衆議院議員片岡雅和は、明日十三時、平間島「東の丘」にて愛国大集会を決行します！　心ある愛国者諸君は是非《ぜひ》とも参加するように！　いや、参加せよ！　東の丘から、打倒C国を叫び、日本の大勝利を祈念《きねん》しようではありませんか！』

と、おおいにぶち上げている。

「おいおい。島内にはまだネトウヨが残っているのか？」

津島さんが訊いた。

「はい。大半は宿泊できない事を理由に帰りましたが、宿が取れた人たちは残っています。ピエール太郎とネット中継のスタッフもまだいますし……そうそう、テレビニッポンの飯島さんと、そのスタッフも」

石川さんが答えると、津島さんは「困ったもんだね」と腕組みをした。

「この集会に合わせてC国側が軍事作戦を開始する可能性だってある……そうなってからでは遅いのに」

「それを言うなら現在、平間小中学校に駐屯《ちゅうとん》している、陸自の特殊部隊も苦慮《くりょ》していると思います。たった十人の先遣隊だから事実上何も出来ません。しかし自衛隊である以上、平間島を守らねばならない。確認していませんが、援軍を強く要請していると思いますよ」

「援軍は、来ないよ」

津島さんは石川さんにハッキリと言った。

「理由は判るよな？　東京としては、自衛隊が動くとC国を刺激すると判断してる。どんな口実であれ、あの国に与えては危険だとの認識だ。考えてもみろ。台湾が地震に遭《あ》った時だって、我が首相はそのお見舞いさえできなかったんだぞ」

「そこまで怖がる必要が？　ヤクザみたいなものですな」

等々力さんがチャチャを入れてしまった。これは等々力さんのサガとでもいうべき悪いクセだ。

「情けないですな。何もできないとは」

「いや、何もしなかったわけではない。この件に関しては室長が動いてくれて、官房長官や総理とも会って、直《じか》に話をした」

あの室長が、と全員が目を見張った。好々爺《こうこうや》の室長だが、やる時はやるのだ。

「しかし……総理は問題を先送りしてしまった。つまり、『何もしない』ということだ。総理がそう決めれば、外務省も防衛省も従うしかない。あくまでも政治的解決を目指す、それも時間をかけて慎重に、という決定になった」

そこで部屋のドアが開き、よく通る声が響いた。

「総理のその決定は間違っている。政治的解決も楽観的に過ぎる。これまでに、時間をかけてよかったためしなど、ない」

聞き覚えのある声だった。

後ろを振り返ってホテルの「仕事部屋」に入ってきた人物を観て、私は驚いた。津島さんたちが正体を教えてくれた、元警視総監の畠山潔氏だったからだ。片岡議員をハニートラップにかけている疑惑のあるクラブホステス・ミサさんに近づくために潜入した銀座のクラブで私が大立ち回りを演じてしまったあと、赤坂のホテルに私を呼び出した、超大物らしき人物……。

「部屋が足りないので、この部屋を接収させて貰うよ。ここは私の部屋になった」

「総監！」

津島さんは、この事態をどう私たちに説明したものかと一瞬視線を宙に泳がせ、そして言った。

「実は……こちらの総監とは東京から一緒に来たんだ。総監は」

「待ちたまえ津島君。私は警視総監を退《しりぞ》いてもうずいぶん経《た》つ。名前で呼んでくれ」

「……では、畠山さん」

津島さんは言《い》い難《にく》そうだ。

「畠山さんは、政府の決定に反対なのだ」

そうとも、と畠山は頷《うなず》いた。

「総理はみんなの意見を聞きすぎて判断出来なくなっている。そして、そんな総理に助言する役目の官房長官も安全策を進言した。つまり、『何もしない』ということだ。それが一番楽だから、総理は乗ってしまった、というわけだ。しかし、C国は待ってくれない。弱いところにどんどん攻め込んでくるのは、古今東西《ここんとうざい》、戦略の基本だ。このままでは、軍のごく一部の暴走に過ぎなかったものが既成事実になってしまう」

そう言った畠山さんは苦々しそうに吐《は》き棄《す》てた。

「あの片岡は始末に負えん。頭は悪いし選挙も弱い。だがバカを煽ることだけは上手い。モノゴトを単純化してバカにも判るように、否《いな》、判った気にさせるように話すのが特技だ。問題は、その中身が箸《はし》にも棒にもかからんたわ言でしかないことだ。とにかく、これ以上事態を悪化させるわけにはいかん。片岡を厳重に〆《シメ》ておく必要がある。今あいつは何処にいる?」

「東の丘に……明日の十三時に出現することになっていますが」

「よし判った。我々もそこに行こう!」

畠山さんが余りに簡単に決めるので、私たちは慌《あわ》てた。

「いやいや総監、もとい、畠山さん、それは危険です!」

津島さんが止めに入った。

「これは絶対、罠《わな》ですよ! C国の罠です! ついにヤツらが仕掛けてきたんですよ!」

その時、私のスマホが鳴った。ディスプレイを見ると、発信者は国重だった。

「はい。上白河です」

『そちらに元警視総監の畠山潔氏が来ていますね』

国重はこのホテルの近くにいて、こちらを見ながら電話しているのだろうか?

私は窓から外を見たが、国重の姿は確認出来ない。私は訊いた。

「質問に質問で返して悪いけど、平間島の沖に、そちらの船が集結していますよね?」

『それがなにか? 領海の外なので問題ありませんよ』

「あなた方は一体、何を始めようとしてるんですか? 平間島を攻撃、ないしは占領するつもりですか？」

『それについては何も言えません。ただ、私は、武力を使う事態にならないよう、努力しているのだとしか』

「それじゃあどうして、片岡議員にあんな配信をさせたりするんですか？　明日だって、東の丘でなにかやらせようとしてますよね？」

国重は沈黙した。やがて言い訳めいた口調で説明し始めた。

『片岡議員の動画配信についてはアドバルーン、ないしは観測気球というか、日本側の反応を見ようという意図があったと思います。少なくとも最初は。ただその反応が……私の思惑《おもわく》を外れてしまうところがありまして……』

「思惑を外れる？　あんなに煽ったら、本気にして暴走する右翼が出るに決まっているじゃないですか！」

『暴走しているのは、そちらだけではないのです』

自分としては、いろんな手を使って両国が正面衝突に至らないよう努力してきたのだが、Ｃ国側で「内部の不統一」が起きてしまった、と国重は重い口調で説明した。

『当初、平間島に潜入させた部隊はスパイ活動に徹するという話でした。しかし』

牧場にいる「旧同胞」の保護を口実に島を占領、さらに増派して先島諸島付近をも占領制圧、最終的には台湾に圧力をかけ、台湾を支配下に収めることを企図《きと》する一部の人間が暴走を開始してしまった、と国重は言うのだ。

あまりのことに私は一瞬、何も考えられなくなった。

「それはそちらの責任ですよね？　そちらでなんとかして貰わないと困りますよね」

そう言うのがやっとだった。気がついたら戦場のまっただ中に居た、そんな最悪の気分だ。

「国重さん、よくもまあそんな見え透いたウソをしれっと言えたものですね？　福生の元ドラゴン達をここに連れてきて、それから片岡議員を拉致同然に攫《さら》ってきて……こうなることは目に見えていたんじゃないですか？　なのにそんなつもりじゃなかった、自分は何も知らなかったと、それを私が信じるとでも？」

『信じてくださいとは言いません。しかし私は昔の仲間たちに、新しい生活を始めてほしかった。もっと言えば片岡議員をここに連れてきたのは私ではなくミサさんの意志です。彼女は日本政府に良い感情を持っていない』

沖縄戦当時、ミサさんの親族多数が日本軍に強制移住させられて、戦争マラリアで亡くなられているので、と国重は言った。

そこで等々力さんが割って入った。スピーカーフォンで話していたので、国重の言い分は全員に聞こえている。

「ミサこと比嘉智子が何を考えていようが関係ない。彼女は日本人だ。そもそもが、そっちが先に日本の領土である平間島に、無断で部隊を送り込んだんじゃないか！　非があるのはそっちだろうが！」

　私と話しているときは穏やかだった国重の口調は、等々力さんに割り込まれた瞬間、はっきりと硬化した。

『等々力さんですね？　等々力さん、あなたは歴史をご存知ない。同じような事をあなたの国は、私の国に対してやった。一九三七年の盧溝橋《ろこうきょう》事件です。日本政府の事態不拡大方針を無視した日本の関東軍が、戦線を拡大して暴走したのです。あなたに、いえ日本人に、私を責める資格がありますか？』

「そんなことを言い出したら、全世界の国で間違いを犯していない国などないんだから、何も言えなくなってしまうぞ！」

　ここで津島さんの怒声が響いた。

「おいやめろ等々力。何のつもりだ？　ここは朝生《あさなま》のスタジオか？　この状況でお遊びの議論なんかしている余裕はないぞ」

　そこで国重も冷静さを取り戻したようだ。

『失礼しました。津島さんの言うとおりです』

　国重にはこの部屋の状況が見えているのだろうか？

『レイさんにもお詫《わ》びをします。でもこれだけは信じてください、レイさん』

自分がいるから事態のエスカレーションがこの程度で済んでいるのだ、と国重は言った。

『一つ、情報をリークしようと思ったけど、止めておきます。皆さんがもっと冷静になってからのほうがいいでしょう』

国重は苦渋《くじゅう》に満ちた声でそう言うと、電話を切ってしまった。

「なんだよ！　国重の野郎、ナニを言いたかったんだよ！　気になるなあ！　出《だ》し惜《お》しみしやがって！」

等々力さんが苛立《いらだ》った。津島さんに叱責《しっせき》されたバツの悪さもあるのだろう。

私も腹が立ち、泣きたい気分だったが、ここで等々力さんを責めても仕方がない。何とか前向きに考えようとして私は言った。

「ほんとうに気になることだらけですよ。まったく何もかも全然解決してないですし、むしろ疑問ばかりが増えてます。ほら、あの、集音マイクが壊される前に聞こえた音声とか」

私がガマに投げ込んだ集音マイクは、破壊される前に幾つかの話し声を拾っていた。

何度も聞き返したが、音が小さすぎてまったく聞き取れていない。複数の誰かが声を発した程度にしか判らない。

「安田三尉の件もある」

津島さんが安田三尉殺害の問題を持ち出した。

「安田という人物は、国重を通じてC国側と接触していたんだよな？　国重に煽られて自衛隊の中にセクハラ機運をばら撒《ま》いていたのなら、場合によっては外患《がいかん》の誘致《ゆうち》に相当する」

「この件は、既に警察に捜査を委《ゆだ》ねまして、石垣島から捜査員が来ているそうですが……安田の殺害も事態をエスカレートさせたい人間の仕業《しわざ》ですかね。ってことはC国側の誰かが？」

等々力さんは顎《あご》に手を当てて考え込んでいる。

「いや、安田から受けたセクハラやパワハラを恨《うら》んだ人物の犯行ではないかという線もあるよな」

「そういえば、石渡玲子海曹長が昨夜から所在不明なんですよね」

「あの女が一番怪しいだろ！」

と等々力さんが言った、その時に、まさにその石渡さん本人がドアの向こうに現れたので、等々力さんは腰を抜かしかけた。

私たちを見渡した石渡さんが、口を開いた。

「やっぱり。疑われてるんですね、私。今まで、警察の事情聴取を受けていました。私じゃありません。アリバイがあるので刑事さんも納得してくれました」

そう言いながら彼女は部屋に入ってきた。

「昨夜、夕食のあと、私と安田三尉は会議室で、集音マイクが捉《とら》えた音声を聞いていました。何度も繰り返して。音の明瞭度を上げるのに、民生用のイコライザーを使って雑音を除去するなどの処理をしました。安田三尉は音声解析のエキスパートでもありますので、一緒に作業していて、どうやらこれはC国語だろうというところまでは解析できました。そこで、楠木一等海上保安士を呼ぶことにしました。平間島にいる部隊十人の中では一番C国語が出来る方なので」

楠木さんは、大阪にある海保の特殊警備隊から来ている。

「安田三尉が呼びに行ってくれて、楠木さんだけが会議室に来て……安田三尉はそのまま戻らず、でした。私は楠木さんと一緒に繰り返し音声を聴いて、なんとか会話の内容を割り出したんです。ですので、楠木さんの証言があって、私のアリバイは証明されました」

「拾った音声が何と言ってたのかも聞きたいけど、でも、安田三尉が死亡した、と騒ぎになったとき、石渡さん、小中学校に居ませんでしたよね？」

「はい。外出していました。楠木さんと牧場に行っていたんです。私たちが聞いたC国語が正しいのかどうか確認したくて、牧場に住み込んでいるC国系の人たちに訊きに行っていたからです」

そこで石川さんが口を挟《はさ》んだ。

「でも、牧場に居る人たち……残留孤児二世三世のみなさんは……こういうことは言いたくありませんが、いわば自衛隊と敵対している立場では？」

「どうしてですか？　彼らは日本人ですよ？　そしてこの島が戦場になったら、殺される側ですよ？」

ムキになって反論する石渡さんに、津島さんが低い声で訊いた。

「順番に行きましょう。それで、彼らに確認した結果はどうだったんですか？」

「はい。たぶん、『飽和《ほうわ》攻撃』と言っていると。これは楠木さんと同じ答えでした」

「なんだ、その『飽和攻撃』って？」

等々力さんと津島さんが声を合わせて疑問を呈《てい》した。

「スウォーム攻撃ともいいます。早い話が、ドローンが大群となって攻撃してくることです。無数のドローンが一斉に攻撃してくると、対空システムは充分な迎撃《げいげき》が出来ないのです。対空ミサイルなど一基あたり多くても六から八発の弾頭しかないので、それ以上の数に来られたら対処できませんし、機銃のC-RAMやCIWSは毎分四千発ですが、多数の標的に対してはすぐに弾を撃ち尽くしてしまいます。通常の迎撃では負けてしまうのです」

石渡さんの説明に、私たちは色を失った。要するに打つ手がないということだ。そんな攻撃を受けたら万事休すではないか！

「対抗手段はないのか?」

津島さんが深刻な表情で訊くと、石渡さんの代わりに畠山氏が言った。

「スウォーム攻撃か。もちろん我が国もそういう攻撃を想定して対策を練っておる。対ドローン防御用の高出力レーザーで撃ち落とす、或《ある》いはドローンを遠隔操作する電波を妨害《ぼうがい》するマイクロ波の使用、などの方法はある。広範囲に展開したドローンを一網打尽《いちもうだじん》にして制御不能に出来る、という点では、妨害マイクロ波による迎撃が優《すぐ》れているが、敵方が周波数を変更したらアウトだ」

その答えに石渡さんはびっくりしたように畠山氏を見た。

「こちらは、電子戦の専門の方ですか?」

「いやいや、専門家と問われれば、素人《しろうと》です」

畠山氏は謙虚《けんきょ》に言った。

「あの……その『スウォーム攻撃』の対抗策ですが、方法がないわけではない、と思うのですが」

石川さんが手を上げた。

「私の知り合いが、ドローンのコントロール技術の開発をしておりまして」

それを聞いた畠山氏と津島さんと等々力さんと石渡さんは……つまり私以外の全員がピンときた顔になった。

「たぶんあれだ。東京に支援を要請しても無駄だ。官邸も外務省も、かの国を刺激するのはマズいの一点張りで、動かないだろう」

畠山氏は苦い顔で言った。

「だから、ここからは我々の手でなんとかするしかない」

「そうですな」

津島さんが同意した。

「ただし、防衛省には協力して貰うぞ！」

＊

私たちは出来ることのすべてを準備して、まんじりともせず翌日を迎えた。

「援軍が来ないなら、こっちでなんとかするしかない！」

と、石川さんと等々力さんは、ほぼ徹夜であちこちと連絡を取り、調整を続けていた。

十三時までに、平間島の東にある丘に登らなければならない。畠山さんは元気そうだが、全行程を歩くのはキツいだろう。村役場には４ＷＤのジープのような車があるが、それを借りると村の仕事に差《さ》し支《つか》える。村も、片岡の「愛国者集まれ！」の呼びかけに神経を尖《とが》らせて警戒しているからだ。

石垣島から来ている警察は安田三尉殺害の捜査の専従で、それ以外の事をする余裕も装備もない。

自分たちのことは自分たちでやらなければ。

島のレンタカーは、私たちは借りっぱなしの一台を確保してあるが、普通の道を走る軽で、東の丘の上までの登坂力《とうはん》はないだろう。他の車はピエール太郎の一行と飯島Pの一行が借りてしまって、もう空きがない。

「え？　ピエール太郎はもういないんですか？」

レンタカー屋に確認しに行った私は、その新事実を知った。

「昨日の夜、迎えの船が来て島を出たみたいですよ」

しかし、今日の午後、片岡議員が決行するという「ネトウヨ大集会」を取材しないというのは、彼にとっては大きな手落ちではないのか？　いや、誰かが撮った映像を見ながら安全なスタジオから好き勝手にツッコむ、ラクな手段を選択したのかもしれない。

さすがネットの撃破王。引《ひ》っ掻《か》き回して話題を作ったらさっさと撤収《てっしゅう》。焼き畑農業みたいなことをするヤツなんだなあ。

しかし彼らが借りていた車は、他の誰かが借り出している。それが誰なのかはレンタカー屋は個人情報だということで教えてくれない。そして飯島のクルーはまだ島にいる。

畠山さんは丘の麓《ふもと》まで車に乗り、そこからはみんなで肩を貸すか背負うか担架《たんか》を使うしかないだろう。自分で登ると言い出すかもしれないが。

先遣隊に戻った石渡さんに、自衛隊はどう動くのか電話で確認をすると「もちろん片岡議員の身柄確保に動きます」という返事が来た。ただし、「C国側と正面衝突に発展しそうな場合は状況を見て静観する」という条件付きだ。現場にいる部隊としてくれぐれも軽々なことをするな、と総理官邸から厳命されたのだろう。「あんな議員は要らない」という小田切防衛政務官の意見が通ったのかもしれない。

私たちは、しっかりと準備をして、東の丘に出発した。

現場に向かう道には、大勢の人が歩いている。まだ島にはこんなに多くのネトウヨがいたのかと驚くほどだ。もちろん、「丘に行くな」とは言えない。危険があるからと警察が立ち入り制限をかければ可能だろうが、今、島の警察にはそれをする余裕はない。

「これはみんな片岡の手下かね？」

畠山さんが古風な言い回しで訊いた。

「その辺は判りかねますが、片岡の排外主義的な主張に反発している、いわゆるドラゴン系の若者もいるのではないかと思います」

隣に座った津島さんが説明した。

丘に登る道が始まるあたりに、車が五台ほど駐《と》まっている。ここから先は徒歩で、ということだろう。仮に車で登っても頂上付近には駐められる場所がないのかもしれない。

「大丈夫だ。私を老いぼれ扱いするな！　この程度の丘なら自分の足で登れる！」

そう言い張る畠山さんを説得して、交代で肩を貸して坂道を登った。

なんとか辿《たど》り着いた頂上は、島で一番高いところなので、島のすべてを見渡せる絶景だ。透き通るエメラルドグリーンの海が美しいし、島の中心部に広がる牧場の緑もしたたるようだ。

こんな美しい島が危機に晒《さら》されていることを、信じたくない。

展望台のようなものがあって、テントが設営されている。その周辺にはすでに大勢が集まっていて、なにやら気勢をあげている。おそらく片岡の支持者たちだろう。

いや、明らかに別のグループもいて、その中にはムーヤンの顔もあった。つまり、ドラゴン系の移住者たちもここに来ているのだ。

二つの敵対するグループはお互いに罵声《ばせい》を浴びせ合っているが、今のところ、それ以上の騒乱には発展していない。

そして……飯島P率《ひき》いるクルーが、頂上の様子を取材している。空に向けたパラボラアンテナは立っていないので生中継ではないようだ。

「そろそろ十三時ですね」

等々力さんが時計を見た。

テントが揺れて、ごそごそと人が出てきた。

一斉にネトウヨから歓声が上がり、ドラゴンからはブーイングが飛んだ。

出てきたのは、片岡議員だった。この前のYouTubeで配信された映像と同じく、旧日本軍の軍服に日の丸の鉢巻《はちま》きをしている。その傍《かたわ》らには国重がいて、油断なく周囲に注意を払っている。片岡はテントの前に用意されたビールケースに上った。

「さあ、はじめるぞ！　大和魂《やまとだましい》を見せてやろうじゃないか、諸君！　ニッポン不滅！　神国ニッポンここにありだ！」

スピーカーを通して片岡のダミ声が響き渡った。それに呼応して数十人の「片岡ファン」がおおおーっと叫び、一方ドラゴンたちは激しいブーイングと罵声を浴びせた。

「日本の友邦《ゆうほう》、台湾を守れ！　台湾こそアジアの盟友！　ともに自由と民主主義を守らなくてはならない！　それを忘れるな！　そして、そんな台湾を侵略しようとしているC国は、プーチンと同じ悪の権化《ごんげ》であり、C国は悪の巣窟《そうくつ》だ！　チベットの次は香港、香港の次はウイグル、そしてウイグルの次が台湾、そして日本だぞ！」

おおおーっと、合いの手が入り、そこで「右巻きは帰れ！」とドラゴンたちから罵倒《ばとう》される。

「今こそ我らは、横暴なC国に鉄槌《てっつい》を下さなければならないのだ！」

またしても、おおおーっという怒声とブーイング。

飯島Pのクルーは、予想を上回る美味《おい》しいネタに嬉々《きき》として取材を続けている。

その様子を畠山さんは怒りを抑えて見ていたが……だんだんと顔が紅潮《こうちょう》して、形相《ぎょうそう》が険《けわ》しくなってきた。

「……もう、我慢ならんぞ」

そう言った畠山さんは、つかつかと片岡が立っている演壇（ビールケース）に歩み寄り、いきなり「バカモノ！」と怒鳴りつけた。

「片岡、いい加減にせんか、この大馬鹿ものが！」

メガフォンも使っていないのに、しかも老人なのに、驚くべき声量だ。

「黙れ！　片岡！　この青二才の目立ちたがりの物知らずが！　今この時に、こういうことをしたら、どんな結果を招くか、貴様よくよく考えてのことなんだろうな？　え？　片岡！」

畠山さんの声は、よく通る。

大音声《だいおんじょう》で叱責する畠山さんに、近くにいたネトウヨたちが怒りの声を上げた。

「なんだこのジジイ、黙ってろ！」

しかし畠山さんは、そんなネトウヨたちをも叱《しか》りつけた。

「黙れ、愚か者ども！　お前たちは脊髄《せきずい》反射で生きておる単細胞生物か！　少しは自分の頭脳で考えてみろ。よく考えてから物を言え！」

上から目線のエラそうな説教にネトウヨたちはいきり立ち、「なんだこの老いぼれ」「死に損ない」「老害は消えろ」などと口汚く罵《ののし》りながらわらわらと集まってきた。

それに対抗して「そうだそのとおりだ！　爺《じい》さん、いいこと言ってるぞ！」とドラゴン系がネトウヨの前に立《た》ち塞《ふさ》がり、一触即発の状態になった。

しかしその輪の中に飛び込んできたのは片岡本人だ。

「これは、畠山先生！」

真っ青になった片岡は、九十度カラダを折り曲げて深々と頭を下げた。

「せっ先生っ！　申し訳ございません！」

片岡は畠山さんの楯《たて》になるように立つと、ネトウヨたちに宣言した。

「お、おい、諸君、どうか抑えてくれ。この方は……この方は、とってもえらい方なのだ。真の国士、畠山潔先生だ！　万が一先生に何かあったら、この片岡、腹を切ってお詫《わ》びをしなくちゃならんのだ！」

完全に芝居がかった口調と悲壮な表情で言い放った片岡だったが、子分であるはずの若手ネトウヨに、「はぁ？　意味判んないんですけど」と、何とも気のない反応を返されただけに終わった。

すると、他の連中も口々に「おい片岡のオッサン、ヒヨってんじゃねーよ」「せや、どんだけエラいねんそのジジイ！」「ははあ、弱み握《にぎ》られてるって訳ですか?」などと一斉に容赦ないツッコミを開始した。

それに対して片岡は、これまでの威勢良さはどこへやら、ひたすら狼狽《うろた》えるばかり。

「君ら……な、何を言ってる……わ、私にそんなこと言っていいのか！」と、みっともなくオロオロしていたが、くるっと畠山さんの方を向くと足元に座り込んで、土下座した。

「かくなる不始末と不作法、先生、何卒《なにとぞ》お許しくださいませ！」

「見苦しい。心にもない平身低頭は止《よ》さんか片岡！」

畠山さんは突き放した。しかし片岡は地面に頭を擦《こす》りつけた。

「先生、畠山先生。何卒お許しを……」

片岡は振り返ると立ち上がり、ネトウヨたちに怒鳴った。

「いいか諸君。このお方は、日本の真の独立を誰よりも考えておられるのだ。邪悪なカルトから日本を守り、周辺諸国からも日本を守る。そしてアメリカの言いなりにもならない。そういう信念で、この国のことを常に心配されている。まさに、日本の守護神とも言えるお方だ！」

それでもネトウヨたちは収まらないので、片岡は今度は彼らに向き直って土下座をした。

「みんな、気持ちは判るが……判らないではないけれども、ここはどうか抑えてくれ！こちらの畠山先生にはこの片岡、ひとかたならぬ世話になった。頭が上がらないのだ」

手下のはずのネトウヨに土下座する片岡に、ドラゴンたちは鼻白んで顔を見合わせるばかり。

「片岡、貴様は私のことを誤解しておる」

ちょっと違う、いや、おおいに違う、と畠山さんは言った。

「私が国を憂《うれ》えるのは、貴様のような人間に祭り上げられたいからではない。あくまで実務的に、現実的に問題を処理していきたいのだ」

畠山さんはそう言って片岡を指差した。

「だからこそ貴様のような無責任な煽動家《せんどうか》は許容できないし、なんとかしなければならないと思っている。諸君らもだ！」

畠山さんは集まっているネトウヨたちを指差した。

「おい。諸君。諸君らも、軽々にこういう男の言葉に載せられず、自分のアタマで物事をよく考えるべきだ！　そのためには、歴史を学べ！　まともな学者の書いた歴史書を読め。ネットのたわ言を盲信《もうしん》するな！　威勢良く断言したり、決めつける奴の言うことを信じるな！」

おれたちをバカにするな、とか、上から物を言うな、という反撥《はんぱつ》の声も上がったが、なんといっても派手に煽っていた片岡が腰を抜かしたような状態になっているので、ネトウヨたちも気勢が上がらなくなり、やがて、黙ってしまった。

「あの、片岡って、畠山さんに何か弱味でも握られてるんですか？」

私は津島さんにそっと訊くと、私の上司は苦笑いした。

「まあ、要するに、ハニートラップだな。C国の女に引っかかってどハマりし、時の首相にパーティの席で紹介してしまったり、その女を乗せて飲酒運転をして速度違反や一時停止違反で捕まったり……それも一度や二度ではない。私の記憶では三度あったな。その都度《つ ど》、当時警視庁の公安トップだった畠山さんが無難に処理して、最後はその女の正体を教えて別れさせて……当時C国に潜入していて拘束《こうそく》された日本のスパイと交換という形で、女を帰国させた。もう少し解決が遅くなっていればマスコミと野党にバレ、大変なことになっていた可能性があったんだよ。しかし……同じようなことを性懲《しょうこ》りもなく、また繰り返しているとは。あの男……」

以前は外国の女性工作員、今度はミサさんということか。

処置ナシだ、と津島さんは首を振った。

「畠山さんは警視総監にまでなった人だから……もっと他にも弱味を握ってるんだろう。そのへんが元警察官僚の怖いところだ。カミソリと異名《い みよう》を取った大物政治家も、警察官僚出身ということで恐れられたんだからね」

丘の頂上の騒動が収まりかけた時……遠くから、不穏な音が聞こえてきた。

最初は渡り鳥の群れかと思っていた黒い塊《かたまり》が、ゆっくりと近づいてきた。

近づいてくるにつれて、わんわんという虫の羽音のようなうるさい音がしてきたと思ったら、黒い塊は、無数の小さな点の集まりだと判った。

謎《なぞ》の物体の一群は、平間島の南側の洋上から飛来してきている。

まるでイナゴの大群。しかし、イナゴは海から飛んでこない。

「ドローンだ！　ドローンの大軍が押し寄せてきたぞ！」

私は「イナゴの大群」を見た事はないが、まさに実物ならこのように見えるのだろう、と思うほどに、禍々《まがまが》しい黒い点は洋上の空を覆《おお》い尽《つ》くし、この丘をめがけて容赦《ようしゃ》なく突き進んでくる。

「なんだこれは……」

それらは、蜂の大群のようなわんわんという羽音を鳴らして、空中を移動している。

ドローンの大群はやがて東の丘の上、私たちの頭上に到達《とうたつ》し、そこで全機が一斉に空中で静止した。

そこに下がって下がって、と言いながら、平間島に駐留していた陸自の特殊部隊が丘を駆け上がってきた。手に手にH&K　USPの自動拳銃やH&K　MP5サブマシンガンを持っていて、空に向けて撃つ体勢を取っていた。星崎が先頭に立ち、石渡さんも、そして海保から来ている楠木さんもサブマシンガンを抱えている。

「あかん！　あかんで！」

その楠木さんは空を見上げて声を上げた。

「多勢に無勢や！　Ｂ‐29に竹槍《たけやり》やんか！」

それは私にも判る。

この正体不明のドローン大集団は、今のところは空中でホバリングしているだけだ。地上めがけて突っ込んでこないし、爆弾も落とさないし弾も撃ってこない。

空を覆い尽くしてはいるが、ただただ空中に浮遊して何もしてこない。

それが、たまらなく気味が悪い。

ただの威圧《いあつ》ではない。攻撃準備をしてこちらを脅《おど》しているのだ。

私は双眼鏡を使って、ドローンに機銃が搭載されており、その銃口がこちらに向けられていることをハッキリと視認した。

さらに、導線のついた四角い物体がドローンの下部に、抱え込まれるような形で装着されている様子もハッキリ目視できた。

あれはプラスチック爆弾ではないか？　もしや自爆攻撃を意図しているのか？

私は自衛隊の一団の先頭に立つ星崎三等陸佐に叫んだ。

「あのドローンは明らかに兵器です！　危険です。撃ち落とさねば！」

「駄目だ！　内閣総理大臣からは一切の防衛出動命令や防衛出動待機命令が出ていない。命令が出ていない以上、我々は動けない。お前だって知っているはずだ！」

「でも……みすみす撃たれるのを待つなんて、そんなバカな！」

私は叫んだが、等々力さんが私の肩を叩いた。

「『専守防衛』だ。君だって習志野で叩き込まれたんじゃないのか？　相手から武力攻撃を受けたとき初めて防衛力を行使し、その態様《たいよう》も自衛のための必要最小限にとどめ、また保持する防衛力も自衛のための必要最小限のものに限る。これが内閣閣議決定答弁を経《へ》て、正式な我が国の防衛戦略の基本姿勢となっている。どの政権も変更していない」

しかし……このドローンの大群が今の静止状態から一たび攻撃に転じた場合、陸自の特殊部隊が持っているサブマシンガンだけでは到底《とうてい》、歯が立たないのは明白だ。さっき楠木さんが叫んでいたが、「Ｂ‐29を竹槍で落とす」っていう、アレそのものだ。どれだけマシンガンを掃射《そうしゃ》してもキリがないほど、その数は多い。無限に湧《わ》いてくるといってよい。

片岡は空を見上げてあんぐりと口を開け、目を見開いて呆然《ぼうぜん》としている。

「な、なんだこりゃ……」

その傍らにいる国重は舌打ちをした。

「あいつら……先走ったか」

丘の上にいるネトウヨもドラゴンも自衛隊先遣隊も、みんな空を見上げて唖然《あぜん》呆然のありさまだ。

と、その時、さらに驚くべき事態が展開した。

丘を囲む森林から、五十人以上の「兵隊」が現れたのだ。手には自動小銃やマシンガン、短銃やカービン銃など、全員が武装している。
そして、その先頭には……ミサさんがいるではないか！　しかも彼女は小さな子供……二歳か三歳くらいの幼児を抱いている。その彼女にはC国の兵隊が短銃を突きつけている。

「我々は、ドローンでの攻撃をする用意がある！　あなたがた自衛隊は武器を捨てなさい。さもなければ、ここにいる全員の生命は保証されない！」

ミサさんに銃を突きつけている兵士の声は……私たちがこの島に来た最初の夜に、私を襲って私の顔のすぐ横にナイフを突き刺して「今すぐ島から去れ」と警告した、あの男のものだった。

「あなた方が言うことを聞かないと、一斉に攻撃する用意がある。これは最後の警告だ」

あまりのことに星崎たち自衛隊の九人は動くことができない。ネトウヨたちも足が竦《すく》んでしまったのか、これも動かない。

「再度警告する。武器を捨てなさい。これが、本当に最後の警告だ」

ミサさんに銃を突きつけている兵士が何やら叫んだ。

すると、平間島の海上に浮かんでいるドローンが一斉に機銃掃射を開始した。

パリパリパリ、という音とともに平間島の断崖《だんがい》に生えている大きな木が激しく揺れ、木の葉が飛び散り、折れた枝が次々と海に落下してゆく。

それだけではない。一機のドローンから分離して投下された物体が海に落ちた瞬間、大音響とともに水柱が立ち、爆発が起きた。

機銃掃射と爆弾の投下。

これは立派な「我が方への武力行使」ではないのか？

それを見たミサさんは、激しく泣き叫んでその場に崩れ落ちた。

「怖い！　助けて！　殺される！　お願い、武器を捨てて！　私たちを殺さないで！」

片岡がミサさんに駆けよろうとしたが、国重に制止され、厳しい顔で睨《にら》み付けられた。

「勝手に動かないで戴きたい！　被弾《ひだん》しても責任は取れませんよ！」

国重は、片岡の傍らから離れないまま、ネトウヨたちに叫んだ。

「抵抗しないで、我々の指示に従ってください！　従いなさい！」

丁寧語が命令形にすぐ変わり、銃を構えた外国の兵士たちに、私たちは問答無用で狩り集められてしまった。

自衛隊は依然として手出しができない。ドローンに制空権を取られた空中と同様、陸上でも多勢に無勢、彼我《ひが》兵力差一対五ではどうにもならない。C国軍だとほぼ断定できる相手に、しかも人質を取られた状態では、発砲することなどおよそ不可能だ。

「撃つな！　発砲するな！　自重せよ！　おれの命令があるまで撃つな！　責任はおれが取る。責任を取れないヤツは引き金を引くな！」

星崎が自軍に怒鳴った。

片岡は、愛する女が目の前で銃を突きつけられ、「敵方の人質」になっている現実が信じられないという顔で、呆《ほう》けたように棒立ちになったままだ。

「日本人たち！　早く集まって！　集まれ！　言うことを聞けば安全は保証する！」

国重が怒鳴って集団を誘導《ゆうどう》した。そこに重いローター音が遠くから接近してきた。それも、複数。

やがて断崖の頂上に飛来したのは国籍不明の、機体に国旗も記号も一切書かれていない、真っ黒なヘリコプターが二機だった。大型ヘリのうち一機が開けた平坦な部分に降下し、周囲に風を巻き上げながら着陸した。C国の兵士たちが、狩り集めた人たちの背中を押して、容赦なくヘリに乗せはじめた。もう一機は頭上でホバリングしている。

「これは……いわゆるZ‐20ですね。C国独自開発の多目的ヘリ」

と、石川さんが解説した。

ドラゴン系は、識別する何かがあるのか、キレイに選《よ》り分けられて、ヘリから遠ざけられた。乗せられるのは、ネトウヨと私たちだけだ。

ミサさんは、さっきはあれほど泣き叫んで惑乱《わくらん》していたのに、気持ちの切り替えが早いのか、今はすっかり落ち着いて、銃を突きつけている兵士に飲み物を貰って微笑《ほほえ》んでいたりする。

それとはまったく対照的に、自衛隊の石渡さんや星崎たちは怒りに満ちた視線でC国の兵士たちを睨み付け、苦渋の表情で私たちを見ている。

一人のネトウヨが「おい自衛隊！　なんにもしねえのか！　日本人を守らねえのか！ただ見てるだけか！」と絶望的に叫んだが……。

「悪いけど、私ら今は何もでけへんのよ！　命令がないんや！」

楠木さんが悔しそうに叫んだ。

ネトウヨと片岡、そしてミサさん親子を乗せたヘリは満杯になり、海上に飛び去った。すると、頭上で待機していた同型の二機目が着陸して、今度は私たちが乗せられた。

私を含めて全員が動揺を隠しきれないが、畠山さんだけは不思議に達観した様子だ。

「彼らの言うとおりにしよう。まさか殺されはしないだろう。そもそも、殺す理由がないし、我々を殺したらあとが大変だ。本当に、深刻な外交問題になるからね」

飯島Pたちのクルーも私たちのヘリに乗り込もうとしたが、国重に引きずり下ろされ突き飛ばされ、手ひどく搭乗拒否をされた挙げ句、目の前でドアをぴしゃりと閉められてしまった。

私たちが乗せられたヘリの内部は、いかにも兵員輸送用らしい殺風景なものだった。簡易的な椅子《いす》があって私たちは全員座ったが、先に連れて行かれたネトウヨたちは人数が多かったから、床に座らされて運ばれたのだろう。

重力がかかり、ヘリはぐいと離陸して一気に高度を上げた。けっこう乱暴な操縦だ。

大きな窓から私は外を見た。下では修羅場《しゅらば》としか言いようのない光景が展開されていた。ドローンが閃光《せんこう》を発し、その標的になった人たちが逃《に》げ惑《まど》っている。

「どういうことだ？　ドローンが攻撃を始めたんじゃないか？　ドローンに搭載された機銃が発砲しているじゃないか！」

約束が違う、と津島さんが機内にいるC国の軍人に抗議した。

「おい！　ひどいじゃないか！　どうして彼らを狙うんだ！」

しかし、機内の軍人は聞こえない顔をして無反応だ。

丘に残っているのはドラゴン系の若者たちだ。どうして彼らを狙うのだ？　彼らは狼狽《ろうばい》して必死で逃げ惑っている。

私も津島さんも、胸も潰《つぶ》れる思いで下の様子を見ているしかないが、等々力さん、そして石川さんの二人は青い顔をして、腕時計ばかりを見ている。「おかしいな。そろそろ始まってもよい頃なのに」「失敗したか」などと囁《ささや》きあっている。

なにが、そろそろなのだ？

ドローンからは、絨毯爆撃《じゅうたんばくげき》とまではいかないが、丘全体に弾丸が発射されて、地上の何人かは撃たれて倒れているのが見える。

敵からの攻撃が開始されたので、自衛隊側も発砲している。これは「自己保存のための自然権的権利というべきものとされる武器の使用」として、認められている。

丘の上からは、いつの間にかC国の兵士の姿が消えていた。攻撃しているのは空中にいるドローンのみだ。

そのドローンも、自衛隊の反撃を受けて数機は落下したり空中で爆発したりしているが、それでも多勢に無勢で、自衛隊の劣勢は明らかだ。

ドローンの攻撃が、この丘の上だけに限定されているならまだしも、動きを見ていると、牧場のある島の中心部、もっと港側にある学校や村役場、そして島の中心の港の方向に一部が動いているように見える。

「このままでは島の人たちに犠牲《ぎせい》が出ます！　援軍が必要です！」

ここで叫んでも無駄だと知りつつ、私は叫ばずにはいられなかった。

これは……本当に、万事休すだ！

……と思われたとき、思いがけないことが起きた。

空を埋め尽くしていたドローンの動きに異変が起きたのだ。

ドローンのうち一機が、ふと隊列を離れたと思ったら、突然不安定な動きを見せて、予測不能な飛行を開始した。

そのドローンはやがて完全に制御を失って激しく上下し、旋回し、上下がひっくり返り、プロペラが止まり……海に向かって落下していく。

それにつられたように一機、また一機と動きが同じように不安定になり、隣り合ったドローンにぶつかったり、派手に旋回して周囲の数機を巻き込んでは次々と落下していく。

それまでは整然と統制が取れ、一糸《いっし》乱れぬ動きを見せていたドローン達は今や見るかげもなく、編隊全部が崩壊し、バタバタと落下していくではないか！

落下したドローンは東の丘の頂上や海面に激突して、あちこちで爆発した。

飛び続けているドローンも危険だ。銃口からやみくもに火を噴《ふ》き、それが機体の制御をさらに狂わせるのか、仲間のドローンを破壊して炎上させる。

それを見て、我が自衛隊も士気を取り戻し、マシンガンで全面的な迎撃を開始した。

コントロールを失ったドローンは、自衛隊の銃火によって次々と撃ち落とされていく。

それはあたかもH・G・ウェルズの『宇宙戦争』で火星人の乗り物が制御を失ってゆく様にも似ていた。撃ち落とされるまでもなく、あたかもスイッチが切れたか、電池がなくなったかのような、そんな感じでドローンが静止し、どんどん落下していく。

青ざめていた石川さんや等々力さんの顔に血の気《ちけ》が戻ってきた。

「見ろ！」

等々力さんが反対側を指差した。

そこには、大型の輸送ヘリ、ボーイングの双発《そうはつ》ヘリ、CH47チヌークがホバリングしているではないか！

「助かった……」

石川さんは、心から安堵《あんど》する表情を浮かべた。

あの大型双発ヘリは、陸上自衛隊那覇《なは》駐屯地から飛んできたものだろう。そしてたぶん……あの機内から妨害電波を飛ばしていて、C国のドローンがコントロール不能になっているのだ。そうに違いない。

昨日、石川さんたちが「援軍が来ないなら、こっちでなんとかするしかない！」と、どこかに電話をかけまくっていた。それも何度も。その内容は私にはよく判らなかったのだが、つまり、こういう事だったのだ。

一方、C国のドローン編隊はさらに混乱の極みに陥っていた。糸が切れたタコのようにどこかに飛んでいくモノあり、近くのドローンに激突し、もろとも落下していくモノあり、同士討ちのようにお互いに攻撃し合って自滅したり、あるいは曲芸飛行みたいに舞い踊ったあげく海に墜落《ついらく》したり……。

「やったやった！」

石川さんと等々力さんは手を取り合い小躍《こおど》りせんばかりに喜んでいる。

それまで泰然《たいぜん》として冷静だった畠山さんもさすがに驚いた表情だ。

「……そういうことか」などと独り言《ひとりご》ちている。

C国の軍人たちも窓外の阿鼻叫喚《あびきょうかん》に、ほとんどパニックになっている。無線でどこかに連絡し、かなり激しい言葉をぶつけているが、何を喋っているのか私には判らない。

一方、陸自の那覇駐屯地から飛来したとおぼしいCH47チヌーク双発ヘリのドアは全開になっている。そこから大きなアンテナが突き出されていた。それはパラボラではなく、家の屋根に立っている、いわゆる八木《やぎ》アンテナだ。それが数本、人の手によって、ゆっくりと方向を変えている。

その足元に座り込んで、ゲームのコントローラーのような機器を無心に操作している若者の姿も見えた。

「上白河さん、判りますか？　あれは日本が誇る、優秀なハッカーたちです。急遽、日本全国から腕に覚えのハッカー達をかき集めて、敵方のドローンの制御信号を乗っ取って、ああやって攪乱《かくらん》しているのです」

石川さんがようやく笑みを見せた。

「しかし……ハッカーがこの現場にまで来る必要はあったのか？　ハッカーが発信する電波、ないしは信号をあのアンテナから飛ばせばいいだけでは？」

畠山さんは鋭いところを突いた。

「いいえ。仮にハッカーたちが東京から信号をここまで送るとして、伝送経路に通信衛星を使う場合、かなりのタイムラグが生じます。しかしこうして目の前の状況を見て瞬時に的確な信号を送れば、リアルタイムで状況をコントロールすることが可能です。今、我々が見ているように」

石川さんはそう言って、うれしそうに微笑んだ。

あれほど空を埋め尽くしていたドローンは面白《おもしろ》いように落下して、丘の上に散乱したり、水しぶきを上げて海に墜落し続けた結果、今やほとんど残っていない。

ドローンに覆われて暗くなっていた空が、文字通り、明るくなった。かろうじて残り、今も飛んでいるドローンは、もはや目視で数えられるくらいにまで減っていた。

日本側の、薄氷《はくひょう》の勝利だ。そう言ってもいいだろう。


そのあと私たちを乗せたヘリは洋上を飛び、領海外に集結している船団の、旗艦とおぼしき巡洋艦に降下した。

ヘリが着艦できるようになっている甲板《かんぱん》には、先に着いていたネトウヨや片岡、そしてミサさんもいた。彼らは「敵」であるC国の軍艦にいるので、借りてきた猫《ねこ》のようにみんなで固まって小さくなって黙っている。

私たちがヘリから降りると、彼らを掻き分けるようにして、C国の高官とおぼしき人物が現れた。かなりの年配に見えるが、背筋がピンと伸びて矍鑠《かくしゃく》としている。カンフー映画に登場する超人的老人、というイメージだ。

その老人がどうして高官だと私にも判ったか、と言えば、勲章《くんしょう》を山ほど付けた最高の礼装をしていたからだ。軍のトップクラスか？　習志野時代、「敵方」についてはけっこう学習したので覚えている。

「やあ閣下！　お元気そうでなによりです！」

その高官を見ると、畠山さんは満面の笑みを浮かべて歩み寄り、固い握手《あくしゅ》を交わし、ひしと抱き合った。

高官も、畠山さんの耳もとで何やら囁き、それを聞いた畠山さんも破顔一笑、相手の肩をポンポン叩いて、親愛の情を全開にして見せた。

「あのお二人は、古い知り合いなんですか？」

私が津島さんに訊くと、「そうだよ」という返事があった。

「C国中央軍事委員会の……複数いる副主席のお一方だ。事実上の軍のトップだ」

「上将で党中央政治局委員でもある」

と、等々力さんが横から付け足した。

そのトップと畠山さんは旧交を温めるように笑顔で話し込んでいる。その周囲の軍人たちが強《こわ》ばった顔をして直立不動で微動《びどう》だにしないのと好対照だ。

「久闊《きゆうかつ》を叙《じよ》す、というところかな」

津島さんが難しいことを言うので、どういう意味ですかと聞いたら等々力さんが「ロングタイムノーシーということだよ」と言った。日本語で教えてほしい。

そこへ、伝令のような軍人がやってきて、高官にメモを手渡した。

一瞥《いちべつ》した高官は「どうやら我が方が失礼をしたようですね」と語りかけた。

「左様。貴国の無人機多数が攻撃してきたので、我が方としてはやむなく無力化させて貰った。その様子は、ここに来る間のヘリから確認しています」

「そうでしたね。ただ、これは、こちらの不手際と申しますか、意思の不統一の結果です。われわれ最高指導部は、日本の領土である平間島に対して、如何《いか》なる攻撃も指示しておりませんし許可もしておりません」

中央軍事委員会副主席は流暢《りゅうちょう》な日本語で話した。

「今回のドローン攻撃を命令した者の独断専行は明白です。処罰の対象です。そして、仮に今回の攻撃で被害が出た場合は、我が国としては補償《ほしょう》をする用意があります」

「その件については、改めて話しましょう。立ち話で済ませることではありませんからね」

「もちろん、そうです」

二人は頷きあった。

こういう関係が世界中のお偉いさんの間で結ばれていたら、無用な争いは起きない――いや今回は起きてしまったわけだが――起きても早々に収まるのではないか。

「それと、アメリカ海兵隊のオスプレイがこの海域に向かっているとの報告も来ております。ご存じですか？」

そう高官に訊かれた畠山さんは一瞬沈黙したのちに、「いいや」と首を振った。

「日本側としては、米軍内の飛行計画のことまでは、承知しておりません」

そうですか、と高官は引いた。

「ただ、米軍までが出てくるとなると、これ以上の事態の拡大は、およそ望ましくありません。国連安保理に持ち出されるのは我々の望むところではない」

「台湾有事についても同様にお考えになりますかな？」

畠山さんは訊きにくいことをズバリと訊いた。

「それについて今は、何も申さない方がよろしいでしょう」

高官はにこやかなポーカーフェイスのままで言った。

「もう、あの時代には戻れないのでしょうな」

畠山さんが遠い目で言った。

「十数年前、まだ国家副主席だった貴国のトップが来日された時、天皇陛下と会見する段取りを閣下と一緒に組んだこと、またその翌年、やはり貴国の当時の首相が来日された時、日本の市民と太極拳《たいきょくけん》やキャッチボールを公園で一緒に楽しむ手配を、これも閣下と一緒にやりましたな」

畠山さんは懐かしそうに回顧《かいこ》した。

「そう、そういうこともありました」

「あのころは両国の関係もまだ穏やかで、本当に良い時代だった」

「本当に、そうですね」

二人はしみじみと語り合った。

「とはいえ、今はもう、そんな甘いことを言っていられる時代ではなくなっています。それはよく判っていますが、それでもなんとか、破局を一日でも遅らせるよう、最後の力を振り絞ってご奉公する。せめてそれが私のような老骨に残された役目だと心得ております」

畠山さんは言い、高官も大きく頷いた。

「畠山さん。私もまったく同じ気持ちでおります」

「この気持ちを、後に続く者にも、なんとか伝えたいのだが……」

そこに、バラバラバラと独特のプロペラ音が遠くから響いてきた。

点に見えたそれは次第に大きくなって、双発の大きなプロペラが回転するオスプレイだと視認出来るようになってきた。

アメリカ海兵隊のオスプレイが、C国の巡洋艦に着艦しようとしている。友好的な親善訪問でもない、いや、今は敵対していると言ってもいい状況下で、こういうことは前代未聞《ぜんだいみもん》だろう。

「畠山さん。今回は、本当に例外的な特別な措置《そち》です。これも、尊兄《そんけい》の安全を慮《おもんぱか》ってのことです」

「閣下の寛大《かんだい》な御配慮に、心からお礼を申し上げる」

二人はまた握手を交わした。

「ところで閣下、言うまでもないこととは思いますが……極めて重要な事なので、あえて言葉にします。今回の件は、なかったことに致しましょう」

畠山さんの言葉に、高官も頷いた。

「私も同じ意見です。島で、日本のテレビ局の取材班が撮影をしていたそうですが……その映像は一切、公開させてはなりません」

「承知しております。私も同意見です。責任を持って処置致します」

ふたりがそう話している間にも、オスプレイは着陸態勢に入り、甲板にゆっくりと降りてきた。

ドアが開くと、そこから出てきたのは……あの吉原だった。ＣＩＡが？　どうしてここに？

そうか、これも畠山さんが吉原を通じて手配したのか、とようやく私は理解した。

畠山さんが片岡の支持者たちに話しかけている。

「諸君全員については無事に日本領に送り返してやる。まったく余計な世話をかけさせせおって……さ、乗りたまえ」

畠山さんは自ら、小さく固まっていた片岡やその支持者たちを誘導してオスプレイに乗せ、私たちにも声をかけた。

「狭いが、少しの辛抱だ。平間島まで送っていこう」

私たちは促《うなが》されて、オスプレイに乗った。

畠山さんは、C国高官と最後の別れを惜しんでいる。

「どうかお気をつけて。私たちも、速やかにこの海域から離脱します。ご心配なきよう」

「頼みます」

畠山さんは頭を下げ、最後にもう一度、高官の手を握ってヘリに搭乗した。

私たちを乗せたオスプレイは、甲板から舞い上がった。

二つのローターから吹き下ろすダウンウォッシュが海面に円形の波をつくり、その中心に位置するC国の巡洋艦が、みるみる下方に小さくなっていく。

それを見ながら畠山さんは誰に言うともなしに言った。

「個人間の信頼に基礎をおく外交は大事なのだよ。万能ではないし、それがすべてとは言わんが……しかし人と人との信頼関係ほど貴重なものはない。損得抜きで付き合えば、相手も心を開いてくれて、それは一生の宝物になるからね」

人にとっても、国家にとっても……そう言った畠山さんに、吉原が近づいて何やら耳打ちをした。

それを聞いた畠山さんは少し厳しい顔になると「判った」とだけ返事した。

「これより本機は、平間島に緊急着陸します。緊急なら県知事の許可はいらないので」

吉原が私たちに告げた。

「あの連中は、議員と一緒にまとめて東京まで連れて帰ります。問答無用です」

吉原は、片岡の支持者たちを横目で見て、言った。

やがてオスプレイは平間島の東の丘の上空に到達した。

「いろいろありましたが、今日のことは……一切他言無用に願います。たぶん、下にはマスコミの飯島たちがいるでしょうが、何も話さないでください」

吉原の要請に従うしかないだろう、ということは私にも判った。完全に隠し通せるとは思えないが、一連の出来事を公表しても日本の安全に寄与《きよ》することはない。

オスプレイは丘の上にゆっくりと着陸して、私たちと畠山さんは降機した。ローターを止めることなくオスプレイはふたたび離陸し、片岡議員とネトウヨたちを乗せたまま、北東の方角に飛び去っていった。

丘の上には、黒いドローンの残骸《ざんがい》が無数に散らばっていた。ドラゴンたちが自衛隊員を手伝って拾い集めている。

星崎が歩み寄り、畠山さんに敬礼した。畠山さんは自衛隊関係者にも顔が利くのか。

「ご報告します。C国船籍の船団は、平間島の領海線から離れつつあります。先ほどのドローンによる攻撃ですが、自衛隊と新規移住者を合わせて三十人ほどが負傷しましたが、全員掠《かす》り傷程度です。極めて微小な球かゴム弾のような、殺傷能力が極めて低い弾丸を用いたと推定されます。なお逃げるときの混乱で、数人がつまずいて倒れ込み、擦《す》り剝《む》いたり捻挫《ねんざ》するなどの負傷をしましたが、いずれも軽傷です」

「つまり、ドローンが発射した弾が命中して大怪我《おおけが》を負った者はいない、ということだね」

「はい。島の施設《しせつ》に被害も出ておりません」

「それは結構。不幸中の幸《さいわ》いだったね」

畠山さんは頷いた。

「つまり、最初から殺傷の意図まではなかったということか」

畠山さんは沖合の、船団が去った方角を見て、少し微笑んだ。

「C国の、あの男ならやりかねんな」

そこにテレビニッポンの飯島Pが興奮した面持《おもも》ちでやってきた。

「先生！　お陰さまで凄い画《え》が撮れました。ドローンが襲ってきたときはもうパニックになったんですが、頑張《がんば》って撮影しましたよ！」

飯島は手にタブレットを持っている。タブレットはモニター代わりで、「ドローンが来襲」した時の映像を映し出していた。

画面にはまさかのドローン攻撃に慌てふためくドラゴンたち移住者が映っていて、口々に「こんな筈じゃなかったのに」「移住するだけだと思っていたのに」「聞いてないっすよ」と怒鳴ったり嘆《なげ》いたり悲鳴を上げたりしながら逃げ惑っている。

畠山さんは一転、厳しい面持ちになった。

「よく聞いてくれ、飯島くん。この映像の公開は駄目だ。それだけではない。この件については一切、放送するな。この島では、何も起きなかった。いいね？」

畠山さんは、キッパリと言った。

飯島Pは、そんな畠山さんの厳しい表情をしばらく呆然と見つめていたが、やがて「……判りました」とようやく答えた。

「昔なら、撮ったフィルムを引っ張り出して露光《ろこう》させて使い物にならなくできたのだが……今はデジタルか。テープなりメモリーなり、渡しなさい。全部私に寄越《よこ》せ！」

飯島Pはカメラから震える手でSDメモリーカードを取り出すと、畠山さんの掌《てのひら》に押し当てるようにして渡した。無念そうな表情は隠せない。

「これが全部か？　コピーはないだろうね？」

「ありません。もし今後、何らかのカタチで、今日のこの島での交戦映像が流れることがあったら、私を暗殺してもいいですよ」

「そんなことはせん……たぶん、だがな」

断言はしないところが怖ろしい。

「しかし、島民の誰かがスマホで撮っているかも。もし撮っていたら、すでにSNSに流れているかもしれませんよ？」

等々力さんが口を挟んだ。

「そのへんは、東京の方でやっとるだろう。SNSを監視している一団がおるから。平間島に潜入したC国の部隊が撮った軍用の映像が手違いで一時ネットに流れたらしいが、その一団が即座に消したそうだしな。島の人たちには……しかるべき筋の人間が個別に『お願い』をして回ることになる」

一件落着の空気が広がった。

いや、これで終わってはならない。

このままでは安田三尉の件があいまいになってしまう。

安田三尉は殺されたのだ。

「もしかして、畠山さんは、『何も起こらなかった』という決着を付けて、今回の件をすべて収めてしまうつもりなんですか？　片岡も右翼も、この島にはこなかった。C国の武装勢力も、この島に潜入しなかった。C国のドローンは攻撃してこなかった。そして、安田三尉を殺した犯人も見つからなかったと？」

畠山さんは、曖昧《あいまい》な笑みを私に向けると、「丘を下りよう」と言った。

「今日はいろいろあった。宿で休もう。いささか疲れた」

それを聞いた津島さんと星崎が担架を持ってきて、「さあどうぞ」と、畠山さんに乗ってもらおうとした。

「これに乗ったら、まるで御神輿《おみこし》じゃないか。これは何かの皮肉かね？」

文句を言いつつ、畠山さんは結局担架に乗り、津島さんと星崎に運ばれて、麓への道を下っていった。

私は、残った等々力さんや石川さん、そして飯島Pと顔を見合わせた。

「まあ、人が一人死んでるんだからね、曖昧にすることは許されないよね」

等々力さんがそう言った。安田は許しがたい男ではあるけれど、だからと言ってボロクズのように殺されてもいいということにはならないのだ。

エピローグ

平間島では、何も起こらなかった。

と、いうことになった。とはいえ、島民の口に戸は立てられない。いずれぽろぽろと話が漏れて、形を変え尾《お》ひれがついて「伝説」のようになるのかもしれない。

東京に戻って落ち着いてから、私たち「内閣官房副長官室」の面々は全員、畠山さんに呼ばれて、慰労会《いろうかい》のようなものを開いた。その席には飯島Pもいた。

場所は、赤坂の料亭。ドラマなどで政治家がよからぬ密談をする場所として登場するような、いかにもなお座敷だ。大きな座卓には高級そうな和食の数々が並んでいる。

和食のコースは基本的に、お酒を飲む人用に組まれている。つまり、酒のおつまみの豪勢なものという感じだ。私は飲めないわけではないけれど、こういう席では、酔ってはいけないと思う。酒の席でこそ重要な話が出るのが日本という国の特徴だろう。

「しかし総監、いや畠山さん。まさかあなたがC国のあの高官とあそこまでお親しいとは」

まずは一献《いっこん》、と津島さんが熱燗《あつかん》を注《つ》ぎながら言う。

「うむ。あの人物は党中央軍事委員会の副主席だ。軍の最高首脳だよ。私が行動を起こして……つまり、平間島に出向くにあたっては、彼に前以《まえもっ》て話を通してあった。その時に、最前線にいる若手将校を抑えきれないという話も聞いていた。平間島への上陸も、はっきり言って一部過激な軍人の暴走だ」

一番困るのは暴発だ、と畠山さんは言った。

「最前線は緊張を強《し》いられる。その糸がぷっつりと切れて暴走してしまい、それが戦闘の火蓋《ひぶた》を切った事例は枚挙《まいきょ》に暇《いとま》がない。だから、軍上層部はそれをもっとも恐れていたし、今も恐れている。いったん交戦状態になったら、和平に持ち込むのは難しいからね。お互いのメンツという面倒な問題もある。上白河くん、君もひとつ飲《の》み給《たま》え」

畠山さんは、私にまで熱燗を注いでくれた。

「それにしても片岡の馬鹿さ加減には参った。あれは本当に厄介《やっかい》な男で……必要以上に事を大きくしたのみならず、まんまとC国側に利用されるところだった。先方としてはあわよくば侵攻と上陸の口実に、駄目でも有事の際の日本の出方は判るという、いわば観測気球のように片岡を使おうとしたのだろう」

畠山さんの言葉を飯島Pが引き取った。

「片岡議員には……いや片岡だけじゃありません。ああいうエセ右翼にはC国のカネが流れていて、いいように利用されていますからね。しかし当人はそれを全く判っていない。我こそは国士であり、真に国を憂《うれ》えて叫んでいるのだと信じている。救いようのない阿呆《あほう》ですね」

「そうだ。そういう愚か者にC国を挑発《ちょうはつ》させて、逆にC国の正当性を際立たせる工作に利用しようという、先方の企《たくら》みが判っていないのだ」

今度は津島さんが畠山さんに酌《しゃく》をして、訊《き》いた。

「総監……いえ畠山さんは特にC国だけを目《め》の敵《かたき》にされているわけではない……日本の政治家を利用して日本国民から高額の献金を吸い取って外国に流している、例のカルトのことも、日本から排除しようとしておられますね。テレビニッポンを利用して」

飯島Pが箸《はし》を置き、居住まいを正して畠山さんに一礼した。

「先生。我々の番組とアメリカの現政権を仲介《ちゅうかい》していただき、誠に有り難うございました。大きな後ろ盾《うしろだて》をいただいたおかげで、恐れることなく仕事が出来ています。日本政府のチンケな介入などはふっ飛ばせますしね」

まさにその「チンケな介入」をしようとした、私たち裏官房としては苦笑するしかない。

御手洗室長が訊いた。

「しかし畠山先生。日本がこのようにアメリカの保護国のままでよいと、そのようにお考えですかな？」

　畠山さんが答える。

「アメリカの保護国か。たしか、フランスの人口統計学者が日本のことをそう言っておったな」

「そうです。アメリカは常に日本をコントロールしています。そして民主党であれ共和党であれ、ホワイトハウスに誰が居るかによって日本は翻弄《ほんろう》されてしまう。本当にそれでいいとお考えですか、先生は」

　御手洗室長は箸も猪口《ちょこ》も置いて、正座して畠山さんの考えを質《ただ》す姿勢で尋《たず》ねた。

「もちろん、それで良いとは思っておらん。私とて、アメリカの言いなりになっている、今の日本に納得してはおらんのだよ。独立国家なのに強国の言うがまま、まさに『保護国』扱いというのはおかしいだろう？　日米地位協定が日本国憲法の上にあり、日米合同委員会が国会に優越する、今のこの状態は屈辱《くつじょく》だ。ただ……かつての経済力はなく、外交力は昔からないし、軍事力も足りない日本は、アメリカという後ろ盾がないとどうにもならないというのが現実だ。単に後ろ盾ということであれば、C国やロシアや、外国カルトよりはずいぶんマシだろうと、そう考えるしかない」

　それになあ、と畠山さんは少し悲しそうに付け加えた。

「日本がノーコントロールになると、片岡のような声がデカいだけの馬鹿が伸《の》してきて、好き勝手をやるからな。戦前だとて、最後の歯止めとなるべき畏《かしこ》きあたりでさえ歯止めとはなれず、四方《よも》の海、と震える声で明治天皇の御製《ぎょせい》を引用するのが精一杯だったのだ。結果、軍部の暴走を許し、日本は糸が切れたタコのような状態になって制御不能のまま墜《つい》落《らく》してしまった。アレを繰り返してはならんのだよ」

それは答えになっているとも、なっていないとも言える言葉だが、要するにC国・ロシア・外国カルト・ネトウヨ、そしてアメリカの五択なら、最後のアメリカが一番ダメージが少ないということなのだろう。

「ところで」

津島さんが声のトーンを変えた。

「陸自の安田三尉の件ですが……さすがに被疑者不詳のまま迷宮入りさせるのには無理があります」

畠山さんは頷《うなず》いた。

「その件だが……犯人は、C国の先遣隊《せんけんたい》の一員だ。たしか、上白河くん、君は安田三尉と戦って、安田が逃げたあと、正体不明の暴漢に襲われたことがあったそうだね？」

あの時の事はハッキリと覚えている。相手はわざと止《とど》めを刺さなかったのだ。相手がその気だったら私は殺されていた。

「私を襲ったあの人物が、安田三尉も？」

動機は？　という私に、畠山さんは無言のまま答えない。

「なぜですか？　なぜ教えていただけないんですか？　あの時、私に止めを刺す代わりに、あの男は『なにもするな。このまま帰れ』と私に言いました。あの男がC国の兵士だったとして、同じ人物が安田三尉を殺す理由はなんですか？」

「それは……判らない」

「判らないって……判らない事にするっていう、政治的判断ですか？」

私がそう訊くと、畠山さんは黙ってしまった。飯島Pは下を向いたままだし、津島さんたちも困った顔で黙ったままだ。

その答えを知っている人物はいる。国重だ。その国重も、本当の事を言うとは限らないが……。

*

「安田さんを殺した男は、私と軍先遣隊の方針の板挟みになって苛《いら》ついていたのです」

国重は、私に明かした。

「その意味で、あの男には気の毒なことをしました。彼は軍法会議にかけられます。C国の軍法会議は厳しいので、死刑になってしまうかもしれません。そうなったら……彼には本当に悪いことをしたと思います」

この前、国重と別れたのは空港だった。今回は、夕闇迫る江《え》の島《しま》の漁港だった。

正式に入国していない国重は、日本を離れるときも「密出国」をしないと帳尻《ちょうじり》が合わないのだ。沖まで出かける釣り船に乗って領海を出て、相模湾《さがみわん》の沖合十二海里《かいり》より外で、C国の漁船に乗り換えるのだ。船を使う密入国・密出国は、完全に取り締まることが出来ない。

「先遣隊の中でも、意見が割れはじめていました。さっさと平間島を占領して台湾有事に雪崩《なだれ》込んでしまおうという勢力。ここは平間島にじわじわと浸透して地道に工作して治安を攪乱《かくらん》、ドラゴン系の保護を口実に出ていこうという勢力。そして今はその時期ではないから撤収《てっしゅう》しようという勢力……。私は、表向きは工作派でした。だからムーヤンたちを呼び寄せたのです。台湾有事がいずれ避けられず日本が戦争に巻き込まれるとしても、なるべくその時期を遅らせたいと、私は思っているからです」

時間を稼いでいるあいだに情勢が変わり、戦争が回避《かいひ》できる可能性もあるから、と国重は私に言った。

「しかし彼は……レイさん、あなたを襲い、安田三尉を殺害したあの男は、とっとと事態を前に進めたかった。だから、あなた方がいると邪魔なので、あなたを脅《おど》して、安田三尉も脅した。安田三尉をスパイとして運営し、侵攻に慎重だった私も、実は彼に脅されて負傷しています」

彼はそう言って腕に残る傷を見せた。切りつけられたのか左腕に十センチの縫《ぬ》い痕《あと》があった。

「でも、安田三尉が殺された夜に、船団が平間島に迫って、翌日にはドローン攻撃があったんですよね。積極交戦派が勝ったんじゃないんですか？」

はい、と彼は頷いた。

「その時点で彼は勝ったのです。積極交戦派による、先遣隊への増派要請が通ってしまいました。その結果、待機していた船団が平間島に接近して、かねてより準備されていたドローンによる飽和攻撃が発動したのですが……私もなんとか巻き返して、彼の軍律違反を報告しました。軍の上層部ですら、平間島侵攻に関して意見は割れていたのです」

慎重派である国重の巻き返しは成功した。

「そして彼は捕まって本国に送り返されました。ドローン攻撃の最中のことです。このタイミングで、日本を巻き込む戦闘を起こすのはやはり得策ではない、そういう現実的な判断が、ようやく上層部でも多数を占めたのです」

「国重さんのおかげで、正面衝突が避けられたんですね」

私は深々と頭を下げて礼を言わずにはいられなかった。

「いえ、私の努力だけではありません。軍の上層部の、さらにその上にまで働きかけがあったからです。畠山氏が我が軍上層部に有しておられる人脈、結果的にそれがものを言いました」

とりあえずドラゴンのみんなを含む平間島の人たちの命、そして自衛官たちの命は救われた。少なくとも、今のところは……。

「私がこう言うのはおかしいかもしれませんが」

国重は少し照れたように、言った。

「レイさん、あなたの国は、はっきり言って落ち目です。このままではもう未来はない。それでも、永《なが》く繁栄《はんえい》し、豊かだった社会の、その終わりを少しでも遅らせるため、努力を惜しまない人たちが多くいることも判りました」

「でもそれは、あなただってそのひとりでしょう？」

そう言った私に、彼は少し首を傾《かし》げた。

「それについては何とも言えませんが、もし私が努力したとすれば、レイさん、あなたの存在もその理由のひとつなんですよ」

「えっ」

これは、どういう言葉だ？　愛の告白？

「ええと、あの……ありがとう、と言うべきなのかしら」

私はおおいに戸惑った。

「言わないほうがいいです。私の国がいずれあなたの国に何をするか、それを私は知っている」

そうですか、とは言えない。

「それは私も知っています。というか、想像は出来ます。でも、国重さん、簡単にそれができるとは思わないでください。少なくとも私たちは、あなた方に膝《ひざ》をついて慈悲《じひ》を乞《こ》うことはないでしょう」

私は、キッパリと言った。

「最後まで自分の足で立って闘おうとするのは、ウクライナだけではないのよ」

それを聞いた国重は、笑って頷いた。

「そうでしょうね。あなたのような人がいるのだから」

釣り船の船頭から声がかかり、彼は船に乗り込んだ。

エンジン音が大きくなって、日が沈んでほとんど群青色《ぐんじょういろ》になった空をバックに、彼を乗せた釣り船は、沖に向かって進んでいった。

参考資料

「のぞいてみよう！国会議員の一日」ＮＨＫ選挙ＷＥＢ（二〇一七）
(https://www.nhk.or.jp/senkyo/chisiki/ch18/20170119.html)
「国籍って何だろう〜フランスにおける国籍」京大ユニセフクラブ（一九九六）
(http://www.jca.apc.org/unicefclub/research/96_kokuseki/kokuseki_7.htm)
「航空ドローンの集団戦法『スウォーム攻撃』」ミリレポ（二〇二〇）
(https://milirepo.sabatech.jp/drone-swarm-attack/)
「『ドローン』1機漏らさず迎撃、防衛省が技術研究急ぐ」日刊工業新聞（二〇二一）
(https://newswitch.jp/p/33800)
「間違いだらけの『台湾有事論』」文谷数重（二〇二一）軍事研究　二〇二一年七月号
『ベリングキャット――デジタルハンター、国家の嘘を暴く』エリオット・ヒギンズ／安原和見訳（二〇二二）筑摩書房
『女性自衛官――キャリア、自分らしさと任務遂行』上野友子／武石恵美子（二〇二二）光文社新書

一〇〇字書評

切り取り線

侵犯　内閣裏官房

購買動機（新聞、雑誌名を記入するか、あるいは○をつけてください）

- □（　　　　　　　　　　　　）の広告を見て
- □（　　　　　　　　　　　　）の書評を見て
- □ 知人のすすめで
- □ タイトルに惹かれて
- □ カバーが良かったから
- □ 内容が面白そうだから
- □ 好きな作家だから
- □ 好きな分野の本だから

・最近、最も感銘を受けた作品名をお書き下さい

・あなたのお好きな作家名をお書き下さい

・その他、ご要望がありましたらお書き下さい

住所	〒				
氏名		職業		年齢	
Eメール	※携帯には配信できません		新刊情報等のメール配信を 希望する・しない		

この本の感想を、編集部までお寄せいただけたらありがたく存じます。今後の企画の参考にさせていただきます。Eメールでも結構です。

いただいた「一〇〇字書評」は、新聞・雑誌等に紹介させていただくことがあります。その場合はお礼として特製図書カードを差し上げます。

前ページの原稿用紙に書評をお書きの上、切り取り、左記までお送り下さい。宛先の住所は不要です。

なお、ご記入いただいたお名前、ご住所等は、書評紹介の事前了解、謝礼のお届けのためだけに利用し、そのほかの目的のために利用することはありません。

〒一〇一－八七〇一
祥伝社文庫編集長　清水寿明
電話　〇三（三二六五）二〇八〇

祥伝社ホームページの「ブックレビュー」からも、書き込めます。

www.shodensha.co.jp/bookreview

祥伝社文庫

侵犯《しんぱん》　内閣裏官房《ないかくうらかんぼう》

令和 5 年 1 月 20 日　初版第 1 刷発行

著　者　安達《あだち》　瑶《よう》
発行者　辻　浩明
発行所　祥伝社《しょうでんしゃ》
東京都千代田区神田神保町 3-3
〒 101-8701
電話　03（3265）2081（販売部）
電話　03（3265）2080（編集部）
電話　03（3265）3622（業務部）
www.shodensha.co.jp

印刷所　萩原印刷
製本所　積信堂
カバーフォーマットデザイン　芥 陽子

Printed in Japan ©2023, Yo Adachi　ISBN978-4-396-34866-3 C0193

〈祥伝社文庫　今月の新刊〉

江上　剛

銀行員　生野香織《しょうのかおり》が許さない

建設会社のパワハラ疑惑と内部対立、選挙の裏側……花嫁はなぜ悲劇に見舞われたのか？

真山　仁

それでも、陽は昇る

産業誘致、防災、五輪……本物の復興とは？二つの被災地が抱える葛藤を描く感動の物語。

沢里裕二

ダブル・カルト　警視庁音楽隊・堀川美奈

美奈の相棒・森田が、ホストクラブに潜入。頻発する転落死事件の背後に蠢く悪を追う！

加治将一

第六天魔王信長　消されたキリシタン王国

信長天下統一の原動力はキリスト教だった！真の信長像を炙り出す禁断の安土桃山史。

南　英男

葬り屋　私刑捜査

元首相に凶弾！犯人は政敵か、過激派か？凶悪犯処刑御免の極秘捜査官が真相を追う！

小杉健治

桜の下で　風烈廻り与力・青柳剣一郎

一生逃げるか、別人として生きるか。江戸を追われた男のある目的を前に邪魔者が現れる！

宇江佐真理

十日えびす　新装版

夫が急逝し家を追い出された後添えの八重。義娘と引っ越した先には猛女お熊がいて…。

安達　瑶

侵犯　内閣裏官房

沖縄の離島に、某国軍が侵攻してくる徴候が。レイらは開戦を食い止めるべく奮闘するが…。